Louisa May Alcott

MULHERZINHAS

Tradução de Denise Bottmann *e* Federico Carotti

www.lpm.com.br

L&PM POCKET

Coleção **L&PM** POCKET, vol. 1257

Texto de acordo com a nova ortografia.
Título original: *Little Women*

Primeira edição na Coleção **L&PM** POCKET: agosto de 2017
Esta reimpressão: fevereiro de 2024

Tradução: Denise Bottmann e Federico Carotti
Capa: Ivan Pinheiro Machado. *Ilustração*: iStock
Preparação: Marianne Scholze
Revisão: Patrícia Yurgel

CIP-Brasil. Catalogação na publicação
Sindicato Nacional dos Editores de Livros, RJ.

A332m

Alcott, Louisa May, 1832-1888
Mulherzinhas / Louisa May Alcott; tradução Denise Bottmann e Federico Carotti. – Porto Alegre, RS: L&PM, 2019.
336 p. ; 18 cm. (L&PM POCKET; v. 1257)

Tradução de: *Little Women*
ISBN 978-85-254-3399-2

1. Ficção americana. I. Bottmann, Denise. II. Carotti, Federico. III. Título.

17-43405 CDD: 813
CDU: 821.111(73)-3

Rua Comendador Coruja, 314, loja 9 – Floresta – 90.220-180
Porto Alegre – RS – Brasil / Fone: 51.3225.5777

Pedidos & Depto. Comercial: vendas@lpm.com.br
Fale conosco: info@lpm.com.br
www.lpm.com.br

Impresso no Brasil
Verão de 2024

Sumário

Prefácio

Vai, Livrinho meu, e mostra a quem
Alegre te receber e acolher bem
O que no coração trazes encerrado;
E o que mostrares seja a todos adequado
Para que na vida possam então escolher
Ser peregrinos melhores do que viemos a ser.
Conta-lhes da Misericórdia, cuja decisão
Foi desde cedo iniciar sua peregrinação.
Com ela, aprendam as jovens por sua vez
A valorizar o mundo futuro e a sensatez,
Mocinhas podem mesmo com passos inseguros
Seguir a Deus pelas vias trilhadas por pés puros.

Adaptado de JOHN BUNYAN

Capítulo 1

Brincando de peregrinas

– O Natal sem presentes não vai ser Natal – resmungou Jo, estendida no tapete.

– É tão ruim ser pobre! – suspirou Meg, olhando seu vestido velho.

– Não acho justo que umas meninas tenham tantas coisas bonitas e outras não tenham nada – acrescentou a pequena Amy em tom sentido.

– Temos papai e mamãe e temos umas às outras – disse Beth, satisfeita, lá do seu canto.

Os quatro rostinhos iluminados pelo fogo brilharam a essas palavras animadoras, mas se sombrearam outra vez quando Jo falou triste:

– Mas não temos papai e não vamos ter por muito tempo. – Ela não disse "talvez nunca mais", mas todas fizeram esse acréscimo em silêncio, pensando no pai longe, lá na guerra.

Durante um minuto ninguém disse nada; então Meg falou em outro tom:

– Vocês sabem por que mamãe sugeriu não ter presentes neste Natal; foi porque vai ser um inverno difícil para todo mundo, e ela acha que não devemos gastar por prazer enquanto nossos homens sofrem tanto no exército. Não podemos fazer grande coisa, mas nossos pequenos sacrifícios podemos, e com alegria. Só que tenho medo de não conseguir – e Meg abanou a cabeça, enquanto pensava pesarosa em todas as coisas bonitas que queria.

– Mas acho que o pouco que gastaríamos não faria diferença. Temos um dólar cada uma e, se dermos ao exército, não vai ajudar muito. Concordo em não esperar nada de mamãe nem de vocês, mas quero comprar *Ondina e Sintram* para mim; faz *tanto* tempo que eu quero – disse Jo, que adorava ler.

– Com meu dólar pensei em comprar uma partitura nova – disse Beth, num pequeno suspiro que só o suporte da chaleira e a vassourinha da lareira ouviram.

– Vou comprar uma linda caixa de lápis de desenho da Faber; realmente preciso deles – disse Amy decidida.

– Mamãe não falou nada sobre nosso dinheirinho, e ela não vai querer que a gente renuncie a tudo. Vamos comprar o que queremos e nos divertir um pouco. Sei que demos duro e merecemos – exclamou Jo, olhando os saltos de suas botinas com ares de grande senhor.

– Sei que *eu* dou duro, dando aulas para aquelas crianças terríveis quase todos os dias e sentindo tanta vontade de ficar em casa – começou Meg, retomando o tom de mágoa.

– Você não tem metade dos aborrecimentos que tenho – disse Jo. – Você ia querer ficar fechada durante horas com uma senhora de idade, nervosa e detalhista, que faz a gente correr para cima e para baixo, sempre insatisfeita e reclamando até dar vontade de gritar ou sair voando pela janela?

– É feio se queixar, mas acho que lavar louça e arrumar toda a casa é o pior trabalho do mundo. Me deixa de mau humor, e minhas mãos ficam tão duras que não consigo tocar direito por um bom tempo. – E Beth olhou suas mãos ásperas com um suspiro que, dessa vez, todas puderam ouvir.

– Duvido que alguma de vocês sofra tanto quanto eu – protestou Amy –, pois não precisam ir à escola com meninas impertinentes, que te amolam quando você não sabe a lição, riem das tuas roupas, *especiam* teu pai se ele não é rico e te insultam se teu nariz não é bonito.

– Se você quis dizer *espezinham*, fale direito e não trate papai como se fosse alguma especiaria – recomendou Jo, rindo.

– Sei muito bem o que quero dizer e você não precisa ser "satirística" sobre isso. É correto usar boas palavras e melhorar nosso *vocabilário* – respondeu Amy com dignidade.

– Não se biquem, meninas. Você não gostaria que tivéssemos o dinheiro que papai perdeu quando éramos pequenas, Jo? Como a gente estaria alegre e contente, sem preocupações! – disse Meg, que se lembrava de tempos melhores.

– Outro dia você falou que nos achava mais felizes que os filhos dos King, pois, apesar do dinheiro, eles vivem brigando e reclamando.

– Falei sim, Beth. Bom, imagino que somos; pois, mesmo que a gente precise trabalhar, a gente se diverte e formamos uma turminha muito da legal, como diria Jo.

– Jo usa mesmo umas gírias... – observou Amy, com um olhar de censura à figura comprida esticada no tapete. Jo se pôs imediatamente sentada, enfiou as mãos nos bolsos e começou a assobiar.

– Não faça assim, Jo, é coisa de moleque.

– É por isso mesmo que faço.

– Detesto meninas grosseiras e pouco femininas.

– Odeio sirigaitas afetadas e cheias de dedos.

– Os passarinhos em seus ninhos são bonzinhos – cantarolou Beth, a pacificadora, fazendo uma cara tão engraçada que as duas vozes estridentes se abrandaram numa risada e as "bicadas" pararam por algum tempo.

– Na verdade, meninas, vocês duas estão erradas – disse Meg, começando o sermão em seu estilo de irmã mais velha. – Você já tem idade suficiente para deixar de molecagens e se comportar melhor, Josephine. Não tinha muita importância quando você era pequena; mas, agora que está tão crescida e prende o cabelo para cima, deve lembrar que é uma senhorita.

– Eu não! E se prender o cabelo para cima me faz uma senhorita, então vou usar maria-chiquinha até os vinte anos – exclamou Jo, arrancando a redinha e sacudindo a cabeça para soltar a cabeleira castanha. – Detesto a ideia de crescer, ser a senhorita March, usar vestido comprido e andar empertigada feito uma rainha-margarida! Já é bem ruim ser menina quando gosto é de brincadeiras, trabalhos e modos de menino! Não me conformo em não ser um garoto, e agora é pior, pois morro de vontade de ir lutar com papai, mas só posso ficar em casa tricotando, feito uma velha chata. – E Jo sacudiu a meia azul-marinho até as agulhas estalarem como castanholas, e a bola de lã saiu pulando pela sala.

– Pobre Jo, que pena! Mas não tem jeito, então se contente em usar um apelido masculino e fazer o papel de irmão para nós, meninas – disse Beth, alisando a cabeça despenteada apoiada em seu colo com a mão que, mesmo que lavasse toda a louça do mundo e tirasse todo o pó do mundo, jamais perderia seu toque delicado.

– Quanto a você, Amy – continuou Meg –, é toda cheia dos detalhes e afetada demais. Seus ares agora são engraçadinhos, mas, se não tomar cuidado, vai virar uma tolinha emproada. Gosto das suas boas maneiras e o modo refinado de falar, quando não tenta ser elegante; mas suas palavras absurdas são tão ruins quanto as gírias de Jo.

– Se Joe é um moleque e Amy uma tola, o que sou eu, por favor? – perguntou Beth, pronta para partilhar do sermão.

– Você é um amor, querida, e só – respondeu Meg afetuosamente, e ninguém a contradisse, porque a "Ratinha" era a favorita da família.

Como os jovens leitores gostam de saber "como são as pessoas", aproveitaremos agora para fazer um breve esboço das quatro irmãs, que estavam sentadas tricotando ao anoitecer enquanto a neve de dezembro caía suave lá fora e o fogo crepitava alegre ali dentro. Era uma sala velha muito confortável, apesar do tapete desbotado e dos móveis muito simples, pois um ou dois belos quadros enfeitavam as paredes, livros ocupavam os cantos, crisântemos e rosas natalinas floresciam nas janelas e reinava uma agradável atmosfera de paz doméstica.

Margareth, a mais velha das quatro, tinha dezesseis anos e era muito bonita, clara, cheinha, com olhos grandes, cabelos castanhos sedosos e abundantes, a boca delicada e mãos brancas que lhe davam muito orgulho. Jo, com quinze anos, era muito alta, magra e morena, e lembrava um potro, pois parecia nunca saber o que fazer com os braços e as pernas compridas, que viviam atrapalhando. Tinha uma boca decidida, um nariz cômico e olhos cinzentos penetrantes, que pareciam atentos a tudo e se mostravam ora ferozes, ora divertidos, ora pensativos. Os longos cabelos bastos eram sua grande beleza, mas estavam sempre presos numa redinha, para não estorvar. Os ombros arredondados, os pés e mãos grandes, assim era Jo, as roupas caindo frouxas, o ar desajeitado de menina que está virando moça e não gosta disso. Elizabeth – ou Beth, como todos a chamavam – era uma garota de treze anos, rosada, olhos brilhantes, cabelos macios, com ar encabulado, voz tímida e expressão serena que raramente se perturbava. O pai chamava-a de "Pequena Tranquilidade" e o apelido lhe caía muito bem, pois ela parecia viver num mundo feliz todo seu, só se aventurando a sair para encontrar as poucas pessoas em quem confiava e amava. Amy, embora fosse a caçula, era uma figura muito importante, pelo menos em sua própria opinião. Uma verdadeira Branca de Neve, de olhos azuis, cabelos loiros encaracolados caindo pelos ombros; pálida e esbelta, portando-se sempre como uma jovem dama ciosa de suas maneiras. Quanto ao caráter das quatro irmãs, deixaremos que se revelem depois.

O relógio bateu seis horas; depois de varrer e limpar a lareira, Beth pôs um par de chinelos para aquecer. De certa forma, a visão daquelas pantufas velhas exerceu bom efeito sobre as meninas, pois a mãe estava para chegar e todas se alegravam em recebê-la. Meg parou com o sermão e acendeu o lampião, Amy se levantou da poltrona sem que pedissem, Jo esqueceu o cansaço e se ergueu para pôr os chinelos mais perto do fogo.

– Estão bem gastos. Mamãe precisa de um par novo.

– Pensei em comprar para ela com o meu dólar – disse Beth.

– Não, eu é que vou! – exclamou Amy.

– Sou a mais velha – começou Meg, mas Jo interrompeu falando decidida:

– Agora que papai está longe, sou o homem da casa e vou *eu* providenciar os chinelos, pois ele me falou para cuidar muito bem de mamãe enquanto estivesse fora.

– Vou dizer o que faremos – disse Beth –; cada uma compra algum presente de Natal para ela e não compramos nada para nós.

– Isso é bem coisa sua mesmo, querida! O que vamos comprar? – perguntou Jo.

Todas pensaram seriamente durante um minuto; então Meg anunciou, como se a ideia tivesse sido inspirada pela visão de suas lindas mãos:

– Eu vou dar um belo par de luvas.

– Coturnos, é a melhor coisa! – exclamou Jo.

– Alguns lenços, todos bordados – disse Beth.

– Vou comprar um frasquinho de água de colônia; ela gosta e não é muito caro, e assim sobra um pouco para comprar alguma coisa para mim – acrescentou Amy.

– Como vamos dar os presentes? – perguntou Meg.

– A gente põe em cima da mesa, trazemos mamãe e ficamos assistindo enquanto ela abre os pacotes. Lembram como costumávamos fazer em nossos aniversários? – respondeu Jo.

– Eu ficava sempre tão assustada na minha vez de sentar na cadeira com a coroa na cabeça, enquanto vocês me rodeavam para dar os presentes, com um beijo. Gostava das coisas e dos beijos, mas era horrível ter vocês ali me olhando enquanto eu abria os pacotes – disse Beth, que estava aquecendo ao mesmo tempo o rosto e o pão para o chá.

– Deixamos mamãe pensando que vamos comprar as coisas para nós mesmas, e aí fazemos uma surpresa. Temos de ir às compras amanhã à tarde, Meg; falta preparar muitas coisas para a peça da noite de Natal – disse Jo, marchando para cima e para baixo, com as mãos atrás das costas e o nariz empinado.

– Esta é a última vez que participo. Estou ficando velha demais para essas coisas – observou Meg, que para as brincadeiras de "se fantasiar" continuava infantil como sempre.

– Ah, eu sei que você não vai parar, enquanto puder desfilar num vestido comprido branco, de cabelo solto, e usar joias de papel dourado. Você é a melhor atriz que temos e, se abandonar o palco, vai ser o fim – disse Jo. – Precisamos ensaiar hoje à noite. Venha cá, Amy, você precisa treinar a cena do desmaio, pois está caindo tão dura que mais parece um atiçador.

– Não consigo evitar. Nunca vi ninguém desmaiar e não quero ficar toda roxa despencando no chão como você faz. Se eu conseguir amolecer aos poucos, vou descendo até o chão; se não conseguir, vou me soltar numa cadeira e manter a elegância; pouco me importa se Hugo está vindo com um revólver – respondeu Amy, que não era dotada de talento dramático, mas foi escolhida por ser pequena, e assim o vilão da peça conseguia carregá-la enquanto gritava.

– Faça o seguinte: agarre as mãos assim e cambaleie pela sala, gritando freneticamente: "Roderigo! Salve-me! Salve-me!" – e Jo se afastou, com um grito melodramático que era realmente comovente.

Amy obedeceu, mas esticou as mãos bem rígidas e foi andando aos solavancos como se fosse um boneco de mola, e seu "Oh!" nem parecia um grito de medo e angústia, e sim como se estivesse levando umas alfinetadas. Jo soltou um gemido de desespero e Meg caiu na risada, enquanto Beth, assistindo à brincadeira com interesse, deixava o pão queimar.

– Não adianta! Faça como der quando chegar a hora e, se o público começar a gritar, não ponha a culpa em mim. Vamos, Meg.

Então as coisas seguiram bem, pois Don Pedro desafiou o mundo num discurso de duas páginas sem uma pausa sequer; Hagar, a feiticeira, entoou um feitiço medonho sobre seu caldeirão de sapos em cozimento lento, com um efeito fascinante; Roderigo arrebentou masculamente suas correntes, e Hugo morreu entre as agonias do remorso e do arsênico, soltando um selvagem "Ha! Ha!".

– É o melhor que já fizemos – disse Meg, enquanto o vilão morto se sentava e esfregava os cotovelos.

– Não sei como você consegue escrever e encenar coisas tão magníficas, Jo. É uma verdadeira Shakespeare! – exclamou Beth, que acreditava convictamente que as irmãs eram dotadas de um talento maravilhoso em tudo.

– Nem tanto – replicou Jo modestamente. – Acho mesmo que *A maldição da feiticeira, uma tragédia operística* é bem boazinha, mas gostaria de tentar *Macbeth*, se tivéssemos um alçapão para Banquo. Eu sempre quis fazer a cena do assassinato. "É um punhal que vejo diante de mim?" – murmurou Jo, revirando os olhos e agarrando o ar, como vira um famoso ator trágico fazer.

– Não, é o espeto de tostar, com o chinelo de mamãe em vez do pão. O feitiço do palco pegou Beth! – exclamou Meg, e o ensaio terminou numa explosão geral de risadas.

– Fico feliz que estejam tão alegres, minhas meninas – disse uma voz jovial à porta, e atores e espectadores se viraram para receber uma senhora robusta e maternal, com um ar de "em que posso ajudar?" que era realmente encantador. Não era especialmente bonita, mas as mães sempre parecem lindas para os filhos, e as meninas achavam que o manto cinzento e a touca antiquada recobriam a mulher mais maravilhosa do mundo.

– Bem, queridas, como passaram o dia? Havia tantas coisas para fazer, preparando as caixas para a remessa amanhã, que não vim jantar em casa. Apareceu alguém, Beth? Como está o resfriado, Meg? Jo, você parece morta de cansada. Venha me dar um beijo, menina.

Enquanto fazia tais interrogatórios maternos, a sra. March tirou as roupas úmidas, calçou os chinelos e, sentando-se na poltrona, puxou Amy para o colo, preparando-se para a hora mais feliz do seu dia atarefado. As meninas se alvoroçavam ao redor, tentando deixar tudo confortável, cada uma à sua maneira. Meg preparou a mesa do chá; Jo trouxe lenha e arrumou as cadeiras, virando, derrubando e batendo tudo o que tocava; Beth ia e vinha entre sala e cozinha, quieta e azafamada, enquanto Amy dava ordens a todas, sentada com as mãos cruzadas.

Quando estavam reunidas ao redor da mesa, a sra. March disse, com um ar especialmente feliz:

– Tenho um presente para vocês depois do jantar.

Um sorriso rápido e brilhante percorreu a mesa como um raio de sol. Beth bateu palmas, sem se importar com o biscoito quente que segurava, e Jo jogou o guardanapo para o alto, gritando:

– Uma carta! Uma carta! Três vivas para papai!

– Sim, uma linda e longa carta. Ele está bem, e crê que vai passar o inverno melhor do que temíamos. Manda os mais amorosos votos de Feliz Natal e uma mensagem especial para vocês, meninas – disse a sra. March, dando umas leves batidinhas no bolso como se guardasse um tesouro ali dentro.

– Vamos terminar logo! Não fique aí esticando o mindinho e se enrolando com a comida, Amy – exclamou Jo, engasgando com o chá e derrubando no tapete sua fatia de pão, com o lado da manteiga para baixo, na pressa de receber o presente.

Beth não comeu mais, mas saiu de mansinho para se sentar em seu cantinho sombreado e meditar sobre a alegria que viria, até que as outras estivessem prontas.

– Acho que foi maravilhoso papai ter ido como capelão, pois tinha passado da idade para o recrutamento e não tinha força suficiente para ir como soldado – disse Meg entusiasmada.

– Bem que eu gostaria de ir como tocador de tambor, ou *vivan*... como se diz? ou como enfermeira, e assim ia ficar perto dele e podia ajudá-lo – exclamou Jo, com um suspiro.

– Deve ser muito desagradável dormir numa barraca, comer tudo aquilo de gosto ruim e beber numa caneca de latão – suspirou Amy.

– Quando ele vai voltar para casa, mamãe? – perguntou Beth, com a voz tremendo de leve.

– Vai demorar muitos meses, querida, a menos que adoeça. Ele vai ficar e cumprir seu dever fielmente enquanto puder e não pediremos que volte nem um minuto antes de ser dispensado. Agora venham e ouçam a carta.

Todas se aproximaram do fogo, a mãe sentada com Beth a seus pés, Meg e Amy empoleiradas nos braços da poltrona e Jo apoiada no encosto, onde ninguém veria qualquer sinal de emoção se ficasse comovida com a carta.

Pouquíssimas cartas escritas naqueles tempos difíceis deixariam de comover, principalmente as que os pais enviavam para casa. Essa não comentava quase nada sobre as privações, os perigos ou as saudades de casa; era uma carta alegre, cheia de esperança, descrevendo vividamente a vida no acampamento, as marchas e as novidades militares, e só no final o coração do remetente transbordava de amor paterno e de saudades de suas meninas em casa.

"Mande-lhes todo o meu amor e um beijo. Diga-lhes que penso nelas de dia, rezo por elas à noite e que meu maior consolo é sempre o afeto delas. Um ano parece tempo demais até poder revê-las, mas lembre-as que, enquanto esperamos, todos nós podemos trabalhar para não desperdiçar esses dias difíceis. Sei que elas vão se lembrar de tudo que eu lhes disse, serão filhas carinhosas com você, cumprirão fielmente suas obrigações, combaterão bravamente seus inimigos internos e vencerão com tanta galhardia que, quando eu voltar, poderei sentir mais carinho e mais orgulho do que nunca pelas minhas mulherzinhas."

Todas fungaram quando chegaram a esse trecho; Jo não se envergonhou da grande lágrima que escorregou da ponta do nariz e Amy não se importou em desarrumar seus cachos ao esconder o rosto no ombro da mãe e soluçar:

– Sou mesmo muito egoísta! Mas vou tentar melhorar de verdade, para ele não se decepcionar comigo.

– Nós todas tentaremos! – exclamou Meg. – Eu me preocupo demais com minha aparência e detesto trabalhar, mas, se conseguir, vou deixar de ser assim.

– Vou tentar ser como ele gosta de me chamar, "uma mulherzinha", em vez de ser ríspida e malcriada; vou cumprir minhas obrigações em vez de querer estar em outro lugar – disse Jo, pensando que controlar seu gênio em casa era mais difícil do que enfrentar um ou dois rebeldes lá no Sul.

Beth não disse nada, mas enxugou as lágrimas com a meia azul-marinho e se pôs a tricotar com toda a sua energia, sem desperdiçar um instante para cumprir o dever mais próximo dela, enquanto decidia em sua alminha tranquila que seria tudo o que o pai esperava encontrar nela quando o novo ano trouxesse seu feliz retorno para casa.

A sra. March rompeu o silêncio que se seguiu às palavras de Jo, dizendo animadamente:

– Lembram como vocês costumavam encenar *A jornada do peregrino* quando eram pequenas? A parte que vocês preferiam era quando eu amarrava meus sacos de retalhos nas costas de vocês como fardos, dava chapéus, bastões e rolos de papel e deixava vocês percorrerem a casa, desde o porão, que era a Cidade da Destruição, subindo, subindo até o alto da casa, onde ficavam todas as coisas bonitas que podiam juntar para fazer uma Cidade Celestial.

– Como era divertido, principalmente passar pelos leões, lutar com Apólion e passar pelo Vale onde ficavam os diabretes – disse Jo.

– Eu gostava do lugar onde os fardos caíam e rolavam pelas escadas – disse Meg.

– Minha parte favorita era quando a gente saía na varanda no alto de casa, onde ficavam nossas flores, caramanchões e coisas bonitas, e todas nós ficávamos ali cantando de alegria lá em cima, ao sol – disse Beth sorrindo, como se estivesse de volta àquele momento agradável.

– Não me lembro de muita coisa, só que eu tinha medo do porão e da entrada escura, e sempre gostava do bolo e do leite que havia lá em cima. Se eu não estivesse crescida demais para essas coisas, até que brincaria de novo – disse Amy, que do alto de seus doze anos já falava em renunciar a coisas infantis.

– Nunca somos velhas demais para isso, minha querida, porque é uma peça que estamos encenando o tempo todo, de uma maneira ou de outra. Nossos fardos estão aqui, nossa estrada está diante de nós, e o desejo de bondade e felicidade é o guia que nos conduz entre problemas e erros até a paz, que é uma verdadeira Cidade Celestial. Agora, minhas pequenas peregrinas, imaginem começar de novo, não de brincadeira, mas a sério, e vejam até onde conseguem chegar antes que papai volte.

– Mesmo, mamãe? Onde estão nossas trouxas? – perguntou Amy, que era uma senhorita muito literal.

– Todas vocês acabaram de dizer qual era seu fardo, menos Beth. Creio que ela não tem nenhum – disse a mãe.

– Tenho, sim; o meu são pratos e espanadores, a inveja das meninas que têm pianos bonitos e o medo das pessoas.

O fardo de Beth era tão engraçado que todas sentiram vontade de rir; mas ninguém riu, pois feririam muito seus sentimentos.

– Vamos tentar – disse Meg pensativa. – É apenas outro nome para tentarmos ser boas, e a história pode nos ajudar; pois, mesmo querendo ser boas, é um trabalho difícil, esquecemos e não damos o melhor de nós.

– Esta noite estávamos no Pântano do Desalento, mamãe veio e nos tirou de lá como Auxílio fez no livro. Precisamos ter nosso guia de instruções, como Cristão. Como faremos? – perguntou Jo, encantada com a ideia de romancear um pouco a maçada de ter de cumprir suas obrigações.

– Olhem debaixo do travesseiro na manhã de Natal e encontrarão o guia – replicou a sra. March.

Elas conversaram sobre os novos planos enquanto a velha Hannah tirava a mesa; então surgiram as quatro cestinhas de costura e as agulhas voavam enquanto as meninas faziam lençóis para tia March. Era um trabalho enfadonho, mas naquela noite ninguém reclamou. Adotaram o plano de Jo de dividir a longa costura em quatro partes, chamando os quadrantes de Europa, Ásia, África e América, e assim adiantaram muito o serviço, conversando sobre os diversos países enquanto davam os pontos avançando por eles.

Às nove pararam o trabalho e, como de costume, cantaram antes de ir deitar. Ninguém conseguia arrancar muita música daquele piano velho, a não ser Beth; mas ela tinha um jeito especial de tocar suavemente as teclas amarelas e criar um acompanhamento agradável para as canções singelas que cantavam. Meg tinha uma voz que parecia uma flauta, e ela e a mãe conduziam o pequeno coro. Amy cricrilava como um grilo e Jo passeava entre as árias como bem queria, sempre soltando na hora errada uma nota desafinada ou um garganteio que estragava a melodia mais sonhadora. Sempre faziam isso, desde a época em que conseguiam balbuciar:

B'ilha, b'ilha, ist'elinha

E tornou-se hábito da casa, pois a mãe era uma cantora nata. O primeiro som de manhã era o de sua voz, enquanto andava pela casa cantando como uma cotovia, e o último era o mesmo som alegre, pois as meninas nunca eram crescidas demais para essa canção de ninar.

Capítulo 2

Um Feliz Natal

Jo foi a primeira a acordar na aurora cinzenta da manhã de Natal. Não havia nenhuma meia pendurada na lareira, e por um momento ela se sentiu tão desapontada como muito tempo atrás, quando sua meiazinha caiu, mas daquela vez foi porque estava repleta de guloseimas. Então lembrou a promessa da mãe e, deslizando a mão por baixo do travesseiro, tirou um livrinho de capa vermelha. Ela o conhecia muito bem, pois era a velha e bela história da melhor vida jamais vivida, e Jo percebeu que era um verdadeiro guia para qualquer peregrino partindo para a longa jornada. Ela acordou Meg com um "Feliz Natal" e disse que olhasse embaixo do travesseiro. Apareceu um livro de capa verde, com as mesmas ilustrações por dentro e umas palavras escritas pela mãe, o que tornava aquele único presente algo muito precioso para elas. Logo Beth e Amy acordaram, vasculharam e também encontraram seus livrinhos – um rosa-lilás, o outro azul; todas se sentaram, olhando e falando sobre eles, enquanto o leste se rosava ao raiar do dia.

Apesar de suas pequenas vaidades, Margareth tinha uma natureza doce e piedosa, que inconscientemente influenciava as irmãs, em especial Jo, que a amava com muita ternura e a obedecia, pois seus conselhos eram dados com grande gentileza.

– Meninas – disse Meg em voz séria, olhando por sobre a cabeça desgrenhada ao seu lado para as duas cabecinhas com touca de dormir, no quarto mais adiante –, mamãe quer que a gente leia, aprecie e reflita sobre o que está nesses livros, e devemos começar desde já. Sempre fomos cumpridoras nisso, mas, desde que papai partiu e todo esse problema da guerra nos perturbou, descuidamos de muitas coisas. Vocês façam como quiserem, mas *eu* vou deixar meu livro aqui na mesa e ler um pouco todas as manhãs, na hora em que acordar, pois sei que vai me fazer bem e me ajudará ao longo do dia.

Então ela abriu seu livro novo e começou a ler. Jo lhe pôs o braço em torno e, inclinando o rosto junto ao dela, também leu, com uma expressão tranquila que raramente se via em sua face inquieta.

– Como Meg é boa! Vamos, Amy, vamos fazer como elas. Eu te ajudo com as palavras difíceis, e elas nos explicam as coisas que não entendermos – cochichou Beth, muito impressionada com os belos livros e o exemplo das irmãs.

– Fico feliz que o meu seja azul – disse Amy, e então os aposentos ficaram em grande silêncio enquanto as páginas viravam suavemente e o sol de inverno se insinuava para tocar as cabeças brilhantes e os rostos sérios numa saudação de Natal.

– Onde está mamãe? – perguntou Meg meia hora mais tarde, quando ela e Jo correram para baixo para agradecer pelos presentes.

– Só os céus sabem. Uma pobre creatura veio esmoular e a mãe d'ocês saiu direto pra ver o que precisava. *Nunca* teve mulher igual a ela pra dar comida e bebida, roupa e lenha – respondeu Hannah, que vivia com a família desde que Meg nascera e era considerada mais como amiga do que como empregada.

– Ela vai voltar logo, imagino, então faça os bolinhos e deixe tudo preparado – disse Meg, verificando os presentes reunidos numa cesta e guardados debaixo do sofá, prontos para ser entregues na hora adequada. – Ora, onde está o frasco de colônia de Amy? – acrescentou ela, ao não ver o frasquinho.

– Ela pegou um minuto atrás e saiu com ele para pôr uma fita ou alguma miudeza assim – respondeu Jo, dançando pela sala para amaciar a rigidez inicial dos novos chinelos verde-oliva.

– Estão lindos meus lenços, não? Hannah lavou e passou para mim, e eu mesma marquei todos eles – disse Beth, olhando orgulhosamente para as letras um tanto irregulares que lhe tinham custado tanto trabalho.

– Essa menina! Ela pôs "Mãe" em vez de "M. March". Que engraçado! – exclamou Jo, pegando um.

– Não está certo? Achei que era melhor assim, porque as iniciais de Meg são "M. M.", e não quero que ninguém use a não ser mamãe – disse Beth, parecendo preocupada.

– Está bem, querida, e é uma ótima ideia, muito sensata também, pois assim ninguém vai se enganar. Ela vai gostar muito, tenho certeza – disse Meg com uma carranca para Jo e um sorriso para Beth.

– É mamãe; escondam o cesto, rápido! – exclamou Jo, quando a porta bateu e soaram passos no corredor.

Amy entrou apressada e ficou com ar um tanto envergonhado ao ver todas as irmãs esperando por ela.

– Onde você estava, e o que está escondendo atrás das costas? – perguntou Meg, surpresa ao ver, pelo manto e pelo capuz, que Amy, a preguiçosa, havia saído tão cedo.

– Não ria de mim, Jo, eu não queria que ninguém soubesse até chegar a hora. Só queria trocar o frasco pequeno por um grande, e gastei *todo* o meu dinheiro para trocar, e estou realmente tentando não ser mais egoísta.

Enquanto falava, Amy mostrou o frasco bonito que substituía o barato, e parecia tão sincera e humilde em seu pequeno esforço de esquecer de si mesma que Meg a abraçou na hora e Jo declarou que ela era "exemplar", enquanto Beth corria até a janela e pegava sua rosa mais bonita para enfeitar o frasco majestoso.

– É que fiquei com vergonha do meu presente, depois de ler e falar sobre ser boa hoje de manhã, então corri até a esquina e troquei na hora que levantei; e estou *tão* feliz, pois o meu agora é o mais bonito.

Outra batida da porta de entrada mandou o cesto para debaixo do sofá e as meninas para a mesa, ansiosas pelo café da manhã.

– Feliz Natal, mamãe! Muitas felicidades! Agradecemos nossos livros; lemos um pouco e pretendemos ler todos os dias – exclamaram em coro.

– Feliz Natal, filhinhas! Estou feliz que já começaram e vão continuar. Mas quero dizer uma coisa antes de nos sentarmos. Não longe daqui vive uma pobre mulher com um filhinho recém-nascido. Há seis crianças amontoadas numa cama para não congelarem, porque não têm fogo. Lá não há nada para comer, e o menino mais velho veio me dizer que estão passando fome e frio. Minhas meninas, vocês darão seu desjejum a eles como presente de Natal?

Todas elas estavam com mais fome do que o normal, por ter esperado quase uma hora, e por um instante ninguém falou nada; mas apenas por um instante, pois Jo exclamou impetuosamente:

– Estou tão feliz que a senhora chegou antes de começarmos.

– Posso ir e ajudar a levar as coisas para as pobres criancinhas? – perguntou Beth ansiosa.

– *Eu* levo o creme e os bolinhos – acrescentou Amy, heroicamente renunciando a seus itens preferidos.

Meg já estava cobrindo as panquecas de trigo sarraceno e empilhando as fatias de pão numa grande travessa.

– Eu sabia que vocês fariam isso – disse a sra. March, sorrindo como que satisfeita. – Venham todas vocês me ajudar e, ao voltarmos, nosso café da manhã será pão e leite, e compensaremos na hora do jantar.

Logo estavam prontas e a procissão saiu. Felizmente era cedo e elas foram pelas ruas laterais; assim pouca gente viu e ninguém riu do estranho cortejo.

Era um quartinho pobre, nu, miserável, com vidraças quebradas, sem fogo, lençóis esfarrapados, uma mãe doente, bebê chorando e um grupo de crianças pálidas e famintas aninhadas embaixo de uma manta velha, tentando se aquecer. Como os olhos grandes se arregalaram e os lábios roxos sorriram quando as meninas entraram!

– *Ach, mein Gott!** Anjos bons vindo até nós! – disse a pobre mulher chorando de alegria.

– Anjos engraçados de capuz e luvas – disse Jo, e fez todos rirem.

Em poucos minutos, realmente parecia que espíritos bondosos haviam passado por lá. Hannah, que levara lenha, acendeu o fogo e tampou os vidros quebrados com chapéus velhos e seu próprio xale. A sra. March deu à mãe chá e mingau de aveia, reconfortando-a com promessas de auxílio, enquanto vestia o bebezinho tão ternamente como se fosse seu filho. As meninas, enquanto isso, puseram a mesa, sentaram as crianças ao redor do fogo e lhes deram de comer como se fossem passarinhos famintos; rindo, falando e tentando entender o inglês engraçado e estropiado.

– *Das ist gut! Die Engel-kinder!*** – exclamavam as pobrezinhas enquanto comiam e aqueciam as mãozinhas arroxeadas ao fogo reconfortante.

---

* Oh, meu Deus! (N.T.)

** Que gostoso! Que anjinhas! (N.T.)

As meninas nunca tinham sido chamadas de anjinhos e acharam muito agradável, principalmente Jo, que fora considerada "um Sancho" desde que nascera. Foi um desjejum muito feliz, embora não tenham comido nada; e quando foram embora, deixando conforto, creio que não havia em toda a cidade ninguém mais alegre do que as quatro meninas famintas que doaram seu desjejum e se contentaram com pão e leite na manhã de Natal.

– Isso é amar o próximo mais do que a nós mesmas, e gosto disso – disse Meg ao arrumar os presentes enquanto a mãe estava no andar de cima, reunindo roupas para os pobres Hummel.

Não era nada de muito esplêndido, mas havia muito amor nos poucos pacotinhos; e o vaso alto com rosas vermelhas, crisântemos brancos e trepadeiras posto no centro dava um ar muito elegante à mesa.

– Ela está chegando! Comece a tocar, Beth, abra a porta, Amy. Três vivas para mamãe! – exclamou Jo, saltitante, enquanto Meg conduzia a mãe ao lugar de honra.

Beth tocou sua marcha mais alegre, Amy escancarou a porta e Meg desempenhou o papel de escolta com grande dignidade. A sra. March ficou surpresa e ao mesmo tempo comovida; sorria com os olhos cheios de lágrimas enquanto examinava os presentes e lia os bilhetinhos que os acompanhavam. Os chinelos foram prontamente calçados, um lenço novo foi para seu bolso, bem perfumado com a colônia de Amy, a rosa foi colocada em seu peito, e as belas luvas foram consideradas "de tamanho perfeito".

Houve muitos risos, beijos e explicações, daquela maneira simples e amorosa que torna essas festas familiares tão agradáveis no momento e tão doces de lembrar muito tempo depois, e então todas puseram mãos à obra.

As ações de caridade e as cerimônias matinais tomaram tanto tempo que o restante do dia foi dedicado aos preparativos para os festejos vespertinos. Sendo ainda jovens demais para ir com muita frequência ao teatro, e sem recursos suficientes para gastar em apresentações particulares, as meninas punham os miolos a trabalhar e, sendo a necessidade a mãe do engenho, faziam tudo de que precisavam. Muito criativas, de fato, eram algumas de suas invenções: violões de papelão, lamparinas antigas feitas com potes velhos de manteiga revestidos de papel prateado, lindos trajes de pano velho cintilando com rebarbas de alumínio de uma fábrica de conservas e armaduras cobertas com os mesmos úteis restos de metal, em formato de diamante, que sobravam em camadas quando se recortavam as tampas dos potes de conserva. Os móveis eram usados virando de lado ou de ponta-cabeça, e a sala grande era palco de muitas folias inocentes.

Não se admitia a entrada de nenhum cavalheiro; assim, para sua grande alegria, Jo fazia os papéis masculinos e tinha imensa satisfação com um par de botas de couro avermelhado que lhe fora dado por um amigo, que conhecia uma senhora que conhecia um ator. Essas botas, um florete velho e um colete rasgado, que fora usado por um artista em algum retrato, eram os grandes tesouros de Jo e apareciam em todas as ocasiões. O tamanho reduzido do elenco exigia que os dois atores principais representassem vários papéis cada; e certamente mereciam algum reconhecimento pela árdua tarefa de aprender três ou quatro papéis diferentes, de pôr e tirar vários figurinos e, além disso, arrumar os cenários. Era um excelente exercício para a memória, um divertimento inofensivo, e demandava muitas horas que de outra maneira seriam ociosas, solitárias ou gastas em companhia menos proveitosa.

Na noite de Natal, uma dúzia de meninas se amontoou na cama que servia de camarote e se sentou diante das cortinas de chita azul e amarela, numa expectativa extremamente lisonjeira. Atrás das cortinas havia um grande farfalhar e muitos cochichos, um fio de fumaça de lampião e ocasionais risinhos de Amy, à beira de ficar histérica com a excitação do momento. Então soou um sino, as cortinas se abriram e a Tragédia Operística começou.

"Uma floresta sombria", segundo o único folheto da peça, era representada por alguns arbustos em vasos, um feltro verde no chão e uma caverna ao longe. Essa caverna era feita com um varal como telhado e escrivaninhas como paredes; dentro ardia uma pequena fornalha, com um caldeirão negro por cima, e uma bruxa velha curvada sobre ele. O palco estava escuro e o brilho da fornalha causava um belo efeito, principalmente quando a bruxa tirou a tampa do caldeirão e saiu vapor de verdade. Concedeu-se um instante para a primeira emoção se acalmar; então Hugo, o vilão, entrou com uma espada tilintante à cintura, um chapéu inclinado, de barba preta, um manto misterioso e as botas. Depois de andar de um lado e outro, muito agitado, ele bateu na testa e desatou num refrão furioso, cantando seu ódio por Roderigo, seu amor por Zara e sua amável resolução de matar um e conquistar a outra. Os tons ásperos da voz de Hugo, com um ocasional grito quando seus sentimentos transbordavam, eram muito impressionantes, e o público aplaudiu no momento em que parou para tomar fôlego. Inclinando-se como alguém acostumado ao louvor público, Hugo foi na ponta dos pés até a caverna e mandou que Hagar saísse com um peremptório:

– Vem, ó, mulher! Preciso de ti!

Meg saiu com uma crina grisalha caindo sobre o rosto, um traje vermelho e preto, um bastão e signos cabalísticos sobre o manto. Hugo pediu uma poção para ganhar a adoração de Zara e outra para destruir Roderigo. Hagar, numa bela melodia dramática, prometeu ambas e começou a invocar o espírito que traria o filtro de amor:

Vem cá, para cá vem de teu lar,
Chamo-te eu, espírito do ar!
De rosas nascido, de orvalho criado,
Em encantos e poções não és bem treinado?
Traz-me aqui, com élfica rapidez,
O fragrante filtro que peço desta vez,
E doce, forte e rápida seja sua ação;
Espírito, atende já à minha canção!

Ouviu-se um delicado compasso musical e então, no fundo da caverna, surgiu uma pequena figura num branco esvoaçante, com asas resplandecentes, cabelos dourados e uma guirlanda de rosas na cabeça. Agitando uma varinha, ela cantou:

Eis-me aqui a chegar
Lá de meu aéreo lar,
A lua de tom prateado;
Toma o filtro encantado,
Oh, mas emprega-o bem!
Só assim seu poder se mantém!

Deixando cair um frasquinho dourado aos pés da feiticeira, o espírito desapareceu. Outro canto de Hagar produziu outra aparição – esta não agradável, pois, num estrondo, apareceu um diabinho preto e feio que, grasnando a resposta, atirou um frasco escuro para Hugo e desapareceu com uma risada trocista. Tendo cantarolado seus agradecimentos e guardando as poções nas botas, Hugo partiu; Hagar informou ao público que, tendo ele matado alguns amigos dela no passado, lançou-lhe uma maldição e pretendia frustrar os planos de Hugo e se vingar dele. Então a cortina desceu, e os espectadores descansaram e comeram doces enquanto discutiam os méritos da peça.

Ouviram-se muitas marteladas antes que a cortina se erguesse outra vez, mas, quando se evidenciou a obra-prima de carpintaria cenográfica que fora montada, ninguém reclamou do atraso. Era realmente esplêndida! Uma torre se erguia até o forro; a meia altura, havia uma janela com uma lamparina acesa no interior e atrás da cortina branca apareceu Zara, num lindo vestido azul e prateado, esperando por Roderigo. Ele chegou num traje suntuoso, com uma pluma no chapéu, capa vermelha, um longo cacho castanho, um violão e as botas, obviamente. Ajoelhando-se ao pé da torre, cantou uma serenata em tom enternecido. Zara respondeu e, depois de um diálogo musical, concordou em fugir. Então veio o grande efeito da peça. Roderigo estendeu uma escada de corda, com cinco degraus; atirou uma das pontas e convidou Zara a descer. Timidamente ela se esgueirou pela janela, apoiou a mão no ombro de Roderigo e estava prestes a dar um gracioso salto quando, "pobre, pobre Zara!", ela esqueceu a cauda do vestido – que se enroscou na janela, a torre balançou, se inclinou para a frente, desabou com estrépito e sepultou os infelizes amantes nas ruínas!

Uma gritaria geral se ergueu enquanto as botas avermelhadas se agitavam freneticamente entre os escombros e uma cabeça loira surgiu, exclamando:

– Eu disse! Eu disse!

Com uma maravilhosa presença de espírito, Don Pedro, o fidalgo cruel, irrompeu e puxou a filha, dizendo num aparte apressado:

– Não ria! Aja como se estivesse tudo bem!

E, mandando Roderigo se levantar, expulsou-o do seu reino com cólera e desdém. Embora claramente abalado com o desmoronamento da torre em cima dele, Roderigo desafiou o cavalheiro idoso e se recusou a sair. Seu exemplo intrépido encorajou Zara. Ela também desafiou o fidalgo e ele mandou os dois para a masmorra mais profunda do castelo. Um criado baixo e robusto entrou com as correntes e conduziu o par para fora, parecendo muito assustado e visivelmente esquecendo a fala que devia dizer.

O terceiro ato era no salão do castelo, e aqui Hagar apareceu, vindo libertar os amantes e acabar com Hugo. Ela ouve Hugo chegar e se esconde; assiste enquanto ele coloca as poções em duas taças de vinho e ordena ao tímido criado:

– Leva aos prisioneiros em suas celas e diz-lhes que irei logo mais.

O servo chama Hugo de lado para lhe dizer algo e Hagar troca as taças por outras duas, que são inócuas. Ferdinando, o "lacaio", leva as taças e Hagar põe de volta a taça que contém veneno e era destinada a Roderigo. Hugo, sentindo sede após uma longa cantoria, bebe o líquido, perde a razão e, depois de um bom tempo agitando os braços e esperneando, cai duro e morre, enquanto Hagar lhe conta o que fez, numa canção belamente poderosa e melodiosa.

Foi realmente uma cena arrepiante, embora alguns talvez tenham achado que a longa cabeleira que despencou de repente estragou um pouco o efeito da morte do vilão. Ele foi chamado à frente do palco e com grande decoro apresentou-se trazendo Hagar, cuja canção foi considerada mais maravilhosa do que todo o resto da representação.

O quarto ato apresentava Roderigo desesperado, prestes a se apunhalar, por lhe terem dito que Zara o abandonara. No exato instante em que o punhal encostava em seu coração, soou uma linda canção sob sua janela, informando-lhe que Zara é fiel, mas está em perigo e ele pode salvá-la, se quiser. Jogam uma chave para dentro, que destranca a porta, e num grande ímpeto ele arranca as correntes e corre para encontrar e salvar a amada.

O quinto ato se abre com uma cena tempestuosa entre Zara e Don Pedro. Ele quer que a filha vá para um convento, mas ela não quer saber disso e, após um tocante apelo, está prestes a desmaiar quando Roderigo irrompe e pede sua mão. Don Pedro recusa porque ele não tem fortuna. Gritam e gesticulam tremendamente, mas não chegam a nenhum acordo. Roderigo está prestes a carregar a exausta Zara quando o tímido servo entra com uma carta e uma bolsa enviadas por Hagar, misteriosamente desaparecida. A carta informa ao grupo que ela faz votos de grande prosperidade ao jovem casal e de terrível ruína a Don Pedro se ele não os fizer felizes. A bolsa é aberta e chove uma enorme quantidade de moedas de lata que põem o palco inteiro a rebrilhar. Com isso, o "inflexível fidalgo" se aplaca totalmente; dá seu consentimento sem um murmúrio, todos se unem num coro jubiloso, e a cortina desce sobre os amantes de joelhos para receber a bênção de Don Pedro, numa atitude da mais romântica graciosidade.

Seguiram-se sonoros aplausos, mas receberam uma inesperada interrupção, pois o berço de armar onde fora montado o "camarote" se fechou de repente e silenciou o entusiástico público. Roderigo e Don Pedro acorreram em resgate e todos saíram ilesos, embora muitos não conseguissem falar de tanto rir. A agitação mal cedera quando apareceu Hannah dizendo:

– A sra. March envia cumprimentos e convida as senhoritas a descerem para o jantar.

Foi uma surpresa até para os atores; quando viram a mesa, olharam-se entre si extasiados de surpresa. Era bem próprio de "mamãe" preparar um agradinho para elas, mas não viam coisas tão boas desde os velhos dias de fartura. Havia sorvete, na verdade duas travessas de sorvete – rosa e branco –, bolo, frutas e bombons e, no centro da mesa, quatro grandes buquês de flores de estufa!

A visão lhes tirou o fôlego; antes olharam a mesa e depois a mãe, que parecia apreciar imensamente a cena.

– Foram as fadas? – perguntou Amy.

– Foi Papai Noel – disse Beth.

– Foi mamãe que fez – e Meg abriu seu sorriso mais doce, apesar da barba grisalha e das sobrancelhas brancas.

– Tia March teve um acesso de generosidade e mandou o jantar – exclamou Jo numa súbita inspiração.

– Todas erraram. Foi o velho sr. Laurence quem mandou – respondeu a sra. March.

– O avô do jovem Laurence! De onde ele tirou essa ideia? Não o conhecemos! – exclamou Meg.

– Hannah contou a um de seus empregados sobre a festa do desjejum que vocês tiveram. Ele é um senhor estranho, mas isso o agradou. Ele conheceu meu pai muitos anos atrás e me enviou um bilhete cortês hoje à tarde, dizendo que esperava que eu lhe permitisse expressar seus sentimentos de amizade por minhas filhas enviando a elas alguns doces em homenagem ao dia de hoje. Eu não podia recusar, e assim vocês têm um pequeno banquete à noite para compensar o pão com leite do desjejum.

– Foi o rapaz que pôs isso na cabeça dele, eu sei que foi! Ele é um sujeito e tanto, e tomara que a gente possa se conhecer. Parece que ele quer nos conhecer, mas é acanhado, e Meg é tão emproada que não me deixa falar com ele quando a gente passa – disse Jo, enquanto passavam os pratos e o sorvete começava a desaparecer entre ohs e ahs de satisfação.

– Vocês se referem ao pessoal que mora na casa grande aqui ao lado, não é? – perguntou uma das meninas. – Minha mãe conhece o velho sr. Laurence, mas diz que ele é muito orgulhoso e não gosta de se misturar com os vizinhos. Mantém o neto dentro de casa, quando não está andando a cavalo ou caminhando com seu preceptor, e faz com que se mate de estudar. Nós o convidamos para nossa festa, mas ele não foi. Mamãe disse que ele é muito simpático, apesar de nunca falar conosco, nós, meninas.

– Uma vez nosso gato fugiu e ele trouxe de volta; conversamos por cima da cerca e estávamos indo muito bem, falando de críquete e coisa e tal, quando ele viu Meg chegando e foi embora. Quero conhecê-lo algum dia, pois ele precisa se distrair, tenho certeza disso – falou Jo decidida.

– Gosto dos modos dele e parece um pequeno cavalheiro, então não faço objeção que você o conheça, se surgir uma ocasião adequada. Ele trouxe as flores pessoalmente, e eu o convidaria para entrar se tivesse certeza do que se passava lá em cima. Ele parecia muito tristonho quando foi embora, ouvindo toda aquela animação e certamente não tendo nenhuma em casa.

– Ainda bem que não o convidou, mãe! – riu Jo, olhando suas botas. – Mas alguma hora teremos outra peça a que ele *possa* assistir. Talvez ajude a encenar; não seria ótimo?

– Nunca ganhei um buquê antes; como é bonito! – e Meg examinou suas flores com grande interesse.

– *São* lindas, mas as rosas de Beth são mais doces para mim – disse a sra. March, cheirando o ramalhete meio murcho que trazia no cinto.

Beth se aninhou nela e sussurrou suavemente:

– Gostaria de poder mandar meu buquê para papai. Receio que o Natal dele não esteja sendo feliz como o nosso.

Capítulo 3

O jovem Laurence

– Jo! Jo! Onde você está? – gritou Meg ao pé da escada do sótão.

– Aqui! – respondeu uma voz rouca lá do alto; e, correndo escada acima, Meg encontrou sua irmã comendo maçãs e chorando sobre *O herdeiro de Redcliffe*, enrolada num cachecol sobre o sofá velho de três pernas, sob a janela ensolarada. Era o retiro favorito de Jo; adorava se recolher ali com meia dúzia de maçãs e um bom livro, para aproveitar o silêncio e a companhia de um ratinho de estimação que morava por lá e não se incomodava minimamente com a presença dela. Quando Meg apareceu, Rabisco chispou para sua toca. Jo enxugou as lágrimas do rosto e aguardou para ouvir as novidades.

– Que beleza, veja só! Um convite formal da sra. Gardiner para amanhã à noite! – exclamou Meg, acenando o precioso papel e começando a lê-lo com uma alegria infantil. – "A sra. Gardiner teria prazer em receber a srta. March e a srta. Josephine num pequeno baile na Véspera do Ano Novo." Mamãe está disposta a nos deixar ir, mas que roupa *usaremos*?

– De que adianta perguntar, se você bem sabe que usaremos nossos vestidos de tafetá, pois não temos outra coisa? – respondeu Jo com a boca cheia.

– Se eu tivesse um de seda! – suspirou Meg. – Mamãe diz que eu talvez ganhe um quando fizer dezoito anos; mas esperar dois anos é uma eternidade.

– Tenho certeza de que nossos vestidos de tafetá parecem de seda e estão bons para nós. O seu parece novo, mas esqueci que o meu tem um rasgão e uma queimadura; o que será que faço? O queimado se vê muito, e não há como remover.

– Fique sentada o mais imóvel possível, sem mostrar as costas; a parte da frente está boa. Preciso de uma fita nova para o cabelo, e mamãe vai me emprestar o pequeno alfinete de pérola dela, meus sapatinhos novos são lindos e minhas luvas vão bem, embora não tão bonitas quanto eu gostaria.

– As minhas estão sujas de limonada e não tenho como conseguir outras, então vou ter de ir sem – disse Jo, que nunca se incomodava muito com roupas.

– Você *precisa* ir de luvas, senão não vou – exclamou Meg decidida. – Luvas são mais importantes do que todo o resto; não pode dançar sem elas, e se você não dançar ficarei *tão* mortificada...

– Então vou ficar parada. Não ligo muito para valsas e quadrilhas. Não tem graça ficar dando voltas. Gosto é de saltar e pular.

– Você não pode pedir luvas novas para mamãe, são muito caras e você é muito descuidada. Ela disse, quando você estragou as outras, que não ia lhe dar novas neste inverno. Você não consegue dar um jeito nelas?

– Posso ficar segurando na mão, e assim ninguém vai ver que estão manchadas. É o que dá para fazer. Espere! Tenho uma ideia do que podemos fazer: cada uma usa uma boa e fica segurando a estragada. O que você acha?

– Suas mãos são maiores do que as minhas, e você vai alargar muito a minha – começou Meg, para quem as luvas eram uma questão muito delicada.

– Então vou sem. Não me importa o que dirão! – exclamou Jo, pegando o livro outra vez.

– Está bem, está bem, deixo você usar! Só não manche e se comporte direito; não ponha as mãos para trás, nem fique encarando ninguém, nem diga "Cristóvão Colombo!", está bem?

– Não se preocupe. Vou ficar o mais formal possível e não vou criar nenhuma encrenca, se conseguir evitar. Agora vá responder ao convite e me deixe terminar essa magnífica história.

Meg saiu para "aceitar agradecida", examinar o vestido e cantar alegremente enquanto ajeitava seu único babado de renda de verdade, enquanto Jo terminava seu romance e suas quatro maçãs e brincava de correr atrás do Rabisco.

Na Véspera do Ano Novo a sala de visitas estava deserta, pois as duas irmãs mais novas brincavam de camareiras e as duas mais velhas estavam concentradas na importantíssima tarefa de "se aprontar para a festa". Por simples que fosse a toalete, era uma correria de um lado e outro, com risos e conversas, e de repente um cheiro forte de cabelo queimado se espalhou pela casa. Meg queria uns cachos em volta do rosto e Jo se encarregou de comprimir as madeixas enroladas em papelotes com um par de pinças quentes.

– Deveriam soltar fumaça assim? – perguntou Beth sentada na cama.

– É a umidade secando – respondeu Jo.

– Que cheiro estranho! Parece pena queimada – observou Amy, alisando seus belos cachinhos com ar superior.

– Pronto, agora vou tirar os papelotes e você verá uma nuvem de pequenos caracóis – disse Jo, pousando as pinças.

Realmente tirou os papelotes, mas não apareceu nenhuma nuvem de caracóis, pois os cabelos saíram junto com os papelotes e a cabeleireira horrorizada estendeu uma fila de embrulhinhos esturricados na cômoda diante da vítima.

– Oh, oh, oh! O que você *fez*? Que estrago! Não posso ir! Meu cabelo, oh, meu cabelo! – gemia Meg, olhando desesperada o frisado torto na testa.

– Que azar o meu! Você não devia ter pedido a mim; sempre estrago tudo. Peço milhões de desculpas, mas as pinças estavam quentes demais e fiz essa trapalhada – murmurava a pobre Jo, olhando as chapinhas torradas com lágrimas de dor.

– Não estragou; agora só frise e amarre a fita com as pontas avançando um pouco para a testa, e vai ficar parecendo a última moda. Tenho visto muitas garotas fazendo isso – disse Amy, em tom de consolo.

– Bem feito para mim, por tentar ficar elegante. Quem dera eu tivesse deixado meu cabelo em paz – exclamou Meg, petulante.

– Também acho, ele era tão liso e macio. Mas logo vai crescer outra vez – disse Beth, vindo dar um beijo e consolar a ovelha tosquiada.

Depois de vários percalços menores, Meg finalmente ficou pronta e, com a união dos esforços de toda a família, o cabelo de Jo foi penteado para o alto e o vestido foi devidamente trajado. Ficaram muito bem em suas roupas simples, Meg com seu tafetá de lã prata, uma fita de veludo azul, babados de renda e o alfinete de pérola; Jo de marrom, com um colarinho masculino de linho rígido e um ou dois crisântemos brancos como único enfeite. Cada qual vestiu uma bela luva clara, segurando a manchada na mão, e todas declararam o resultado "muito leve e bonito". Os sapatos de salto alto de Meg eram horrivelmente apertados e machucavam, embora ela não o admitisse, e Jo sentia os dezenove grampos no cabelo como se estivessem cravados direto dentro da cabeça, o que não era propriamente muito confortável; mas, ora, é ser elegante ou morrer.

– Divirtam-se, queridas – disse a sra. March, enquanto as irmãs desciam faceiras pela trilha. – Não comam demais e estejam de volta às onze, quando eu mandar Hannah buscá-las.

Quando o portão bateu atrás delas, uma voz gritou pela janela:

– Meninas, meninas! Você duas *estão* levando uns lencinhos bonitos?

– Estamos, estamos, e bem bonitos, e Meg perfumou o dela com água de colônia – gritou Jo, acrescentando numa risada enquanto seguiam: – Creio que a mamãe perguntaria a mesma coisa se estivéssemos fugindo de um terremoto.

– É um de seus gostos aristocráticos, e muito apropriado, pois uma verdadeira dama sempre se reconhece pelos sapatos, luvas e lenços impecáveis – replicou Meg, que também tinha muitos pequenos "gostos aristocráticos".

– Bom, não se esqueça de deixar o rasgão escondido, Jo. Minha faixa está direita? E meu cabelo parece feio *demais*? – perguntou Meg, ao se afastar do espelho no vestiário da sra. Gardiner após longas arrumações.

– Sei que vou esquecer. Se você me vir fazendo algo errado, só me lembre com uma piscadela, combinado? – replicou Jo, dando uma torcida no colarinho e uma rápida escovada no cabelo.

– Não, piscadela não é coisa de dama. Erguerei as sobrancelhas se houver algo errado e inclinarei a cabeça se estiver tudo bem. Agora, endireite os ombros e dê passinhos miúdos, não troque apertos de mão quando for apresentada a alguém, pois isso não se faz.

– Como você *aprende* toda essa etiqueta? Eu nunca consigo. Essa música não é alegre?

Desceram sentindo-se um pouquinho tímidas, pois raramente iam a festas e, por informal que fosse essa pequena reunião, para elas era um acontecimento. A sra. Gardiner, uma imponente dama de idade, cumprimentou-as carinhosamente e deixou-as a cargo da primogênita entre suas seis filhas. Meg conhecia Sallie e logo ficou à vontade; mas Jo, que não se interessava muito por meninas ou mexericos de meninas, ficou ali de pé, com as costas cuidadosamente apoiadas na parede, sentindo-se tão deslocada quanto um potro num canteiro de flores. Meia dúzia de rapazes joviais conversavam sobre patinação num outro canto da sala e ela ficou com vontade de se juntar a eles, pois patinar era das grandes alegrias de sua vida. Telegrafou sua ideia para Meg, mas as sobrancelhas delas se ergueram tão alarmadas que Jo não ousou se mexer. Ninguém veio conversar com ela e o grupo ali perto foi se dispersando aos poucos, até que ela ficou sozinha. Não podia vaguear e se entreter, pois a queimadura do vestido apareceria, e assim ela ficou olhando as pessoas um tanto desamparada, até se iniciarem as danças. Meg logo foi tirada para dançar, e os sapatos apertados voavam com tanta vivacidade que ninguém adivinharia a dor que provocavam em sua usuária tão sorridente. Jo viu um rapagão ruivo se aproximando de seu canto e, temendo que ele quisesse tirá-la para dançar, esgueirou-se para um nicho atrás da cortina, na intenção de espiar e se entreter em paz. Infelizmente, outro ser tímido escolhera o mesmo refúgio, pois, quando a cortina se fechou atrás dela, encontrou-se diante do "jovem Laurence".

– Oh céus, eu não sabia que havia alguém aqui! – gaguejou Jo, preparando-se para sair com a mesma rapidez com que se abrigara ali.

Mas o rapaz riu e disse em tom simpático, embora parecendo um pouco espantado:

– Não se importe comigo; fique, se quiser.

– Não vou incomodá-lo?

– Nem um pouco; só vim aqui porque não conheço muita gente e me senti meio estranho de início, você sabe.

– Eu também. Não vá embora, por favor, a menos que queira.

O rapaz se sentou outra vez e ficou olhando suas botas, até que Jo disse, tentando ser polida e simpática:

– Creio que já tive o prazer de vê-lo antes; mora perto de nós, não?

– Na casa ao lado – e ergueu os olhos e desatou a rir, pois os modos cerimoniosos de Jo ficavam bastante engraçados ao se lembrar da conversa que tiveram sobre críquete quando ele foi levar o gato.

Com isso, Jo ficou à vontade e riu também, ao dizer com toda a sinceridade:

– Tivemos uma ótima noite graças a seu belo presente de Natal.

– Foi vovô quem mandou.

– Mas foi você que o convenceu, não foi?

– Como vai seu gato, srta. March? – perguntou o rapaz, tentando parecer sério, embora seus olhos negros faiscassem divertidos.

– Muito bem, obrigada, sr. Laurence. Mas não sou srta. March, sou só Jo – respondeu a mocinha.

– Não sou sr. Laurence, sou só Laurie.

– Laurie Laurence, que nome estranho.

– Meu primeiro nome é Theodore, mas não gosto dele, pois os colegas me chamavam de Dora, então falei para me chamarem de Laurie.

– Também detesto meu nome, tão sentimental! Gostaria que todos me chamassem de Jo em vez de

Josephine. Como você fez para que os rapazes parassem de chamá-lo de Dora?

– Bati neles.

– Não posso bater na tia March, então imagino que terei de aguentar – e Jo se resignou com um suspiro.

– Não gosta de dançar, srta. Jo? – perguntou Laurie, parecendo julgar que o nome lhe caía bem.

– Gosto bastante quando há muito espaço na sala e a animação é geral. Num lugar como este, tenho certeza de que tropeçaria em alguma coisa, pisaria nos pés das pessoas ou faria algo horrível, então evito estragos e deixo Meg bailar à vontade. Você não dança?

– Às vezes; veja, morei muitos anos no estrangeiro, e ainda não convivi o suficiente por aqui para saber como vocês fazem as coisas.

– No estrangeiro! – exclamou Jo. – Oh, me conte! Adoro ouvir as pessoas descreverem suas viagens.

Laurie parecia não saber por onde começar; mas as perguntas ansiosas de Jo logo deram o rumo e ele contou que frequentara a escola em Vevey, onde os rapazes nunca usavam chapéu, tinham uma frota de barcos no lago e nas férias excursionavam a pé pela Suíça, com seus professores.

– Como gostaria de estar lá! – exclamou Jo. – Você esteve em Paris?

– Passamos o último inverno lá.

– Sabe falar francês?

– Não podíamos falar outra língua em Vevey.

– Fale alguma coisa! Sei ler, mas não sei pronunciar.

– *Quel nom à cette jeune demoiselle en les pantoufles jolis?*

– Como você fala bem! Deixe-me ver... você disse: "Quem é a jovem dama de sapatos bonitos", não foi?

– *Oui, mademoiselle.*

– É minha irmã Margaret, e você sabia que era! Acha-a bonita?

– Sim, ela me lembra as moças alemãs; parece tão fresca e calma, e dança como uma dama.

Jo rebrilhou de prazer a esse elogio masculino à sua irmã e decorou-o para transmiti-lo a Meg. Ambos ficaram espiando, criticando e conversando até se sentir velhos conhecidos. A timidez de Laurie logo desapareceu, pois a atitude masculina de Jo o divertia e o deixava à vontade, e Jo voltava a ser alegre como sempre, pois se esquecera do vestido e ninguém lhe erguia as sobrancelhas. O "jovem Laurence" lhe agradava mais do que nunca e deu umas boas olhadas nele, para poder descrevê-lo para as meninas; pois não tinham irmãos, eram pouquíssimos os primos, e rapazes eram seres praticamente desconhecidos para elas.

"Cabelo preto encaracolado, pele morena, olhos grandes e negros, nariz comprido, dentes bonitos, mãos e pés pequenos, da minha altura; muito educado para um menino e extremamente simpático. Quantos anos terá?"

Jo estava com a pergunta na ponta da língua, mas se conteve a tempo e, com tato não habitual, tentou descobrir indiretamente.

– Imagino que logo você irá para a universidade, não? Posso vê-lo queimando as pestanas nos livros, isto é, quero dizer, estudando muito – e Jo corou devido ao horrível "queimando as pestanas" que lhe escapara.

Laurie sorriu, mas não pareceu se chocar e respondeu dando de ombros:

– Só daqui a um ou dois anos. Em todo caso, não antes dos dezessete.

– Você tem só quinze anos? – perguntou Jo, olhando para o rapaz alto, que imaginara já ter dezessete anos.

– Dezesseis, no mês que vem.

– Como eu gostaria de ir para a universidade! Você parece não gostar da ideia.

– Odeio! É só viver estudando ou farreando, e também não gosto do jeito dos rapazes neste país.

– Do que você gostaria?

– De morar na Itália e me divertir à minha maneira.

Jo queria muito perguntar qual era sua maneira; mas ele franziu as sobrancelhas negras de um jeito bastante ameaçador e assim ela mudou de assunto, dizendo enquanto marcava o compasso com o pé:

– Que polca maravilhosa! Por que não experimenta?

– Se você vier também – respondeu ele com uma pequena vênia à francesa.

– Não posso, pois falei para Meg que não iria porque... – então Jo parou, e parecia indecisa se falava ou ria.

– Porque o quê?

– Você não conta a ninguém?

– Nunca!

– Bem, eu tinha a mania de ficar perto do fogo e assim queimava meus vestidos e sapequei este aqui; mesmo bem remendado, aparece, e Meg me falou para ficar parada, pois assim ninguém veria. Pode rir, se quiser; é engraçado, sei disso.

Mas Laurie não riu; apenas abaixou os olhos por um momento e a expressão de seu rosto deixou Jo perplexa quando ele lhe disse com grande gentileza:

– Não se preocupe; vou lhe dizer como faremos: ali fora há um longo corredor e poderemos dançar à grande, sem ninguém nos ver. Venha, por favor.

Jo agradeceu e o acompanhou alegremente, desejando ter duas boas luvas ao ver as belas luvas cor de pérola que seu parceiro usava. O corredor estava vazio e dançaram uma magnífica polca, pois Laurie dançava bem e lhe ensinou o passo alemão, que encantou Jo pois era cheio de saltos e rodopios. Quando a música parou, sentaram-se na escada para tomar fôlego, e Laurie estava no meio de uma história sobre uma festa de estudantes em Heidelberg quando Meg apareceu em busca da irmã. Ela a chamou num gesto e Jo foi relutante até a sala ao lado, onde encontrou Meg num sofá segurando o pé e com o rosto pálido.

– Torci meu tornozelo. Esse salto alto ridículo virou e me deu uma torcida terrível. Dói tanto que mal consigo ficar de pé e não sei como voltarei para casa – disse ela balançando-se de dor.

– Eu sabia que você ia machucar os pés com esses sapatos bobos. Sinto muito, mas não sei o que você pode fazer a não ser tomar uma carruagem ou passar a noite aqui – respondeu Jo, esfregando suavemente o pobre tornozelo enquanto falava.

– Não posso pegar uma carruagem sem sair caro demais; ouso dizer que nem sequer conseguiria uma, pois a maioria das pessoas veio de carruagem própria, a estrebaria fica longe e não há ninguém para ir até lá.

– Eu vou.

– Não mesmo; já passa das nove e está escuro como o Egito bíblico. Não posso ficar aqui, pois a casa está cheia; Sallie está com umas meninas como hóspedes. Vou descansar até a hora em que Hannah chegar e aí me esforçarei ao máximo.

– Vou pedir ao Laurie; ele irá – disse Jo, parecendo aliviada ao lhe ocorrer a ideia.

– Misericórdia, não! Não peça nem diga nada a ninguém. Pegue minhas galochas e ponha esses sapatos junto com nossas coisas. Não posso mais dançar; mas, logo que a ceia terminar, fique atenta à chegada de Hannah e me avise no instante em que ela aparecer.

– Eles estão indo cear agora. Vou ficar com você; prefiro.

– Não, querida; vá junto e me traga um pouco de café. Estou tão cansada que nem consigo me mexer.

Então Meg se reclinou, escondendo bem as galochas, e Jo foi se esbarrando até a sala de jantar, que encontrou depois de dar de frente num guarda-louças e de abrir a porta de um aposento onde o velho sr. Gardiner, em reservado, descansava um pouco. Lançando-se à mesa, pegou o café, que derramou prontamente, assim deixando a frente do vestido tão imprestável quanto as costas.

– Oh, céus, como sou estabanada! – exclamou Jo, acabando com a luva de Meg ao esfregá-la no vestido.

– Posso ajudar? – disse uma voz amiga; e ali estava Laurie, com uma xícara cheia numa das mãos e um prato de sorvete na outra.

– Eu estava tentando pegar alguma coisa para Meg, que está muito cansada, e alguém esbarrou em mim e aqui estou num belo estado – respondeu Jo, olhando desalentada da saia manchada para a luva cor de café.

– Que pena! Eu estava procurando alguém para entregar isso aqui; posso levar para sua irmã?

– Oh, muito obrigada! Vou lhe mostrar onde ela está. Não me ofereço para levar eu mesma pois sei que só causaria mais um desastre se tentasse.

Jo foi na frente; Laurie, como se estivesse acostumado a servir damas, puxou uma mesinha, trouxe mais café e outra porção de sorvete para Jo e foi tão prestativo que mesmo a meticulosa Meg o declarou um "bom rapaz". Divertiram-se com os bombons e os bolinhos com mensagens dentro e, quando Hannah apareceu, estavam jogando tranquilamente uma brincadeira de palavras com mais dois ou três desgarrados que se haviam juntado a eles. Meg se esqueceu do pé e se levantou tão depressa que, num grito de dor, precisou se apoiar em Jo.

– Psss! Não diga nada – ela sussurrou, acrescentando em voz alta: – Não é nada; torci um pouco o pé, só isso – e subiu mancando a escada para buscar suas coisas.

Hannah ralhava, Meg chorava e Jo estava quase no limite quando decidiu tomar uma iniciativa. Esgueirando-se, desceu a escada correndo e, encontrando um serviçal, perguntou se ele poderia providenciar uma carruagem. Por acaso era um garçom contratado, que não conhecia a vizinhança; e Jo estava procurando auxílio quando Laurie, que ouvira o que ela havia dito, veio e ofereceu a carruagem do avô, que acabara de chegar para buscá-lo, disse ele.

– Mas é tão cedo, você não pretende ir embora já! – disse Jo, parecendo aliviada, mas hesitando em aceitar o oferecimento.

– Sempre vou embora cedo, de verdade. Por favor, deixe-me levá-las para casa; é caminho, você sabe disso, e está chovendo, pelo que dizem.

Isso resolveu a questão; contando-lhe o acidente de Meg, Jo aceitou agradecida e correu para cima para trazer o restante do grupo. Hannah detestava chuva tanto quanto um gato; portanto, não fez nenhuma objeção e todos partiram na luxuosa carruagem fechada, sentindo-se muito festivos e elegantes. Laurie foi na boleia para que Meg pudesse manter o pé erguido, e as garotas puderam falar sobre a festa com toda a liberdade.

– Eu me diverti muito, e você? – perguntou Jo, soltando o cabelo e ficando à vontade.

– Sim, até me machucar. Annie Moffat, amiga de Sallie, se agradou de mim e me convidou para passar uma semana com ela, quando Sallie for. Ela vai na primavera, quando começa a temporada de ópera, e será absolutamente maravilhoso se a mãe me deixar ir – respondeu Meg, animando-se à ideia.

– Vi você dançando com o rapaz ruivo de quem fugi; era simpático?

– Oh, muito! O cabelo dele é castanho-avermelhado, não ruivo, era muito educado e dancei uma mazurca deliciosa com ele.

– Ele parecia um gafanhoto aos saltos quando dançava o passo novo. Laurie e eu não conseguimos controlar o riso; você nos ouviu?

– Não, mas foi muito grosseiro. O que *vocês* ficaram fazendo o tempo todo, escondidos lá?

Jo contou suas aventuras e, quando terminou, tinham chegado em casa. Despediram-se com muitos agradecimentos e entraram devagarinho, esperando não incomodar ninguém; mas, no instante em que a porta do quarto rangeu, duas touquinhas de dormir apareceram e duas vozes sonolentas, mas ansiosas, gritaram:

– Contem da festa! Contem da festa!

No que Meg disse ser "uma grande falta de educação", Jo pegara alguns bombons para as meninas, e logo adormeceram, depois de ouvir as notícias mais emocionantes da noite.

– De fato, sinto-me uma jovem dama muito fina, voltando da festa numa carruagem, sentada de camisola com uma criada para me atender – disse Meg, enquanto Jo lhe passava arnica no pé e escovava seus cabelos.

– Não creio que jovens damas finas se divirtam mais do que nós, apesar do cabelo queimado, do vestido velho, da luva desparceirada e dos sapatos apertados, que nos fazem torcer o tornozelo quando somos tolas a ponto de usá-los.

E penso que Jo tinha toda a razão.

Capítulo 4

Fardos

– Oh, céus, como parece difícil retomar nossos fardos e prosseguir – suspirou Meg na manhã seguinte à festa, pois, agora que as férias haviam terminado, a semana de festejos não lhe dava disposição para voltar à tarefa de que nunca gostara.

– Gostaria que fosse sempre Natal e Ano Novo; não seria bom? – respondeu Jo, bocejando desanimada.

– Não aproveitaríamos metade do que aproveitamos agora. Mas parece mesmo tão bom ter ceias e buquês, ir a festas e voltar de carruagem para casa, ler e descansar, sem trabalhar. É como os outros, sabe?, e sempre invejei as meninas que fazem isso; gosto tanto de luxo – disse Meg, tentando decidir qual dos dois vestidos surrados estava menos surrado.

– Bem, mas não podemos ter, então não reclamemos; vamos pôr nossos fardos nas costas e marchar animadamente como faz mamãe. Tenho certeza de que a tia March é para mim um verdadeiro Velho do Mar, das histórias de Simbad, mas creio que, quando aprender a carregá-la sem me queixar, ela descerá ou ficará tão leve que nem vou perceber.

Essa ideia avivou a imaginação de Jo e a deixou de bom humor; mas Meg não se animou, pois seu fardo, que consistia em quatro crianças mimadas, parecia mais pesado do que nunca. Não tinha ânimo sequer para se arrumar, como de costume, colocando uma gargantilha azul e fazendo o penteado que mais lhe assentasse.

– De que adianta me arrumar se ninguém me olha, a não ser aqueles nanicos implicantes, e ninguém se importa se estou bonita ou não? – murmurou ela, fechando a gaveta num repelão. – Vou ter de labutar e mourejar todos os meus dias, só com uns momentinhos de diversão de vez em quando, e vou ficar velha, feia e azeda porque sou pobre e não posso aproveitar minha vida como fazem outras moças. É uma tristeza!

Então Meg desceu com ar ressentido e não foi nada simpática durante o café da manhã. Todas pareciam aborrecidas e propensas a resmungar. Beth estava com dor de cabeça e ficou deitada no sofá, tentando se reconfortar com a gata e três gatinhos; Amy estava nervosa porque não aprendera suas lições e não conseguia encontrar suas galochas; Jo *até* assobiava e fez uma barulheira para se aprontar; a sra. March estava muito ocupada tentando terminar uma carta, que devia seguir imediatamente; Hannah estava irritada porque não gostava de se deitar tarde.

– Nunca houve família *tão* rabugenta! – exclamou Jo, perdendo a calma quando derrubou um tinteiro, rompeu dois cadarços e sentou-se em cima de seu chapéu.

– E você é a mais rabugenta dela! – retrucou Amy, apagando a soma que estava toda errada com as lágrimas que haviam caído sobre a lousa.

– Beth, se você não deixar esses gatos horríveis lá no porão, vou ter de afogá-los – exclamou Meg zangada, enquanto tentava se livrar do gatinho que lhe subira pelas costas e parecia uma farpa presa, fora do alcance.

Jo ria, Meg ralhava, Beth implorava e Amy gemia porque não conseguia lembrar quanto era nove vezes doze.

– Meninas, meninas, fiquem quietas um minuto! *Preciso* mandar isso pelo primeiro correio, e vocês me distraem com suas preocupações – exclamou a sra. March, riscando pela terceira vez uma frase na carta.

Houve uma breve calmaria, rompida por Hannah, que irrompeu de repente, pôs duas tortas quentes na mesa e saiu outra vez. Essas tortas eram praxe e as meninas as chamavam de "regalos", porque não tinham regalos de verdade e achavam as tortas quentes muito reconfortantes para as mãos nas manhãs geladas. Hannah nunca se esquecia de prepará-las, por mais ocupada ou mal-humorada que estivesse, pois a caminhada era longa e desolada, e as pobrezinhas não levavam mais nada para comer e raramente voltavam antes das duas horas.

– Acarinhe os gatos e fique boa da dor de cabeça, Bethy. Até logo, mamãe; estamos umas pestes agora pela manhã, mas voltaremos como uns anjinhos. Vamos lá, Meg! – e Jo saiu, sentindo que as peregrinas não estavam se pondo em marcha como deveriam.

Sempre olhavam para trás antes de virar a esquina, pois a mãe sempre ficava à janela para acenar e sorrir para elas. De alguma forma parecia que não conseguiriam enfrentar o dia sem isso, pois, qualquer que fosse o humor das duas, essa última visão do rosto materno era como um raio de sol.

– Se mamãe sacudisse o punho fechado em vez de nos soprar um beijo, mereceríamos, pois nunca se viram umas atrevidas ingratas iguais a nós – exclamou Jo, extraindo uma satisfação arrependida da neve na estrada e do vento cortante.

– Não use essas expressões horríveis – respondeu Meg das profundezas do véu no qual se envolvera como uma freira cansada do mundo.

– Gosto de palavras boas, fortes, que tenham significado – retrucou Jo, agarrando o chapéu que se soltava da cabeça, prestes a voar para longe.

– Chame a si mesma pelos nomes que quiser, mas não sou nem peste nem atrevida, e não quero que me chamem assim.

– Você está uma verdadeira praga com seu mau humor de hoje, porque não pode se instalar no luxo o tempo todo. Pobrezinha! Espere até eu enriquecer, e aí você vai se esbaldar com carruagens, sorvetes, sapatos de salto alto, buquês e rapazes ruivos para dançar.

– Como você é ridícula, Jo! – mas Meg riu daquele disparate e se sentiu melhor, mesmo contra a vontade.

– Sorte sua que sou; pois, se eu adotasse ares de sofredora e tentasse ficar toda desanimada, como você, estaríamos numa bela situação. Graças aos céus, sempre consigo encontrar algo engraçado que me anima. Pare de reclamar e volte para casa alegre, como uma boa moça.

Jo deu um tapinha animador no ombro da irmã ao se separarem para o dia de trabalho, cada qual seguindo por um lado, cada qual segurando sua tortinha quente, cada qual tentando se alegrar apesar do inverno rigoroso, da labuta e dos desejos insatisfeitos de uma juventude amante do prazer.

Quando o sr. March perdeu seus bens tentando ajudar um amigo desafortunado, as duas meninas mais velhas pediram para fazer algo para ajudar pelo menos no próprio sustento. Julgando que nunca é cedo demais para cultivar a energia, a industriosidade e a independência, os pais permitiram e ambas começaram a trabalhar com aquela boa vontade que, apesar dos obstáculos, ao final garante o sucesso. Margaret encontrou serviço como preceptora infantil e se sentia rica com seu pequeno salário. Como dizia, ela *era* "apaixonada pelo luxo" e seu grande problema era a pobreza. Achava difícil suportá--la, mais do que as irmãs, porque se lembrava do tempo em que tinham uma bela casa, a vida cheia de prazeres e comodidades, e nada faltava. Tentava não ser invejosa nem insatisfeita, mas era muito natural que a jovem quisesse coisas bonitas, amigos alegres, belas realizações e uma vida feliz. Na casa dos King ela via diariamente tudo o que queria, pois as irmãs mais velhas das crianças haviam acabado de debutar, e Meg frequentemente via de relance finos vestidos de baile e buquês, ouvia vivazes mexericos sobre teatros, concertos, passeios de trenó e as mais variadas diversões, via o dinheiro que seria tão precioso para ela gasto a rodo em ninharias. A pobre Meg raramente se queixava, mas às vezes a sensação de injustiça a fazia sentir amargura em relação a todos, pois ainda não aprendera como era rica nas únicas bênçãos capazes de trazer felicidade à vida.

Quanto a Jô, convinha bem à tia March, que era inválida e precisava de uma pessoa dinâmica para cuidar dela. Quando surgiram os problemas, a velha senhora, sem filhos, oferecera-se para adotar uma das meninas e ficou muito ofendida ao ter sua oferta recusada. Alguns amigos disseram aos March que haviam perdido qualquer chance de ser lembrados no testamento da rica senhora, mas os March, que não eram interesseiros, apenas disseram:

– Não abriríamos mão das meninas nem por mil heranças. Ricos ou pobres, ficaremos juntos e seremos felizes uns com os outros.

A velha senhora deixou de falar com eles por algum tempo, mas, encontrando Jo por acaso na casa de uma amiga, algo em seu rosto engraçado e seus modos bruscos agradou à velha senhora, que propôs tomá-la como acompanhante. Isso realmente não combinava com Jo, mas ela aceitou o serviço, visto que não surgira nada melhor e, para a surpresa de todos, deu-se muito bem com a parente irascível. Havia tempestades ocasionais, e uma vez Jo voltou para casa declarando que não aguentava mais, mas a tia March sempre se acalmava depressa e mandava chamá-la de volta com tal urgência que ela não podia recusar, pois no fundo gostava bastante da velha senhora espevitada.

Suspeito que o verdadeiro atrativo fosse uma grande biblioteca de excelentes livros que ficara entregue ao pó e às aranhas desde a morte do tio March. Jo se lembrava do gentil cavalheiro de idade, que costumava deixá-la construir pontes e ferrovias com seus grandes dicionários, contando-lhe histórias sobre as ilustrações esquisitas em seus livros de latim e comprando-lhe pãezinhos de mel sempre que a encontrava na rua. A sala escura e empoeirada, com os bustos olhando do alto das estantes, as poltronas aconchegantes, os globos terrestres e, melhor do que tudo, a infinidade de livros que podia percorrer como quisesse faziam da biblioteca um lugar paradisíaco para ela. No momento em que tia March cochilava ou estava atendendo alguma visita, Jo corria para esse local tranquilo e, enrodilhando-se na ampla poltrona, devorava poemas, romances, livros de história, de viagens e de pinturas feito um rato de biblioteca. Mas, como tudo o que é bom dura pouco, logo que chegava ao clímax da história, ao verso mais doce do poema, à aventura mais arriscada do viajante, uma voz estridente a chamava, "Josy-phine! Josy-phine!", e ela tinha de deixar seu paraíso para enrolar meadas de lã, lavar o *poodle* ou ler os *Ensaios* de Belsham por horas a fio.

A ambição de Jo era fazer algo grandioso; o que seria, não tinha a menor ideia, mas deixou ao tempo a tarefa de lhe dizer; enquanto isso, sua maior aflição consistia em não poder ler, correr e andar a cavalo tanto quanto gostaria. O gênio esquentado, a língua afiada e o espírito irrequieto viviam a lhe criar apuros, e sua vida era uma série de altos e baixos, tanto cômicos quanto patéticos. Mas a formação que recebia na casa da tia March era exatamente do que precisava, e sentia-se feliz ao pensamento de que estava fazendo algo para se sustentar, apesar do constante "Josy-phine!".

Beth era tímida demais para ir à escola. Haviam tentado, mas ela sofrera tanto que desistiram e tinha aulas em casa, com o pai. Mesmo quando ele foi para a guerra e a mãe foi chamada a dedicar sua energia e habilidade à Sociedade de Auxílio aos Soldados, Beth prosseguiu fielmente por conta própria e se empenhava ao máximo. Era uma pequena dona de casa e ajudava Hannah a manter a limpeza e o conforto da casa para as trabalhadoras, nunca pensando em qualquer recompensa além de ser amada. Longos e calmos dias passavam, não solitários nem ociosos, pois seu pequeno mundo era povoado de amigos imaginários, e era por natureza uma abelhinha trabalhadeira. Havia seis bonecas para cuidar e vestir todas as manhãs, pois Beth ainda era uma criança e amava-as como ninguém; não havia nenhuma inteira ou bonita entre elas; todas tinham sido refugos até serem acolhidas por Beth; pois, quando as irmãs passaram da idade para tais ídolos, deram-nas a ela porque Amy não aceitaria nada velho ou feio. Beth cuidava de todas com ainda maior carinho justamente por causa disso e montara um hospital para bonecas doentes. Nunca nenhum alfinete era espetado em seus órgãos vitais de algodão, nunca nenhuma palavra dura ou reprimenda lhes era dirigida, nunca nenhum descaso feria o coração da mais feia delas, mas todas eram alimentadas e vestidas, tratadas e acariciadas com um afeto que nunca diminuía. Um esquecido fragmento de *bonequidade* pertencera a Jo; tendo levado uma vida tempestuosa, fora largada como um farrapo no saco de retalhos, lúgubre asilo de onde foi resgatada por Beth e levada para seu refúgio. Não tendo tampo na cabeça, Beth lhe amarrou uma asseada touquinha, e, como perdera braços e pernas, ela escondeu essas deficiências envolvendo-a num lençol e reservando seu melhor leito para essa inválida crônica. Se alguém soubesse dos cuidados dispensados àquela boneca, creio que se comoveria, ainda que desse risada. Beth lhe trazia buquezinhos de flores, lia para ela, levava-a para fora para respirar ar fresco, protegida sob seu casaco, cantava canções de ninar e nunca ia para a cama sem beijar seu rosto encardido e sussurrar com meiguice "Espero que tenha uma boa noite, minha pobre querida".

Beth tinha seus problemas como todas as outras; não sendo um anjo, mas uma menina muito humana, frequentemente "chorava um chorinho", como dizia Jo, porque não podia tomar aulas de música nem ter um piano melhor. Amava música com tanta ternura, tentava aprender com tanta dedicação e praticava sempre com tanta paciência no instrumento velho e tilintante que realmente parecia que alguém (para não dizer tia March) deveria ajudá-la. Ninguém ajudava, porém, e ninguém via Beth enxugar as lágrimas nas teclas amareladas do piano desafinado quando estava sozinha. Cantava como uma pequena cotovia enquanto trabalhava, nunca estava cansada demais para tocar para a mãe e as meninas e dia após dia dizia esperançosa a si mesma: "Sei que algum dia vou ganhar minha partitura, se eu for boa".

Há muitas Beths no mundo, tímidas e quietas, sentadas num canto até que alguém precise delas, vivendo para os outros com tanta boa vontade que ninguém vê os sacrifícios até que o pequeno grilo na lareira para de cricrilar, como em Dickens, e a meiga e luminosa presença se esvai, deixando atrás de si o silêncio e a sombra.

Se alguém tivesse perguntado a Amy qual era sua maior aflição na vida, ela teria respondido prontamente: "Meu nariz". Quando ela era bebê, Jo a deixou cair sem querer num balde de carvão, e Amy insistia que aquela queda danificara seu nariz para sempre. Não era grande nem vermelho, como o da pobre "Petrea" de Bremer*; era apenas um pouco achatado e nem todos os apertões do mundo o deixariam com uma ponta aristocrática. Ninguém dava atenção a isso, afora ela mesma, e o nariz se esforçava ao máximo em crescer, mas Amy sentia profundamente a falta de um perfil grego e desenhava folhas inteiras de belos narizes para se consolar.

"A pequena Rafael", como diziam as irmãs, tinha um visível talento para o desenho e nada a deixava mais feliz do que copiar flores, desenhar fadas ou ilustrar histórias com excêntricos espécimes artísticos. Suas professoras reclamavam que, em vez de fazer contas, ela cobria sua lousa com animais; as folhas em branco de seu atlas eram usadas para copiar mapas e de seus livros saíam esvoaçando as caricaturas mais cômicas nos momentos mais inoportunos. Ela aguentava as aulas do melhor modo que podia e conseguia escapar às reprimendas sendo um modelo de bom comportamento. Era a grande favorita entre as colegas, tendo bom espírito e dominando a venturosa arte de agradar sem esforço. Seus pequenos ares e trejeitos eram muito admirados, bem como suas habilidades, pois, além de desenhar, sabia tocar doze músicas, fazia crochê e lia francês acertando a pronúncia em dois terços das palavras. Tinha um jeitinho lamuriento de dizer "quando papai era rico, fazíamos isso e aquilo", o qual era muito tocante, e suas

---

* Referência a Frederika Bremer (1801-1865), escritora feminista sueca. Petrea é personagem de seu romance de 1839 *Hemmet, eller, familje-sorger och fröjder.* (N.T.)

palavras compridas eram consideradas "absolutamente elegantes" pelas meninas.

Amy estava no caminho certo para ficar mal acostumada, pois todos a mimavam e suas pequenas vaidades e egoísmos se desenvolviam com viço. Uma coisa, porém, reprimia sua vaidade. Ela tinha de usar as roupas da prima. Ora, a mãe de Florence não tinha sequer um pingo de gosto, e Amy sofria profundamente por ter de usar uma touca vermelha em vez de azul, saias que não lhe assentavam bem e aventais espalhafatosos que não combinavam. Tudo era bem feito, de boa qualidade e com pouco uso, mas os olhos artísticos de Amy ficavam muito aflitos, especialmente nesse inverno, pois a saia da escola era de um roxo sem graça, com bolinhas amarelas e nenhum enfeite.

– Meu único consolo – disse ela a Meg com lágrimas nos olhos – é que mamãe não dobra a barra de minha roupa quando me comporto mal, como a mãe de Maria Parks faz. Oh, céus, é uma coisa horrível, pois às vezes ela é tão má que a saia fica na altura dos joelhos e não pode ir à escola. Quando penso nesta *descadência*, sinto que posso muito bem aguentar meu nariz achatado e minha saia roxa com meteoritos amarelos.

Meg era a confidente e mentora de Amy e, devido a uma estranha atração dos opostos, Jo era assim com a gentil Beth. Somente para Jo a tímida menina contava seus pensamentos e, sobre sua tempestuosa irmã, Beth exercia inconscientemente mais influência do que qualquer outra pessoa na família. As duas meninas mais velhas eram muito ligadas uma à outra, mas cada uma pegou uma das menores aos seus cuidados, e cuidavam delas à sua maneira, "brincando de mãe", como diziam, e colocavam as irmãs nos lugares das bonecas abandonadas com o instinto materno de mulherzinhas.

– Alguém tem algo para contar? Foi um dia tão desanimador que estou morrendo de vontade de me divertir um pouco – disse Meg quando se sentaram juntas para costurar naquela tarde.

– Tive um dia engraçado com a tia hoje e, como me saí bem, vou contar como foi – começou Jo, que adorava contar histórias. – Eu estava lendo aquele interminável Belsham, e de forma monótona como sempre faço, pois assim a tia logo adormece e aí posso pegar algum livro bom e ler freneticamente até ela acordar. Na verdade, também fico com sono e, antes que ela começasse a cochilar, dei um tamanho bocejo que ela me perguntou o que eu pretendia abrindo tanto a boca a ponto de engolir todo o livro de uma só vez. "Bem que eu gostaria e assim ele acabava", falei, tentando não ser insolente. Então ela me passou um longo sermão sobre meus pecados e me disse para sentar e pensar um pouco a respeito enquanto ela "se perdia" por um momento. Ela sempre demora um pouco para se encontrar e, quando sua cabeça começou a balançar como uma dália pesada demais, tirei o *Vigário de Wakerfield* do meu bolso e comecei a ler, com um olho nele e o outro na tia. Assim que cheguei na parte onde todos caem n'água, me distraí e ri alto. A tia acordou e, estando com o humor melhor depois da soneca, disse-me para ler um pouco e lhe mostrar qual era a obra frívola que eu preferia ao valioso e instrutivo Belsham. Dei o melhor de mim e ela gostou, embora tenha dito apenas: "Não entendo do que se trata. Volte ao começo e releia, menina". Voltei e tentei tornar os Primrose o mais interessante possível. Fui maldosa o suficiente para me interromper num trecho eletrizante e disse meiga: "Temo que a senhora se canse. Vamos parar agora?". Ela pegou sua costura, que deixara cair das mãos, deu-me um olhar agudo através de seus óculos e disse brusca: "Termine o capítulo, não seja impertinente, mocinha".

– Ela admitiu que estava gostando? – perguntou Meg.

– Céus, não! Mas ela deixou o velho Belsham descansar e, quando corri para pegar minhas luvas esta tarde, lá estava ela tão mergulhada no *Vigário* que nem sequer me ouviu rir enquanto dançava no corredor por causa dos bons dias que virão. Que vida agradável ela poderia ter, se quisesse! Não tenho muita inveja dela, apesar da fortuna, porque no fundo os ricos têm tantos problemas quanto os pobres, creio eu – acrescentou Jo.

– Isso me lembra – disse Meg – que tenho algo para contar. Não é engraçado, como a história de Jo, mas pensei muito a respeito enquanto voltava para casa. Na casa dos King, hoje, estavam todos em polvorosa, e uma das crianças disse que seu irmão mais velho fizera algo horrível, e que o pai o expulsara de casa. Ouvi a sra. King chorando, o sr. King falava muito alto e Grace e Helen viraram o rosto quando passaram por mim para eu não ver seus olhos vermelhos e inchados. Não perguntei nada, claro, mas senti muita pena deles e fiquei até contente por não ter nenhum irmão desregrado que faça coisas ruins e desgrace a família.

– Acho que cair em desgraça na escola é muito mais *exasperantador* do que qualquer coisa que algum garoto malvado possa fazer – disse Amy, abanando a cabeça do alto de sua enorme experiência de vida. – Susie Perkins hoje foi à escola com um lindo anel de cornalina vermelha. Eu sonhava tanto com um anel daqueles, e quis muito ser Susie. Bom, ela desenhou um retrato do sr. Davis, com um nariz monstruoso e uma corcunda, e a frase "Meninas, estou de olho em vocês!" num balão saindo da boca. Estávamos rindo muito daquilo quando de repente o olho dele *estava* sobre nós, e ele mandou Susie mostrar sua lousa. Ela ficou *paralisada* de medo, mas mostrou, e oh, o que *vocês acham* que ele fez? Pegou Susie pela orelha... pela orelha!, imaginem só que horror!..., arrastou-a para o estrado e a deixou de pé ali durante meia hora, segurando a lousa para todas poderem ver.

– E as meninas não riram do retrato? – perguntou Jo, saboreando a cena.

– Rir? De jeito nenhum! Ficaram sentadas quietas como uns ratinhos, e Susie despejou litros de lágrimas, despejou mesmo. Deixei de sentir inveja dela, pois vi que nem um milhão de anéis de cornalina voltaria a alegrá-la depois daquilo. Eu nunca, nunca me recuperaria de tão agoniante mortificação – e Amy prosseguiu sua tarefa com a orgulhosa consciência de sua virtude e de seu êxito em ter pronunciado duas palavras compridas de uma vez só.

– Hoje de manhã vi uma coisa que me agradou, mas esqueci de contar durante o jantar – disse Beth, arrumando a cesta bagunçada de Jo enquanto falava. – Quando fui buscar algumas ostras para Hannah, o sr. Laurence estava na peixaria, mas não me viu, porque eu estava atrás do tonel de peixes e ele estava ocupado com o sr. Cutter, o peixeiro. Uma mulher pobre entrou com um balde e um esfregão e perguntou para o sr. Cutter se podia fazer a limpeza em troca de um pouco de peixe, pois não tinha nada para o jantar das crianças e não conseguira trabalho para o dia. O sr. Cutter estava com pressa e disse "Não" um tanto ríspido, e então ela estava indo embora, com ar de fome e tristeza, quando o sr. Laurence fisgou um grande peixe com a parte curva de sua bengala e estendeu para ela. Ela ficou tão feliz e surpresa que abraçou o peixe e agradeceu-o sem parar. Ele disse "Vá para casa cozinhá-lo", e ela saiu correndo na maior felicidade! Não foi lindo o que ele fez? Oh, ela ficou tão engraçada, abraçando aquele peixão escorregadio e desejando ao sr. Laurence um bom lugarzinho no paraíso.

Depois de rirem da narrativa de Beth, pediram que a mãe também contasse uma história e, depois de pensar alguns instantes, ela falou muito séria:

– Hoje eu estava sentada na oficina, cortando flanela azul para os casacos, e me senti muito preocupada com o pai de vocês e pensei como ficaríamos solitárias e desamparadas se acontecesse alguma coisa com ele. Não era algo sensato a se fazer, mas continuei me preocupando até que veio um senhor de idade trazendo um pedido para algumas roupas. Sentou-se perto de mim e comecei a conversar, pois ele parecia pobre, cansado e aflito. "O senhor tem filhos no exército?", perguntei, pois o bilhete que ele trazia não era para mim. "Sim, senhora. Eu tinha quatro, mas dois foram mortos, um está como prisioneiro e estou indo ver o outro, que está muito doente num hospital de Washington", respondeu ele calmamente. "O senhor fez muito por seu país", eu disse, agora sentindo respeito em vez de pena. "Nada mais que a minha obrigação, senhora. Teria ido eu mesmo se fosse de alguma utilidade. Como não sou, entreguei meus meninos, e com desprendimento." Ele falou com tanto carinho, parecia tão sincero e contente de dar tudo de si, que senti vergonha de mim mesma. Dei um homem e achei que era tanto, enquanto ele deu quatro sem ressentimento nenhum. Tenho minhas quatro meninas para me confortarem em casa, e o último filho dele estava esperando, a quilômetros de distância, para lhe dar talvez o último adeus! Eu me senti tão rica, tão feliz pensando em minhas bênçãos, que lhe preparei um belo pacote, dei-lhe algum dinheiro e lhe agradeci de todo o coração pela lição que me deu.

– Conte outra história, mamãe, com moral no fim, como esta. Gosto de ficar pensando nelas mais tarde, quando são reais e não muito carolas – disse Jo, depois de um minuto de silêncio.

A sra. March sorriu e logo começou, pois fazia anos que contava histórias para essa pequena plateia e sabia como agradá-las.

– Era uma vez quatro meninas; tinham o que comer, beber e vestir, vários confortos e prazeres, bons amigos e pais que as amavam ternamente, e mesmo assim não estavam contentes. – Aqui as ouvintes trocaram entre si olhares tímidos e começaram a costurar diligentemente. – Essas meninas queriam muito ser boas e tomar muitas resoluções excelentes, mas não conseguiam mantê-las muito bem e constantemente diziam "Se ao menos tivéssemos isso" ou "Se pudéssemos fazer aquilo", quase esquecendo o quanto já tinham e quantas coisas já podiam fazer. Então perguntaram para uma velha senhora qual encantamento elas poderiam usar para ser felizes e ela respondeu: "Quando se sentirem descontentes, pensem nas bênçãos que já têm e sintam-se agradecidas".

Nesse ponto, Jo ergueu rapidamente os olhos, como se fosse falar, mas mudou de ideia vendo que a história ainda não tinha acabado. A sra. March prosseguiu:

– Como eram meninas sensatas, decidiram pôr o conselho em prática e logo ficaram surpresas em ver o quanto eram felizes. Uma descobriu que o dinheiro não podia afastar a vergonha e a tristeza da casa das pessoas ricas; outra que, apesar de ser pobre, ela era bem mais feliz, com sua juventude, saúde e bom espírito, do que certa senhora idosa rabugenta e inválida que não podia gozar seu conforto; uma terceira que, por enfadonho que fosse ajudar a preparar o jantar, pior era ter que mendigar por ele e uma quarta que nem mesmo os anéis de cornalina são tão valiosos quanto o bom comportamento. Então elas concordaram em parar de se queixar e gozar as dádivas que já tinham e tentar merecê-las, para que não as perdessem totalmente, em vez de aumentá-las, e acredito que nunca ficarão desapontadas ou tristes por aceitarem o conselho da velha senhora.

– Ora, mamãe, é muita esperteza sua virar nossas histórias contra nós e nos dar um sermão em vez de um romance! – exclamou Meg.

– Eu gosto deste tipo de sermão. É do tipo que papai nos contava – disse Beth, pensativa, colocando as agulhas na almofada de Jo.

– Eu não reclamo tanto quanto as outras, mas agora serei mais cuidadosa do que nunca, porque aprendi com a desgraça de Susie – disse Amy num tom virtuoso.

– Precisávamos dessa lição e não vamos esquecê-la. Se o fizermos, a senhora acabou de nos contar, como a velha Chloe fez em *A cabana do Pai Tomás*, "pensem nas graça, mininas!, pensem nas graça!" – acrescentou Jo, que não podia, pelo jeito como era, não se divertir um pouco com o pequeno sermão, mesmo levando-o tão a sério como as outras.

Capítulo 5

Bons vizinhos

– O QUE vai inventar agora, Jo? – perguntou Meg numa tarde de neve, quando sua irmã entrou marchando pela sala, de galochas, um vestido velho e touca, com uma vassoura numa mão e uma pá na outra.

– Vou sair para fazer exercício – respondeu Jo com uma piscadela maliciosa.

– Eu pensava que duas longas caminhadas de manhã já eram suficientes! Está frio e nublado lá fora; recomendo que você fique perto do fogo, se aquecendo e secando, como eu – disse Meg tiritando de frio.

– Nunca aceito conselhos! Não posso ficar parada o dia todo e não sou uma gatinha, não gosto de dormitar na frente do fogo. Gosto de aventura, e vou procurar alguma.

Meg voltou a aquecer os pés e a ler *Ivanhoé*, e Jo começou a cavar trilhas com grande energia. A neve estava macia, e com sua vassoura ela logo abriu uma trilha ao redor do jardim, para Beth caminhar quando o sol saísse e as bonecas doentes precisassem de sol. Ora, o jardim separava a casa dos March e a do sr. Laurence. Ambas ficavam num subúrbio da cidade, que ainda parecia campestre, com bosques e gramados, grandes jardins e ruas tranquilas. Uma cerca baixa dividia as duas propriedades. De um lado havia uma velha casa marrom, um tanto despida e maltratada, sem as heras que cobriam suas paredes no verão e sem as flores que a rodeavam. Do outro lado, uma imponente mansão de pedra, que indicava plenamente toda espécie de conforto e luxo, desde a grande cocheira e gramados bem conservados até a estufa e as coisas mais adoráveis que podiam se vislumbrar entre as ricas cortinas.

Contudo, parecia uma casa solitária, sem vida, pois não havia crianças brincando no gramado, nenhuma face maternal jamais sorria nas janelas e poucas pessoas entravam e saíam, a não ser o velho senhor e seu neto.

Para a vívida imaginação de Jo, essa bela casa parecia uma espécie de palácio encantado, cheia de esplendores e delícias que ninguém aproveitava. Fazia muito tempo ela queria olhar aquelas glórias ocultas e conhecer o rapaz Laurence, o qual parecia que queria se dar a conhecer, se ao menos soubesse por onde começar. Desde a festa, ela andava mais ansiosa do que nunca e planejou muitos modos de se tornar amiga dele, mas ultimamente não o tinha visto e começou a pensar que o rapaz tinha viajado, até que um dia avistou um rosto moreno numa janela do andar superior, olhando melancólico para o jardim onde Beth e Amy jogavam bolas de neve uma na outra.

"Este rapaz sofre por falta de amizade e diversão", ela disse para si mesma. "Seu avô não sabe o que é bom para ele e o mantém trancado sozinho. Ele precisa de um grupo de rapazes alegres para brincar, ou de alguém jovem e animado. Tenho muita vontade de ir até lá e dizer isso para o velho senhor!"

A ideia divertiu Jo, que gostava de fazer coisas atrevidas e sempre escandalizava Meg com suas desconcertantes proezas. O plano de "ir até lá" não foi esquecido. E quando a tarde nevada veio, Jo resolveu ver o que podia ser feito. Ela viu o sr. Laurence saindo e arremeteu para cavar seu caminho até a cerca, onde parou e ficou olhando. Tudo estava quieto, as cortinas fechadas nas janelas de baixo. Os empregados fora de vista e nada de humano visível fora uma cabeça de cachos negros apoiada numa mão fina, na janela de cima.

"Lá está ele", pensou Jo, "pobre rapaz! Todo sozinho e indisposto nesse dia triste. Que lástima! Vou jogar uma bola de neve para ele olhar para fora e aí lhe digo alguma palavra gentil."

Um punhado de neve macia foi jogada e a cabeça virou-se na hora, mostrando o rosto que perdeu seu ar indiferente num segundo, enquanto seus grandes olhos brilhavam e a boca começava a sorrir. Jo balançou a cabeça, sorriu e agitou sua vassoura enquanto gritava:

– Como vai você? Está doente?

Laurie abriu a janela e grasnou roucamente como um corvo:

– Melhor, obrigado. Tive um resfriado feio e fiquei trancado uma semana.

– Sinto muito. O que faz para se divertir?

– Nada. É maçante feito uma sepultura aqui.

– Você não lê?

– Não muito. Eles não me deixam.

– Não pode alguém ler para você?

– Vovô às vezes o faz, mas meus livros não interessam a ele e não gosto de ficar o tempo todo pedindo para Brooke.

– Alguém tem vindo ver você?

– Não tem ninguém que eu queira ver. Os rapazes fazem muito barulho e estou com a cabeça fraca.

– Não há alguma menina gentil que leia e o entretenha? Meninas costumam ser quietas e gostam de brincar de enfermeira.

– Não conheço nenhuma.

– Você nos conhece – começou Jo; daí riu e parou.

– É mesmo! Você viria, por favor? – exclamou Laurie.

– Não sou quieta nem gentil, mas vou, sim, se mamãe permitir. Vou perguntar a ela. Feche a janela, como um bom rapaz, e espere até eu chegar.

Com isso, Jo colocou a vassoura nos ombros e marchou para casa, imaginando o que diria à família. Laurie estava muito empolgado com a ideia de ter companhia e voou para se preparar, pois, como dizia a srta. March, ele era um "pequeno cavalheiro"; em honra à visita que estava para chegar, ele penteou o cabelo encaracolado, pôs um colarinho limpo e tentou arrumar o quarto, que, apesar da meia dúzia de criados, vivia desorganizado. Logo se ouviu uma campainha alta, em seguida uma voz decidida perguntando pelo "sr. Laurie", e uma empregada veio correndo anunciar, surpresa, uma jovem senhora.

– Muito bem, diga para subir, é a srta. Jo – falou Laurie, indo até a porta do quarto para esperar Jo, que apareceu, corada e bastante à vontade, com um prato coberto numa mão e os três gatinhos de Beth na outra.

– Aqui estou, com malas e bagagens – disse ela animada. – Mamãe manda seu carinho e fica contente que eu possa fazer algo por você. Meg quis que eu lhe trouxesse um pouco de manjar branco, que ela sabe fazer muito bem, e Beth achou que os gatinhos dela poderiam animá-lo. Sei que você vai rir dela, mas eu não podia recusar, e ela estava muito ansiosa em fazer alguma coisa.

Ocorreu que o empréstimo engraçado de Beth veio bem a calhar, pois, ao rir com os gatinhos, Laurie esqueceu a timidez e se tornou sociável na hora.

– Parece bonito demais para ser comido – disse ele rindo com gosto, quando Jo tirou a tampa do prato e mostrou o manjar branco, rodeado por uma grinalda de folhas verdes e flores vermelhas do gerânio favorito de Amy.

– Não é nada demais, elas ficaram contentes e só queriam demonstrá-lo. Diga para a criada guardar para o chá. É tão simples, e você pode comer, pois sendo macio não vai arranhar sua garganta. Como seu quarto é confortável!

– Poderia ser, se ficasse em ordem, mas as empregadas são preguiçosas e não sei como fazer para que cuidem direito; mas me incomoda.

– Arrumo em dois minutos, é só varrer o pó da lareira, assim, e arrumar as coisas em cima da lareira, assim, e pôr os livros aqui, as garrafas ali, virar o sofá para a luz e afofar um pouco as almofadas. Pronto, está tudo arrumado.

E estava mesmo, pois, enquanto falava e ria, Jo ia pondo as coisas no lugar e deu um ar bem diferente ao quarto. Laurie olhou para ela num silêncio respeitoso e, quando ela lhe apontou o sofá, ele se sentou com um suspiro de satisfação, dizendo agradecido:

– Como você é gentil! Sim, era o que precisava. Agora, por favor, sente-se na poltrona e deixe-me fazer algo para entreter minha visita.

– Não, eu é que vim para entretê-lo. Posso ler em voz alta? – e Jo olhou cobiçosa para uns livros convidativos ali ao lado.

– Obrigado! Mas já li todos eles; se não se importar, prefiro conversar – respondeu Laurie.

– Não me importo nem um pouco. Falo o dia inteiro, se me deixar. Beth diz que nunca sei quando parar.

– Beth é a de faces rosadas, que fica muito em casa e às vezes sai com uma cestinha? – perguntou Laurie com interesse.

– Sim, esta é Beth. É minha menina, e muito boa, também.

– A bonita é Meg, e a de cabelos cacheados é Amy, eu acho?

– Como descobriu?

Laurie corou, mas respondeu com sinceridade:

– Bom, sempre escuto vocês se chamando, quando estou sozinho aqui em cima, e não posso deixar de olhar sua casa e vocês sempre parecem se divertir muito. Peço desculpas se estou sendo rude, mas é que às vezes vocês se esquecem de fechar as cortinas da janela que tem flores. E quando os lampiões estão acesos é como olhar um quadro e ver a lareira e todas vocês ao redor da mesa com sua mãe. O rosto dela fica bem em frente e parece tão meigo atrás das flores que não consigo deixar de olhar. Não tive mãe, sabe – e Laurie atiçou o fogo para disfarçar um leve tremor que não conseguia controlar.

Seu olhar solitário e carente tocou fundo o coração afetuoso de Jo. Ela fora criada de modo tão simples que nunca pensava bobagens e aos quinze anos era pura e inocente como uma criança. Laurie estava doente e solitário, e ela procurava dividir alegremente com ele a sensação de ser rica em lar e felicidade. Havia grande simpatia em seu rosto e uma rara gentileza em sua voz aguda quando disse:

– Bom, então nunca mais fecharemos as cortinas e eu lhe dou licença de olhar o quanto quiser. Mas só espero que, em vez de espiar, você venha nos visitar. Mamãe é maravilhosa, ela lhe faria muito bem, e Beth cantaria se pedíssemos, e Amy dançaria. Meg e eu encenaríamos nossas peças para você rir e se divertir. Será que seu avô deixa?

– Creio que sim, se sua mãe pedir. Ele é muito bondoso, embora não pareça, e me deixa fazer quase tudo o que quero, só tem medo que eu incomode os outros – começou Laurie, animando-se cada vez mais.

– Não somos estranhos, somos vizinhos, e não pense que seria um incômodo. Queremos conhecê-lo e há tempos venho tentando. Estamos aqui não faz muito tempo, sabe, e já fizemos amizade com todos os vizinhos, menos vocês.

– Bom, meu avô vive entre seus livros e não se importa muito com o que acontece lá fora. O sr. Brooke, meu preceptor, não mora aqui, e não tenho quem me leve para passear, então fico em casa e tento me virar como posso.

– Isso é ruim. Deveria fazer um esforço e ir visitar todos os que convidam, e aí teria muitos amigos e locais agradáveis para ir. Não se preocupe com a timidez. Ela passa se você se empenhar.

Laurie corou de novo, mas não ficou ofendido por ter sido chamado de tímido, pois havia tanta boa vontade em Jo que era impossível não gostar de suas palavras bruscas, mas gentis.

– Você gosta de sua escola? – perguntou o rapaz, mudando de assunto após uma pequena pausa enquanto olhava o fogo e Jo olhava ao redor, contente.

– Não frequento a escola, sou um profissional, isto é, uma profissional. Cuido de minha tia-avó, uma velha alma querida e rabugenta como ela só – respondeu Jo.

Laurie abriu a boca para fazer outra pergunta, mas, lembrando-se a tempo de que não era educado ficar especulando demais sobre a vida dos outros, fechou-a, novamente constrangido.

Jo gostou de sua cortesia e, como não se importava em rir da tia March, fez-lhe uma vívida descrição da senhora impaciente, do *poodle* gorducho, do papagaio que falava espanhol e da biblioteca na qual se esbaldava.

Laurie gostou imensamente da descrição e, quando Jo contou sobre o velho senhor empertigado que fora certa vez cortejar a tia March e que no meio de um belo discurso Poll lhe arrancou a peruca para seu grande desespero, o rapaz se recostou e riu até correrem lágrimas pelo rosto e a criada enfiou a cabeça pela porta para ver qual era o problema.

– Oh! Isso me faz muito bem. Vá em frente, por favor – disse ele levantando o rosto da almofada do sofá, corado e brilhando de alegria.

Muito animada com seu sucesso, Jo "foi em frente", falou de seus planos e brincadeiras, de suas esperanças e temores pelo pai, e dos acontecimentos mais interessantes do mundinho no qual as irmãs viviam. Então passaram a falar de livros, e Jo descobriu, para sua alegria, que Laurie também gostava muito e até havia lido mais do que ela própria.

– Se você gosta tanto de livros, venha ver os nossos. Vovô está fora, e assim não precisa ter medo – disse Laurie levantando-se.

– Não tenho medo de nada – respondeu Jo, sacudindo a cabeça.

– Acredito! – exclamou o rapaz, olhando para ela com muita admiração, embora secretamente achasse que ela teria boas razões para sentir um pouquinho de medo do velho senhor, se o visse num de seus acessos de mau humor.

A casa inteira respirava uma atmosfera de verão; Laurie levou Jo de aposento em aposento, deixando-a examinar tudo o que despertasse o seu interesse. E, enfim, por último foram à biblioteca, onde ela bateu palmas e saltitou, como fazia quando se sentia especialmente encantada. Estava forrada de livros e havia quadros, estátuas, pequenos armários cheios de moedas e curiosidades, poltronas confortáveis, mesas engraçadas, bronzes e, o melhor de tudo, uma grande lareira aberta cercada por belos azulejos.

– Quanta riqueza! – suspirou Jo, afundando-se numa poltrona de veludo e olhando ao redor com um ar de intensa satisfação. – Theodore Laurence, você deve ser o rapaz mais feliz do mundo – acrescentou ela impressionada.

– Uma pessoa não pode viver só de livros – disse Laurie, abanando a cabeça enquanto se empoleirava na mesa em frente.

Antes que pudesse dizer mais alguma coisa, uma campainha soou e Jo deu um pulo, exclamando alarmada:

– Misericórdia! É seu avô!

– Bom, e se for? Você não tem medo de nada, não é? – falou o rapaz, com ar travesso.

– Acho que estou com um pouco de medo dele, sim, mas não sei por quê. Mamãe disse que eu podia vir, e não creio que você tenha piorado por causa disso – disse Jo, recompondo-se, embora mantivesse os olhos na porta.

– Estou bem melhor, e agradeço muito. Só receio que você esteja cansada de conversar comigo. Foi tão bom que, por mim, eu nem pararia – disse Laurie com gratidão.

– O médico está aqui para vê-lo, senhor – e a empregada acenou enquanto falava.

– Importa-se se eu a deixar por um minuto? Creio que devo ir vê-lo – disse Laurie.

– Não se preocupe comigo. Estou feliz como um grilo aqui – respondeu Jo.

Laurie saiu, e sua visitante se entreteve a gosto. Estava parada diante de um belo retrato do velho senhor quando a porta se abriu outra vez e, sem se virar, ela disse em tom decidido:

– Tenho certeza de que não preciso ter medo dele; seus olhos são gentis, apesar da boca severa, e parece ter uma vontade de ferro. Não é tão bonito quanto meu avô, mas gosto dele.

– Obrigado, senhorita – disse uma voz áspera atrás dela, e lá, para seu grande espanto, estava o velho sr. Laurence.

A pobre Jo corou até não mais poder e seu coração disparou ao pensar no que acabava de dizer. Por um minuto, sentiu uma vontade enorme de fugir, mas seria covardia e as meninas ririam dela; então resolveu ficar e se livrar do embaraço como fosse possível. Um segundo olhar mostrou que aqueles olhos vívidos por baixo das sobrancelhas grossas eram ainda mais gentis do que os da pintura, e havia neles um brilho dissimulado que diminuiu bastante o seu medo. A voz áspera soou mais áspera do que nunca quando o senhor idoso, após uma pausa assustadora, falou bruscamente

– Então não tem medo de mim, hein?

– Não muito, senhor.

– E não me acha tão bonito quanto seu avô?

– Não totalmente, senhor.

– E tenho uma vontade de ferro, não é?

– Só falei por falar.

– Mas gosta de mim apesar disso?

– Gosto, sim, senhor.

A resposta agradou ao cavalheiro idoso. Deu uma risadinha curta, apertou as mãos dela e, pondo o dedo sob o queixo de Jo, levantou seu rosto, examinando-o com gravidade, e depois o soltou, dizendo com um aceno de cabeça:

– Você tem o espírito de seu avô, mesmo sem ter os traços dele. Era um homem bom, minha querida, mas, melhor do que isso, era corajoso e honesto, e tenho orgulho de ter sido amigo dele.

– Obrigada, senhor – e Jo já estava bem mais à vontade, pois o comentário lhe agradou bastante.

– O que andou fazendo com esse meu rapaz, hein? – foi a próxima pergunta, feita em tom ríspido.

– Apenas tentando ser uma boa vizinha, senhor – e Jo contou a que se devia sua visita.

– Você acha que ele precisa se animar um pouco, não é?

– Sim, senhor, ele parece um pouco solitário, e gente jovem lhe faria bem, talvez. Somos somente meninas, mas ficaríamos contentes em ajudar no que pudermos; nunca esqueceremos o maravilhoso presente de Natal que o senhor nos mandou – disse Jo, ansiosamente.

– Ora, ora, ora! Foi ideia do rapaz. Como está a pobre mulher?

– Está muito bem, senhor.

E Jo disparou a falar muito rápido enquanto lhe contava sobre os Hummel, pelos quais a sra. March conseguira despertar o interesse de amigos mais abastados.

– É a mesma maneira como o pai dela praticava o bem. Algum dia vou visitar sua mãe. Diga-lhe isso. Está tocando a sineta do chá, tomamos mais cedo por causa do rapaz. Desça e continue a ser uma boa vizinha.

– Se o senhor quiser.

– Não a convidaria, se não quisesse – e o sr. Laurence lhe ofereceu o braço com uma cortesia antiquada.

"O que Meg diria disso?", pensou Jo enquanto o senhor a conduzia, com os olhos brilhando de alegria ao imaginar-se contando a história em casa.

– Ora, ora, o que deu nesse sujeito? – disse o velho cavalheiro enquanto Laurie descia correndo as escadas e parava com um sobressalto de surpresa perante a assombrosa visão de Jo de braços dados com seu temível avô.

– Eu não sabia que o senhor tinha chegado – começou ele, enquanto Jo lhe dava uma olhadela triunfante.

– Nota-se pela maneira como você desceu as escadas. Venha para o chá e se comporte como um cavalheiro.

E, tendo puxado o cabelo do rapaz numa espécie de carícia, o sr. Laurence se pôs a caminho enquanto Laurie dava uma série de cabriolas cômicas a suas costas, que quase fizeram Jo estourar numa risada.

O velho cavalheiro não falou muito enquanto tomava suas quatro xícaras de chá, mas ficou contemplando os jovens, que conversavam animadamente como velhos amigos, e a mudança no neto não lhe passou despercebida. Agora havia cor, luz, vida no rosto do rapaz, vivacidade nos gestos e alegria genuína no riso.

"Ela tem razão, o rapaz está solitário. Verei o que essas meninas podem fazer por ele", pensou o sr. Laurence enquanto olhava e ouvia. Jo lhe agradava, pois suas maneiras estranhas e bruscas combinavam com as dele e ela parecia entendê-lo quase tão bem como se ela mesma fosse um rapaz.

Se os Laurence fossem o que Jo chamava de "gente emproada", de maneira nenhuma teria continuado a falar, pois ficava tímida e constrangida diante de pessoas assim. Mas, vendo que eram espontâneos e afáveis, ela também pôde causar boa impressão. Quando se levantaram, ela disse que ia embora, mas Laurie falou que tinha mais uma coisa para lhe mostrar e levou-a para a estufa de plantas, que fora iluminada especialmente para ela. Parecia quase um sonho de fadas para Jo, enquanto andava de um lado para outro entre as aleias, apreciando as paredes floridas de ambos os lados, a luz suave, o ar úmido e adocicado, as belas trepadeiras e árvores que pendiam sobre ela, enquanto o novo amigo ia cortando as flores mais bonitas até transbordarem das mãos. Então amarrou o buquê, dizendo, com o olhar feliz que Jo gostava de ver:

– Por favor, entregue à sua mãe e diga que gostei muito do remédio que ela me mandou.

Os dois encontraram o sr. Laurence parado na frente da lareira na grande sala de estar, mas a atenção de Jo foi atraída pelo piano de cauda, que estava aberto.

– Você toca? – perguntou Jo, virando-se para Laurie com uma expressão de respeito.

– Às vezes – respondeu ele modestamente.

– Por favor, toque agora. Eu gostaria de ouvir, assim posso contar para Beth.

– Não quer tocar primeiro?

– Não sei tocar. Tapada demais para aprender, mas gosto muito de música.

Então Laurie tocou e Jo ouviu, com o nariz luxuosamente enterrado entre heliotrópios e rosas-chá. Seu respeito e sua admiração pelo "jovem Laurence" cresceram muito, pois ele tocava extremamente bem e não assumia ares afetados. Gostaria que Beth pudesse ouvi-lo, mas não disse nada, só o elogiou até ele ficar embaraçado e o avô vir em seu socorro.

– Chega, chega, senhorita. Elogios demais não fazem bem a ele. Ele não toca mal, mas espero que vá igualmente bem em coisas mais importantes. Está indo embora? Bem, sou-lhe muito grato e espero que apareça novamente. Minhas recomendações à sua mãe. Boa noite, doutora Jo.

Apertou-lhe as mãos carinhosamente, mas parecia desagradado com alguma coisa. Quando chegaram ao corredor, Jo perguntou a Laurie se havia dito algo inoportuno. Ele abanou a cabeça.

– Não, sou eu. Ele não gosta de me ouvir tocar.

– Por que não?

– Algum dia eu lhe conto. John vai acompanhá-la, porque eu não posso.

– Não precisa. Eu não sou uma jovem dama e é logo ali. Cuide-se, certo?

– Certo, mas você virá outra vez, não?

– Só se você prometer ir nos visitar quando estiver bom.

– Vou, sim.

– Boa noite, Laurie.

– Boa noite, Jo, boa noite.

Quando Jo narrou as aventuras da tarde, todas sentiram vontade de visitá-los pessoalmente, pois cada qual encontrava algo muito atraente no casarão do outro lado da cerca. A sra. March queria conversar sobre seu pai com o velho amigo que não o esquecera, Meg tinha vontade de passear na estufa, Beth suspirava pelo piano e Amy estava ansiosa em ver os belos quadros e estátuas.

– Mãe, por que o sr. Laurence não gosta que Laurie toque? – perguntou Jo, que estava com espírito inquiridor.

– Não tenho muita certeza, mas creio que é por causa do filho dele, pai de Laurie, que se casou com uma italiana, uma musicista, o que desagradou o velho senhor, que é muito orgulhoso. A senhora era boa, bonita e amável, mas ele não gostava dela e nunca mais viu o filho depois do casamento. Ambos morreram quando Laurie era bebê, então o avô o trouxe para casa. Imagino que o rapaz, que nasceu na Itália, não seja muito forte e o velho senhor tenha medo de perdê-lo, e por isso é tão cuidadoso. Laurie se entrega naturalmente ao seu amor à música, pois é parecido com a mãe, e eu diria que o medo do avô é que ele queira ser músico. De qualquer forma, o talento do neto lhe recorda a mulher que lhe desagradava, e por isso fez uma "carranca", como Jo disse.

– Céus, que romântico! – exclamou Meg.

– Que tolice! – disse Jo. – Pois que deixe o neto ser músico se quiser, e não estrague sua vida mandando-o para a universidade, se ele tanto a detesta.

– Então é por isso que ele tem olhos negros tão bonitos e maneiras tão delicadas, imagino eu. Os italianos são sempre finos – disse Meg, que era um pouco sentimental.

– O que você sabe sobre os olhos e as maneiras dele? Quase nunca falou com ele! – exclamou Jo, que de sentimental não tinha nada.

– Eu o vi na festa, e o que você contou mostra que ele sabe se comportar. E foi lindo o que ele disse sobre o remédio que mamãe mandou.

– Ele se referia ao manjar branco, suponho.

– Como você é tonta, menina! Ele se referia a você, obviamente.

– Será? – e Jo arregalou os olhos, pois não lhe ocorrera tal ideia.

– Nunca vi uma menina assim! Não sabe reconhecer um elogio quando o recebe – disse Meg, com o ar de jovem dama que sabe tudo sobre o assunto.

– Para mim é um grande absurdo, e agradeço se você parar de tolices e não estragar minha alegria. Laurie é um bom rapaz, gosto dele e não vou inventar nada de sentimental sobre elogios e bobagens do gênero. Todas nós seremos boas com ele porque ele não tem mãe e pode vir nos visitar, não pode, mamãe?

– Pode, Jo, seu amiguinho é muito bem-vindo e espero que Meg lembre que as crianças devem continuar sendo crianças enquanto puderem.

– Não sou criança e ainda nem cheguei à adolescência – observou Amy –; o que você acha, Beth?

– Eu estava pensando na nossa *Jornada do Peregrino* – respondeu Beth, que não ouvira uma só palavra. – Como saímos do Pântano e passamos pela Cancela ao decidirmos ser boas, e escalamos a subida íngreme tentando sê-lo, e que aquela casa logo ali, cheia de coisas maravilhosas, talvez possa ser nosso Belo Palácio.

– Antes teremos de passar pelos leões – disse Jo, como se a perspectiva até lhe agradasse.

Capítulo 6

Beth encontra o Belo Palácio

A GRANDE CASA realmente demonstrou ser o Belo Palácio, embora tenha levado algum tempo para que todas entrassem e Beth achasse muito difícil passar pelos leões. O velho sr. Laurence era o maior deles. Mas depois de visitá-las, dizendo algo engraçado ou gentil para cada uma das meninas, conversando sobre os velhos tempos com sua mãe, ninguém sentiu mais medo dele, exceto a tímida Beth. O outro leão era o fato de que elas eram pobres e Laurie rico, o que as deixava acanhadas em aceitar favores que não podiam retribuir. Mas, depois de algum tempo, elas descobriram que ele as considerava benfeitoras e se empenhava constantemente em mostrar o quanto estava grato à sra. March pela acolhida maternal, pelo alegre convívio e conforto que sentia na casa humilde da família. Assim, logo esqueceram o orgulho, trocando gentilezas sem parar para pensar qual seria a maior.

Inúmeras coisas agradáveis aconteceram naquele período, pois a nova amizade crescia como capim na primavera. Todas gostavam de Laurie, e ele confidenciou a seu preceptor que "as senhoritas March eram mocinhas realmente maravilhosas". Com o encantador entusiasmo da juventude, elas acolheram o jovem solitário e o estimavam muito, enquanto ele considerava encantadora a companhia inocente daquelas mocinhas de coração simples. Como nunca tivera mãe nem irmãs, Laurie logo sentiu a influência delas sobre si, e seus modos ocupados e vivazes lhe causaram vergonha pela vida indolente que levava. Ele estava cansado de livros e achava as pessoas tão interessantes que agora o sr. Brooke era obrigado a fazer relatórios insatisfatórios, pois Laurie cabulava as aulas e ia correndo para a casa das March.

– Não se preocupe, deixe-o tirar umas férias e faça com que compense depois – disse o velho cavalheiro. – A boa senhora da casa vizinha disse que ele está estudando demais e que precisa de um pouco de diversão, exercício e convívio com gente jovem. Desconfio que ela tenha razão e estive mimando o rapaz como se fosse uma avozinha. Deixe-o fazer o que quiser, desde que se sinta feliz. Ele não fará nada de errado naquele pequeno convento, e a sra. March faz por ele mais do que jamais conseguimos fazer.

Quantos bons momentos passaram, sem dúvida! Quantas peças e pantomimas, quantas corridas de trenós e passeios de patins, quantas tardes agradáveis na velha sala de visitas e de vez em quando algumas alegres festinhas na mansão. Meg podia passear pela estufa sempre que queria, montando buquês à vontade; Jo vasculhava vorazmente a nova biblioteca e divertia imensamente o velho cavalheiro com suas críticas; Amy copiava quadros e podia dar vazão a todo o seu amor pela beleza; Laurie desempenhava o papel de senhor do solar ao estilo mais garboso.

Mas Beth, embora ansiasse fervorosamente pelo piano de cauda, não conseguia reunir coragem para ir à "mansão da aventurança", como Meg a chamava. Tinha ido uma vez com Jo, mas o velho senhor, desconhecendo sua fragilidade, olhou-a sob suas grossas sobrancelhas com ar tão sério e soltou um "Olá!" tão sonoro que Beth se assustou tanto que ficou com "os pés tremendo no chão", como depois contou à mãe, e saiu correndo, declarando que nunca mais voltaria lá, nem pelo querido piano. Não houve persuasão ou sedução capaz de vencer seu medo, até que o sr. Laurence, tendo o fato chegado a seus ouvidos por alguma via misteriosa, resolveu remediar a situação. Durante uma das rápidas visitas que fez, ele conduziu habilmente a conversa para a música, falou dos grandes cantores que já tinha visto, dos belos órgãos que já ouvira e contou casos tão fascinantes que Beth achou impossível ficar em seu cantinho afastado e veio se aproximando aos poucos, como que enfeitiçada. Parou às costas da cadeira dele e ficou ouvindo, com os grandes olhos bem abertos e o rosto rubro de nervosismo por seu comportamento incomum. Dando tanta importância a ela quanto daria a uma mosca, o sr. Laurence falou sobre as aulas e os professores de Laurie, e pouco depois, como se acabasse de lhe ocorrer a ideia, disse à sra. March:

– O rapaz agora deixou a música de lado, e fico contente com isso, pois estava se afeiçoando demais a ela. Mas o piano sofre com o desuso; alguma de suas meninas não gostaria de ir lá tocar algumas vezes, só para mantê-lo afinado?

Beth avançou um passo e comprimiu as mãos com força para não bater palmas, pois a tentação era irresistível, e a ideia de tocar naquele esplêndido instrumento lhe tirou totalmente o fôlego. Antes que a sra. March pudesse responder, o sr. Laurence prosseguiu com um leve meneio e um sorriso:

– Não precisam ver nem falar com ninguém, mas podem ir a qualquer hora, pois fico fechado em meu gabinete no outro lado da casa. Laurie sai muito e os empregados nunca ficam por perto da sala de visitas depois das nove.

Então ele se levantou para ir embora e Beth decidiu falar, pois esse último arranjo não deixava nada a desejar.

– Por favor, diga às senhoritas o que falei e, se elas não quiserem ir, bom, não tem problema.

Então uma mãozinha deslizou sobre a dele e Beth fitou seu rosto, cheia de gratidão enquanto dizia com ardor, mas tímida:

– Oh, senhor, elas querem, sim, muito, muito mesmo!

– É você a mocinha musical? – perguntou ele, sem nenhum "Olá!" assustador enquanto olhava para ela com grande bondade.

– Eu me chamo Beth; gosto muito de música e irei, se o senhor tiver certeza de que ninguém vai me ouvir e que não vou perturbar ninguém – acrescentou ela, temendo ser rude e tremendo à sua própria ousadia enquanto falava.

– Ninguém, minha querida; a casa fica vazia durante metade do dia; então venha e martele as teclas o quanto quiser; ficarei muito agradecido.

– Quanta gentileza sua, senhor.

Beth corou como uma rosa sob o olhar amigável dele, mas agora não se assustou e apertou com gratidão a mão larga, pois não tinha palavras para agradecer-lhe pelo precioso presente que lhe dera. O velho cavalheiro afagou delicadamente o cabelo de sua testa e, inclinando-se, deu-lhe um beijo, dizendo num tom que poucas pessoas o ouviram usar:

– Já tive uma menininha com olhos assim. Deus a abençoe, minha querida; até logo, senhora – e foi embora com grande pressa.

Beth teve um arroubo de felicidade com a mãe e então subiu correndo as escadas para anunciar a gloriosa novidade à sua família de doentinhas, pois as irmãs não estavam em casa. Com que alegria cantou naquela tarde, e como todas riram quando ela acordou Amy durante a noite, tocando piano no rosto dela enquanto dormia! No dia seguinte, vendo os dois Laurence, o idoso e o jovem, saírem de casa, Beth, depois de retroceder duas ou três vezes, entrou discretamente pela porta lateral e, silenciosa como um ratinho, foi para a sala de visitas, onde ficava seu objeto de adoração. Por mero acaso, claro, havia algumas belas e fáceis partituras em cima do piano, e, com dedos trêmulos e pausas frequentes para escutar e olhar em torno, enfim Beth começou a tocar e imediatamente se esqueceu do medo, de si mesma e de todo o resto, exceto o indizível prazer que lhe dava aquela música, pois era como a voz de um amigo querido.

Ficou lá até que Hannah foi buscá-la para o jantar, mas não estava com apetite e só pôde ficar sentada, sorrindo para todas num estado de plena beatitude.

Depois disso, o pequeno capuz marrom deslizava pela cerca quase todos os dias, e a grande sala de visitas era frequentada por um espírito melodioso que entrava e saía sem ser visto. Ela nunca soube que muitas vezes o sr. Laurence abria a porta do gabinete para ouvir as árias antigas que tanto amava; nunca notou Laurie montando guarda no corredor para dizer aos criados para se afastarem; nunca suspeitou que os livros de exercícios e as novas partituras que encontrava no suporte eram postos ali especialmente para ela; e, quando ele falava sobre música com ela em sua casa, ela pensava que era apenas uma gentileza dizer-lhe coisas que a ajudavam muito. Assim divertia-se entusiasticamente e descobriu, o que nem sempre era o caso, que aquele seu desejo atendido era tudo o que havia esperado. Talvez por ser tão agradecida por tal dádiva foi-lhe dada outra maior; seja como for, ela merecia ambas.

– Mãe, vou fazer um par de pantufas para o sr. Laurence. Ele é tão bom comigo que preciso agradecer-lhe, e não sei de outra maneira. Posso? – perguntou Beth, algumas semanas depois daquela memorável visita dele.

– Pode, querida. Ele vai ficar muito contente e será uma bela forma de agradecer. As meninas vão ajudá-la, e eu compro o material – respondeu a sra. March, que sentia especial prazer em atender aos pedidos de Beth, pois esta raramente pedia algo para si mesma.

Após várias discussões muito sérias com Meg e Jo, o modelo foi escolhido, o material comprado e as pantufas iniciadas. Um ramalhete de amores-perfeitos, sóbrios, mas alegres, sobre um fundo roxo mais escuro, foi considerado muito bonito e apropriado, e Beth trabalhou sem parar, de manhã e de noite, com ocasional ajuda nas partes mais difíceis. Era muito ágil na agulha, e as pantufas ficaram prontas antes que alguém se cansasse delas. Então Beth escreveu um bilhete curto e simples e, com a ajuda de Laurie, uma manhã levou o par de pantufas às escondidas e colocou-o sobre a mesa do gabinete antes que o senhor se levantasse.

Passada aquela agitação, Beth esperou para ver o que aconteceria. O dia inteiro e parte do dia seguinte transcorreram sem que qualquer agradecimento chegasse, e ela começou a ficar com medo de ter ofendido o amigo rabugento. Na tarde do segundo dia, ela saiu para fazer um serviço de rua e proporcionar à pobre Joanna, sua boneca inválida, seu exercício diário. Quando voltava pela rua de casa, Beth viu três, não, quatro cabeças aparecendo e sumindo nas janelas da sala de visitas; e, assim que a viram, muitas mãos se puseram a acenar e várias vozes alegres gritavam:

– Tem uma carta do velho cavalheiro! Venha depressa e leia!

– Oh, Beth, ele lhe enviou um... – começou Amy, gesticulando com uma energia imprópria a uma fina dama, mas não prosseguiu, pois Jo a interrompeu fechando a janela.

Beth correu animada pela expectativa. À porta, as irmãs a pegaram e a levaram até a sala numa procissão triunfal, apontando e dizendo em coro:

– Olhe ali! Olhe ali! – Beth olhou e empalideceu de alegria e surpresa diante de um pequeno piano com uma carta em cima da tampa lustrosa, endereçada, como um letreiro, à "Senhorita Elizabeth March".

– Para mim? – balbuciou Beth, segurando-se em Jo e quase se sentindo cair, pois tratava-se de algo totalmente avassalador.

– Sim, todo seu, minha querida! Não é maravilhoso da parte dele? Não acha que é o senhor mais adorável do mundo? Aqui está a chave, na carta. Não abrimos, mas estamos morrendo de vontade de saber o que ele diz – exclamou Jo, abraçando a irmã e lhe estendendo o bilhete.

– Leia você! Eu não posso, estou me sentindo tão estranha! Oh, é lindo demais! – e Beth escondeu o rosto no avental de Jo, totalmente transtornada com o presente que ganhara.

Jo abriu o papel e começou a rir, porque as primeiras palavras que viu foram:

Srta. March:
Prezada Senhora...

– Como soa bem! Queria que alguém me escrevesse assim! – disse Amy, que julgou muito elegante o estilo antiquado de iniciar a carta.

> Já tive muitos pares de pantufas na vida, mas nunca tive um par que me servisse tão bem como o seu

continuou Jo.

O amor-perfeito é minha flor favorita e estes sempre me lembrarão a gentil presenteadora. Gosto de pagar minhas dívidas, portanto sei que a senhorita permitirá ao 'velho cavalheiro' enviar algo que outrora pertenceu à netinha que perdi. Com sinceros agradecimentos e os melhores votos, sempre

Seu agradecido amigo e humilde criado,

James Laurence

– Ora, Beth, esta é certamente uma honra da qual pode se orgulhar! Laurie me falou da paixão que o sr. Laurence tinha pela criança que morreu e como guarda com cuidado todas as suas coisas. Pense só, ele lhe deu o piano dela! É nisso que dá ter grandes olhos azuis e amor pela música – disse Jo, tentando acalmar Beth, que estava trêmula e parecia mais nervosa do que nunca.

– Veja os elaborados castiçais e a bela seda verde, franzida com uma rosa dourada no centro e a estante e a banqueta, tudo completo – acrescentou Meg, abrindo o instrumento e mostrando suas belezas.

– "Seu humilde criado, James Laurence", pense só ele escrevendo isso. Vou contar para as meninas. Elas vão achar o máximo – disse Amy, muito impressionada com o bilhete.

– Experimente tocar, benzinho; vamos ouvir o som do bebê pianim – disse Hannah, que sempre participava das alegrias e tristezas da família.

Então Beth experimentou, e todas disseram que era o mais extraordinário piano que jamais tinham ouvido. Era visível que fora recentemente afinado e deixado na mais perfeita ordem, mas, por mais perfeito que fosse, penso que o verdadeiro encanto eram os rostos felizes que se curvavam sobre ele enquanto Beth tocava amorosamente as lindas teclas pretas e brancas e pisava nos pedais reluzentes.

– Você terá de ir agradecê-lo – disse Jo, de brincadeira, pois jamais lhe passou pela cabeça a ideia de Beth ir realmente.

– Sim, é o que pretendo fazer. Acho que vou agora mesmo, antes de ficar assustada pensando nisso. – E, para a completa perplexidade de toda a família, Beth caminhou decidida pelo jardim, atravessou a cerca e entrou pela porta dos Laurence.

– Bom, que eu caia dura no chão se esta não é a coisa mais estranha que vi na vida! O pianim virou a cabeça dela! Jamais iria se estivesse normal – exclamou Hannah, com os olhos cravados nela enquanto as meninas ficavam sem fala perante o milagre.

Elas ficariam ainda mais assombradas se vissem o que Beth fez a seguir. Acreditem em mim: ela foi e bateu à porta do gabinete antes de parar para pensar e, quando a voz ríspida gritou "Entre!", ela entrou, foi direto ao sr. Laurence, que parecia realmente surpreso, e estendeu-lhe a mão, dizendo, com apenas um leve tremor na voz:

– Eu vim agradecer ao senhor pelo... – mas não conseguiu terminar, pois ele a olhava tão amistoso que ela, esquecendo o discurso e lembrando apenas que ele perdera uma menininha que amava, abraçou-lhe o pescoço e lhe deu um beijo.

Se o telhado da casa tivesse despencado de repente, o velho cavalheiro não teria ficado mais atônito; mas ele gostou, oh, sim, gostou imensamente. E ficou tão emocionado e agradecido com aquele pequeno beijo confiante que toda a sua severidade desapareceu; simplesmente pôs Beth no colo e encostou o rosto enrugado no rostinho rosado dela, sentindo como se a netinha estivesse de volta. A partir daquele instante, Beth deixou de temê-lo e ficou ali sentada, conversando com ele tão afavelmente como se o conhecesse durante toda a vida, porque o amor afasta o medo e a gratidão vence o orgulho. Ao voltar para casa, ele a acompanhou até o portão, apertou-lhe a mão cordialmente, tocou em seu chapéu e marchou de volta, muito ereto e aprumado, como idoso cavalheiro marcial e bem-apessoado que era.

Quando as meninas viram tal desempenho, Jo começou a dançar uma jiga em sinal de satisfação, Amy quase caiu da janela devido à surpresa e Meg exclamou, erguendo as mãos:

– Bem, creio que é mesmo o fim do mundo!

Capítulo 7

O Vale da Humilhação de Amy

– Aquele rapaz é um verdadeiro ciclope, não é? – disse Amy um dia, quando viu Laurie passar a cavalo, acenando com o chicote.

– Como se atreve a dizer isso, se ele tem os dois olhos? E, aliás, muito bonitos! – alterou-se Jo, que se ressentia de qualquer comentário depreciativo sobre o amigo.

– Eu não disse nada sobre os olhos dele e não entendo por que você ficou brava se eu só admirei seu jeito de montar a cavalo.

– Ora, que coisa! Essa bobinha queria dizer centauro e falou ciclope! – exclamou Jo, com uma explosão de riso.

– Não precisa ser grosseira, foi só um "lápis de lingo", como diz o sr. Davis – retrucou Amy, fazendo Jo se acabar de rir com seu latim. – Só queria ter um pouco do dinheiro que Laurie gasta com cavalos – acrescentou ela, como se falasse para si mesma, mas esperando que as irmãs ouvissem.

– Por quê? – perguntou Meg gentilmente, pois Jo ainda gargalhava com a segunda asneira de Amy.

– Preciso tanto de dinheiro, estou terrivelmente endividada e este não é meu mês de ficar com o dinheirinho da venda dos retalhos.

– Endividada, Amy? O que você quer dizer? – e Meg olhou-a com ar sério.

– Ora, estou devendo pelo menos uma dúzia de limões em conserva e não posso pagar enquanto não tiver dinheiro, você sabe, pois mamãe proibiu que eu fizesse qualquer compra fiado na loja.

– Conte-me tudo. A moda agora são limões? Antes eram uns pedacinhos ardidos de goma para fazer bola* – e Meg tentou manter a seriedade, pois Amy parecia muito grave e importante.

– Bom, sabe, as meninas estão sempre comprando, e, a menos que queira ser considerada mesquinha, você também precisa comprar. Agora tudo é limão, porque todo mundo fica chupando limão na carteira durante as aulas e no recreio trocam por lápis, anéis de contas, bonecas de papel ou qualquer outra coisa. Se uma menina gosta de outra, lhe dá limões; se estiver magoada, come um na frente dela e não oferece nem uma chupadinha. A cada vez é uma que distribui e já ganhei muitos, mas não retribuí, e é obrigação minha, pois são dívidas de honra, entende?

– De quanto você precisa para saldar todas as dívidas e restabelecer seu crédito? – perguntou Meg, pegando sua bolsa.

– Um quarto de dólar seria mais do que suficiente, e ainda sobrariam alguns centavos para um de presente para você. Não gosta de limões?

– Não muito, pode ficar com minha parte. Aqui está o dinheiro. Faça render o máximo possível, pois não é muito, como você sabe.

– Oh, obrigada! Deve ser tão bom ter uns trocados. Vai ser um grande banquete para mim, porque não provei um único limão esta semana. Fiquei sem graça de aceitar, porque não posso retribuir, e estou realmente doida por um.

---

* A goma de mascar foi lançada comercialmente em 1848; a partir de 1860, com a importação do *chicle* mexicano, o chiclete de bola passou a ter enorme sucesso. (N.T.)

No dia seguinte, Amy chegou bastante atrasada na escola, mas não pôde resistir à tentação de exibir, com perdoável orgulho, um saquinho úmido de papel pardo, antes de guardá-lo no recesso mais secreto de sua carteira. Nos minutos seguintes, circulou em seu "grupo" o boato de que Amy March tinha 24 deliciosos limões (ela tinha comido um pelo caminho) e ia oferecê-los, e as atenções de suas amigas se tornaram avassaladoras. Katy Brown a convidou imediatamente para a próxima festa; Mary Kingsley insistiu em lhe emprestar o relógio até a hora do recreio; Jenny Snow, uma sarcástica senhorita que rira mesquinhamente às custas de Amy por sua condição deslimoada, prontamente depôs as armas em sinal de paz e se prontificou a lhe fornecer os resultados de algumas somas de aritmética aterradoras. Mas Amy não se esquecera dos comentários ferinos da senhorita Snow sobre "certas pessoas cujo nariz achatado não as impedia de sentir o cheiro de limão alheio e certas pessoas presunçosas cujo orgulho não as impedia de pedir", e na mesma hora dizimou as esperanças "daquela menina Snow" com um telegrama arrasador: "Não precisa ficar tão educada assim de repente, pois não vai ganhar nenhum".

Um personagem importante foi visitar a escola naquela manhã, e os belos mapas desenhados por Amy receberam elogios, honra esta à inimiga que amargurou a alma da senhorita Snow e fez com que a senhorita March adotasse ares de jovem pavão estudioso. Mas, ai! ai!, o orgulho precede a queda, e a vingativa Snow inverteu a situação com um êxito catastrófico. Assim que o visitante prestou os cumprimentos de praxe e se despediu com uma reverência, Jenny, a pretexto de fazer uma pergunta importante, informou o professor sr. Davis que Amy March tinha limões escondidos na carteira.

Ora, o sr. Davis havia decretado que os limões eram artigo proibido e prometera solenemente aplicar a palmatória em público em quem infringisse a lei. Este homem de extrema paciência conseguira banir a goma de mascar após longa e tempestuosa guerra, fizera uma fogueira com os romances e jornais confiscados, acabara com uma caixa postal particular, proibira contorções faciais, apelidos e caricaturas, e fizera tudo o que um homem pode fazer para manter em ordem meia centena de meninas rebeldes. Os meninos já são uma grande provação para a paciência humana, os céus sabem!, mas meninas são infinitamente piores, ainda mais para cavalheiros nervosos com índole tirânica e tanto talento para ensinar quanto o dickensiano "dr. Blimber". O sr. Davis conhecia um bom tanto de grego, latim, álgebra e "logias" de todos os tipos, e assim era tido como ótimo professor; boas maneiras, moral, sentimentos, exemplos não eram considerados especialmente importantes. Era um momento extremamente infeliz para denunciar Amy, e Jenny sabia disso. O sr. Davis tinha visivelmente tomado um café forte demais naquela manhã, soprava um vento leste que sempre afetava sua nevralgia e suas alunas não lhe concediam o reconhecimento que julgava merecer; portanto, para usar a linguagem, se não elegante, ao menos expressiva de uma menina de escola, "ele estava nervoso feito uma bruxa e bravo feito um urso". A palavra "limões" foi como fogo na pólvora, seu rosto amarelo corou, e ele bateu na mesa com tamanha energia que fez Jenny voar para sua cadeira com incomum rapidez.

– Senhoritas, sua atenção, por favor!

Diante dessa ordem severa, o murmúrio cessou e cinquenta pares de olhos azuis, pretos, cinzentos e castanhos se fixaram obedientemente em seu rosto terrível.

– Senhorita March, venha à mesa.

Amy se levantou obediente, aparentando manter a compostura, mas um medo secreto a oprimia, pois os limões lhe pesavam na consciência.

– Traga os limões que tem na carteira – foi a inesperada ordem que a deteve antes que ela saísse da cadeira.

– Não leve todos – sussurrou a vizinha, uma menina de grande presença de espírito.

Amy rapidamente separou meia dúzia e depositou os restantes diante do sr. Davis, achando que qualquer homem que tivesse um coração humano se abrandaria quando aquele perfume delicioso lhe chegasse ao nariz. Infelizmente, o sr. Davis sentia especial aversão pelo cheiro dessa conserva em moda, e o desagrado se somou à raiva.

– Estão todos aqui?

– Não exatamente – gaguejou Amy.

– Traga o resto, já.

Com um olhar de desespero para seu grupo, ela obedeceu.

– Tem certeza de que não há mais?

– Nunca minto, senhor.

– Estou vendo. Agora pegue essas coisas repulsivas, duas por vez, e jogue pela janela.

Houve um suspiro simultâneo, que criou uma leve lufada de vento, quando a última esperança se dissipou e a guloseima foi arrebatada daqueles lábios desejosos. Roxa de vergonha e raiva, Amy foi e voltou doze mortais vezes e, conforme cada par condenado, parecendo, oh, tão redondinhos e suculentos!, caía de suas mãos relutantes, uma gritaria na rua completava a angústia das meninas, pois dizia a elas que estava ocorrendo uma festa entre as criancinhas irlandesas, que eram suas inimigas juradas. Isso... isso era demais; todas fulminaram o implacável Davis com olhares indignados ou suplicantes, e uma adoradora fervorosa de limões rompeu em prantos.

Quando Amy voltou da última viagem, o sr. Davis soltou um portentoso "hum" e disse do modo mais cavernoso:

– As senhoritas lembram o que falei na semana passada. Lamento que isso tenha ocorrido, mas nunca permito que minhas regras sejam infringidas, e *nunca* falto à minha palavra. Senhorita March, estenda sua mão.

Amy teve um sobressalto, pôs as duas mãos para trás, virou-se para ele com um olhar suplicante, mais expressivo do que poderiam ser as palavras que não conseguia pronunciar. Ela era, talvez, a favorita do "velho Davis", como decerto o chamavam, e eu, pessoalmente, creio que ele *teria* deixado de cumprir sua palavra se a indignação de uma incontrolável mocinha não tivesse deixado escapar um assobio. Esse assobio, por mais fraco que tenha sido, irritou o cavalheiro irascível e selou a sorte da culpada.

– Sua mão, senhorita March!

Foi a única resposta que seu mudo apelo recebeu, e, orgulhosa demais para chorar ou implorar, Amy cerrou os dentes, jogou a cabeça para trás em atitude desafiadora e aguentou impassível vários golpes na palma da mãozinha. Não foram muitos nem fortes, mas, para ela, não fazia diferença. Pela primeira vez na vida ela apanhava, e a desgraça, a seus olhos, era tão profunda como se ele a tivesse derrubado no chão.

– Agora a senhorita ficará no estrado até a hora do recreio – disse o sr. Davis, resolvido, visto que começara, a levar a coisa até o fim.

Aquilo era horrível; já teria sido muito ruim voltar para sua carteira e ver o rosto condoído das amigas ou o ar satisfeito das inimigas; mas encarar a escola inteira, tendo acabado de sofrer aquela vergonha, parecia impossível, e por um segundo ela achou que cairia ali mesmo onde estava e se arrebentaria de tanto chorar. Um amargo senso de injustiça e a lembrança de Jenny Snow a ajudaram a aguentar; e, tomando o lugar ignominioso, cravou os olhos no tubo exaustor do aquecedor, por sobre o que agora lhe parecia ser um mar de rostos, e lá ficou tão imóvel e pálida que as meninas acharam muito difícil estudar com aquela figura comovente diante delas.

Durante os quinze minutos que se seguiram, a orgulhosa e sensível menina sofreu uma vergonha e uma dor que jamais esqueceu. Para outros, poderia parecer uma ocorrência ridícula ou trivial, mas para ela foi uma experiência difícil, pois durante os doze anos de sua vida fora governada somente pelo amor e jamais sofrera um golpe daqueles. Esqueceu o ardor da mão e a dor do coração à ferroada do pensamento: "Vou ter que contar em casa e elas ficarão tão desapontadas comigo!".

Os quinze minutos pareceram uma hora, mas finalmente passaram, e a palavra "recreio!" nunca lhe pareceu mais bem-vinda.

– Pode ir, senhorita March – disse o sr. Davis, parecendo constrangido, como de fato estava.

Ele demorou para esquecer o olhar desaprovador que Amy lhe lançou ao seguir diretamente para a antessala; apanhou suas coisas e deixou o lugar "para sempre", como declarou veementemente a si mesma. Chegou num triste estado em casa; e, quando as irmãs mais velhas chegaram, algum tempo depois, logo se realizou uma reunião indignada. A sra. March não falou muito, mas parecia perturbada e reconfortou a filhinha aflita com toda a ternura. Meg banhou a mão machucada com glicerina e lágrimas. Beth percebeu que nem seus adorados gatinhos serviriam de bálsamo para tal tipo de dor, e Jo furiosamente propôs que o sr. Davis fosse preso sem demora, enquanto Hannah sacudia o punho para o "vilão" e esmagava as batatas para o jantar como se ele estivesse sob o amassador.

Ninguém deu atenção ao sumiço de Amy, a não ser as colegas; mas as *demoiselles* de olhos argutos notaram que o sr. Davis estava muito benevolente naquela tarde e também especialmente nervoso. Logo antes de a escola fechar, Jo apareceu e, com expressão severa, foi até a mesa e entregou uma carta de sua mãe; então reuniu as coisas de Amy e partiu, limpando cuidadosamente o barro de suas botas no capacho da porta, como que removendo dos pés toda a poeira daquele lugar.

– Sim, você pode tirar umas férias da escola, mas quero que você estude um pouco todos os dias, com Beth – disse a sra. March, aquela noite. – Não aprovo castigos físicos, especialmente para meninas. Não gosto do modo como o sr. Davis ensina e não creio que as meninas com quem você se relaciona lhe tragam algum benefício; então vou pedir conselho a seu pai antes de enviá-la para algum outro lugar.

– Que bom! Queria que todas as meninas saíssem e acabassem com aquela escola velha. É totalmente enlouquecedor pensar naqueles limões deliciosos – suspirou Amy, com ar de mártir.

– Não lamento que você os tenha perdido, porque você infringiu as regras e merecia alguma punição pela desobediência – foi a severa réplica, desapontando um pouco a jovem dama, que esperava apenas solidariedade.

– Mamãe está dizendo que se sente contente porque fui humilhada na frente de toda a escola? – exclamou Amy.

– Eu não escolheria aquele método de corrigir uma falta – replicou a mãe –, mas não tenho certeza se isso não lhe fará bem, mais do que um método mais suave. Você está ficando convencida e presunçosa, minha querida, e já é tempo de começar a corrigir isso. Você tem muitos pequenos dotes e virtudes, mas não precisa exibi-los, porque a presunção estraga o maior dos gênios. Não há muito risco de que o verdadeiro talento ou bondade sejam ignorados por muito tempo, mas, mesmo que fossem, a consciência de possuí-los e usá-los bem deve bastar, e o grande encanto de todo poder é a modéstia.

– Isso mesmo! – exclamou Laurie, que estava jogando xadrez num canto com Jo. – Conheci uma mocinha, certa vez, que tinha um talento realmente notável para a música e não sabia, nunca imaginou como eram doces as coisinhas que compunha quando estava sozinha e não acreditaria se alguém lhe dissesse.

– Gostaria de ter conhecido essa boa moça, talvez ela me ajudasse; sou tão obtusa – disse Beth, que estava atrás dele, ouvindo com atenção.

– Você a conhece, e ela a ajuda mais do que qualquer outra pessoa – respondeu Laurie, olhando para ela com um ar tão travesso nos olhos negros vivazes que Beth, de repente, ficou vermelha e escondeu o rosto na almofada do sofá, bastante perturbada com a inesperada descoberta.

Jo deixou Laurie ganhar o jogo, em recompensa pelo elogio à sua Beth, que não pôde ser persuadida a tocar para eles depois daquele elogio. Assim, Laurie deu o melhor de si e cantou encantadoramente, num humor muito alegre, pois para as March ele raramente mostrava o lado melancólico de seu caráter. Quando foi embora, Amy, que estivera pensativa a noite toda, disse de repente, como que às voltas com uma nova ideia:

– Laurie tem boa formação?

– Tem; foi muito bem educado e é muito talentoso; será um ótimo homem, se não o estragarem com mimos – respondeu sua mãe.

– E ele não é convencido, é? – perguntou Amy.

– Nem um pouco; por isso é tão encantador e todas nós gostamos tanto dele.

– Entendo; é bom ter boa formação e ser elegante, mas não mostrar nem se emproar – disse Amy, meditativa.

– Essas coisas sempre se notam e se percebem nas maneiras e na conversa da pessoa, se usadas modestamente; mas não é necessário exibi-las – disse a sra. March.

– Assim como não fica bem usar todas as suas toucas, vestidos e fitas de uma vez só, para as pessoas saberem que você os tem – acrescentou Jo, e o sermão terminou numa risada.

Capítulo 8

Jo encontra Apólion

– Meninas, aonde vocês vão? – perguntou Amy, entrando no quarto delas num sábado à tarde e vendo que se preparavam para sair, com um ar de segredo que atiçou sua curiosidade.

– Não interessa; meninas pequenas não fazem perguntas – respondeu Jo rispidamente.

Ora, se há algo que nos mortifica quando somos jovens é ouvir isso; e que nos digam "suma daqui, querida" é ainda pior. Amy se empertigou com o insulto e decidiu descobrir o segredo, atazanando as irmãs por uma hora. Virando-se para Meg, que nunca lhe recusava nada por muito tempo, disse persuasiva:

– Conte! Acho que vocês deveriam me deixar ir também. Pois Beth está ocupada com suas bonecas e eu não tenho nada para fazer, e estou *tão* solitária.

– Não posso, querida, porque você não foi convidada – começou Meg, mas Jo interrompeu com impaciência.

– Agora, Meg, fique quieta ou vai estragar tudo. Você não pode ir, Amy, então não seja infantil e não fique aí se lamentando.

– Vocês vão a algum lugar com Laurie, sei que vão, vocês estiveram cochichando e rindo juntos no sofá ontem à noite, e pararam quando eu entrei. Vão sair com ele?

– Sim, vamos, agora sossegue e pare de amolar.

Amy segurou a língua, mas usou os olhos e viu Meg guardar um leque em sua bolsa.

– Já sei! Já sei! Vocês vão ao teatro para ver *Os sete castelos*! – exclamou ela, acrescentando resolutamente –, e eu *tenho* que ir, porque mamãe disse que eu podia, tenho meu próprio dinheiro e foi maldade não me avisarem a tempo.

– Só me ouça um segundo e seja uma boa menina – disse Meg, de maneira tranquilizadora. – Mamãe não quer que você vá esta semana, porque seus olhos não estão suficientemente bem para suportar a luz dessa bela peça. Semana que vem você poderá ir com Beth e Hannah e se divertir.

– Eu não ia gostar nem metade do que gostaria indo com vocês e com Laurie. Por favor, me deixe, estive doente com este resfriado por muito tempo e fiquei trancada em casa, estou morrendo de vontade de me divertir um pouco. Vamos, Meg! Eu me comportarei muito bem – suplicou Amy, fazendo o ar mais patético quem conseguia.

– E se nós a levássemos? Creio que mamãe não se importará, se a agasalharmos bem – disse Meg.

– Se *ela* for, *eu* não vou, e se eu não for, Laurie não vai gostar e será uma grosseria, depois que convidou só nós duas, irmos e carregarmos Amy também. Eu acho que ela detestaria se meter onde não a querem – disse Jo, zangada, pois não gostava de ficar vigiando crianças irrequietas quando queria se divertir.

Seu tom e seus modos irritaram Amy, que começou a calçar as botas, dizendo do seu jeito mais petulante:

– Eu *vou*, Meg disse que eu posso e, se eu pagar minha entrada, Laurie não tem nada a ver com isso.

– Você não pode se sentar conosco, porque nossos assentos foram reservados, e você não pode se sentar sozinha, portanto Laurie lhe dará o lugar dele e isso estragará nosso divertimento, ou ele comprará outro lugar para você e isso não é correto, porque você não foi convidada. Não dê mais nenhum passo, fique aí onde está – ralhou Jo, mais zangada do que nunca, tendo acabado de furar o dedo devido à pressa.

Sentada no chão, com uma bota calçada, Amy começou a chorar. Meg argumentava com ela quando Laurie chamou lá de baixo e as duas meninas desceram correndo, deixando a irmã aos prantos, porque de vez em quando esquecia seus modos de crescida e agia feito uma criança mimada. Justamente quando o grupo estava saindo, Amy chamou de cima do corrimão, num tom ameaçador:

– Você vai se arrepender disso, Jo March! Vai ver só.

– Bobagem! – respondeu Jo, batendo a porta.

Tiveram ótimos momentos, pois *Os sete castelos de Diamond Lake* era brilhante e maravilhoso como o coração podia desejar. Mas, apesar dos cômicos diabinhos vermelhos, elfos espirituosos e lindas princesas, o prazer de Jo tinha um toque de amargura. Os cachos dourados da fada-rainha lhe lembravam os de Amy, e nos intervalos ela ficava imaginando o que sua irmã faria para "ela se arrepender". Ela e Amy tiveram muitas escaramuças animadas ao longo de suas vidas, pois ambas tinham o pavio curto e tendiam para a agressividade quando provocadas. Amy atiçava Jo, e Jo se irritava com Amy, e eventuais explosões ocorriam, das quais ambas depois se envergonhavam muito. Embora fosse mais velha, Jo tinha menos autocontrole e lhe era difícil refrear o espírito irascível que o tempo todo lhe trazia problemas. Sua raiva nunca durava muito, e, tendo confessado humildemente suas faltas, ela sinceramente se arrependia e tentava melhorar. Suas irmãs costumavam dizer que gostavam de deixar Jo furiosa, pois ela ficava um anjo depois. Pobre Jo, tentava desesperadamente ser boa, mas seu inimigo íntimo estava sempre pronto para atiçá-la e derrotá-la, e foram necessários anos de esforço paciente para dominá-lo.

Quando voltaram para casa, elas encontraram Amy lendo na sala de visitas. Ela assumiu um ar de mágoa quando elas entraram e não levantou os olhos do livro nem perguntou uma questão sequer. Talvez a curiosidade tivesse vencido o ressentimento se Beth não estivesse ali para perguntar e receber uma entusiasmada descrição da peça. Ao subir para tirar seu melhor chapéu, Jo antes olhou para a escrivaninha, pois em sua última briga Amy acalmara sua raiva virando de cabeça para baixo, no chão, a gaveta de Jo. Tudo estava em seu devido lugar, contudo, e depois de um olhar apressado em seus vários armários, bolsas e caixas Jo decidiu que Amy a perdoara e esquecera seus erros.

Mas Jo se enganara, pois no dia seguinte fez uma descoberta que provocou uma tempestade. Meg, Beth e Amy estavam sentadas juntas, no final da tarde, quando Jo entrou correndo no quarto, parecendo agitada e perguntando sem fôlego:

– Alguém pegou minha história?

Meg e Beth disseram "Não" de imediato e pareceram surpresas. Amy atiçou o fogo e não disse nada. Jo viu que ela corava e num minuto voou sobre ela.

– Amy, você pegou!

– Não, não peguei.

– Então você sabe onde está!

– Não, não sei.

– Isso é mentira! – exclamou Jo, pegando-a pelos ombros e com um ar de tamanha raiva que assustaria uma menina muito mais corajosa do que Amy.

– Não é. Eu não peguei, não sei onde está, e nem me importa.

– Você sabe algo a respeito e é melhor falar de uma vez ou vou fazer você falar – e Jo deu-lhe uma chacoalhada.

– Pode xingar o quanto quiser, nunca mais verá seu livro idiota de novo – exclamou Amy, ficando por sua vez nervosa.

– Por que não?

– Eu o queimei.

– O quê? Meu livrinho de que eu gostava tanto, em que tanto trabalhei e que queria terminar antes de papai voltar para casa? Você realmente o queimou? – disse Jo, ficando muito pálida, enquanto seus olhos se acendiam e suas mãos agarravam Amy nervosamente.

– Sim, queimei! Eu disse que faria você pagar por ter sido tão grosseira ontem e fiz mesmo.

Amy não continuou, pois o temperamento inflamado de Jo dominou-a e ela sacudiu Amy até seus dentes chacoalharem, gritando cheia de dor e ódio.

– Você é perversa, uma menina perversa! Eu nunca mais vou escrevê-lo e nunca vou perdoá-la, enquanto eu viver.

Meg voou em socorro de Amy, e Beth para acalmar Jo, mas Jo estava bastante fora de si e, com um tapa de despedida no ouvido da irmã, correu para fora do quarto para o velho sofá no sótão e terminou sua briga sozinha.

A tempestade se acalmou no andar de baixo, pois a sra. March chegou em casa e, ouvindo a história, logo incutiu em Amy a noção da falta que ela cometera com a irmã. O livro de Jo era o seu grande orgulho e era considerado pela família como uma grande promessa literária. Consistia apenas em meia dúzia de contos de fadas, mas Jo trabalhava pacientemente neles, colocando todo o seu coração no trabalho, esperando fazer alguma coisa boa o suficiente para ser publicada. Ela tinha acabado de copiá-los com muito cuidado e destruíra o antigo manuscrito, portanto o que a fogueira de Amy consumiu era o amoroso trabalho de vários anos. Parecia uma pequena perda para os outros, mas para Jo era uma calamidade horrível e ela sentia que jamais recuperaria tal perda. Beth teve tanta pena como pela perda de um gatinho, e Meg recusou-se a defender a sua favorita, a sra. March ficou com um ar sério e angustiado e Amy sentiu que ninguém a amaria até que ela se desculpasse pelo ato que agora lamentava mais do que qualquer outra pessoa da família.

Quando soou a sineta para o chá, Jo apareceu, com um ar tão sombrio e inabordável que foi preciso toda a coragem para Amy dizer, com meiguice:

– Por favor, me perdoe, muitas, muitas desculpas.

– Eu nunca vou perdoá-la – foi a resposta severa de Jo, que, a partir daquele momento, ignorou Amy completamente.

Ninguém falou do grande problema – nem a sra. March –, pois todos tinham aprendido pela experiência que quando Jo estava nesse estado as palavras seriam desperdiçadas, e o melhor a ser feito era esperar até que algum pequeno acidente, ou a própria natureza generosa de Jo, abrandasse seu ressentimento, remediasse o rompimento. Não foi uma noite alegre, porque embora costurassem como de costume, enquanto a mãe lia em voz alta trechos de Bremer, Scott ou Edgeworth, alguma coisa faltava, e a doce paz do lar estava perturbada. Sentiram isso ainda mais quando chegou a hora de cantar, pois Beth mal conseguia tocar, Jo ficou muda como uma pedra e Amy estava arrasada, portanto somente Meg e a mãe cantaram sozinhas. Mas, apesar de seus esforços para ficarem alegres como cotovias, as vozes aflautadas não pareciam se harmonizar tão bem como de costume, e tudo ficou desafinado.

Quando Jo recebeu seu beijo de boa noite, a sra. March sussurrou gentilmente:

– Minha querida, não deixe o sol se pôr sobre a sua raiva, perdoem-se, ajudem-se e comece de novo amanhã.

Jo queria repousar sua cabeça naquele seio materno e chorar até que sumissem sua dor e sua raiva, mas as lágrimas eram uma fraqueza covarde e ela se sentia tão profundamente machucada que realmente ainda *não podia* perdoar. Então, ela piscou com força, sacudiu a cabeça e disse asperamente, porque Amy estava ouvindo:

– Foi uma coisa abominável e ela não merece ser perdoada.

Depois de dizer isso foi para sua cama, e não houve qualquer confidência alegre ou íntima aquela noite.

Amy estava muito ofendida por suas iniciativas de paz terem sido rejeitadas e começou a desejar não ter se humilhado, a se sentir mais magoada do que nunca e a se gabar por suas virtudes superiores de uma forma especialmente irritante. Jo ainda parecia uma nuvem de trovoadas, e nada correra bem naquele dia. Fez muito frio de manhã, ela derrubara sua preciosa torta na sarjeta, tia March tivera um ataque de impaciência, Meg estivera pensativa, Beth parecia aflita e melancólica ao chegar em casa e Amy ficava fazendo comentários sobre pessoas que sempre falavam em serem boas, mas não tentavam, embora outras pessoas lhe dessem um exemplo virtuoso.

– Todos estão tão insuportáveis, vou pedir que Laurie me leve para patinar. Ele é sempre tão gentil e alegre, isso me fará bem, eu sei – disse Jo para si mesma e saiu de casa.

Amy ouviu o barulho dos patins e olhou para fora com uma exclamação de impaciência:

– Vejam só! Ela prometeu que eu poderia ir da próxima vez, pois este é o último gelo que teremos. Mas é inútil pedir a essa rabugenta para me levar junto.

– Não diga isso, você *foi* muito má e é difícil perdoar a perda do precioso livrinho dela, mas eu acho que talvez ela o faça agora, se você tentar no momento certo – disse Meg. – Vá atrás deles, não diga nada até Jo recuperar seu bom humor junto com Laurie, então aproveite um momento de tranquilidade e só a beije ou faça algo gentil e eu tenho certeza de que ela será sua amiga de novo, com todo o seu coração.

– Vou tentar – disse Amy, pois o conselho lhe agradava, e, depois de se aprontar às pressas, correu atrás dos amigos, que tinham acabado de desaparecer atrás da colina.

Não era longe do rio, mas ambos estavam prontos antes que Amy os alcançasse. Jo a viu chegando e lhe deu as costas, Laurie não a viu, pois estava patinando com cuidado perto da margem, testando o gelo, já que um período de calor havia precedido a última frente fria.

– Vou até a primeira curva ver se está tudo bem, antes de começarmos a corrida – Amy ouviu ele dizer enquanto disparava, parecendo um jovem russo com seu casaco e gorro enfeitados por peles.

Jo ouviu Amy ofegar por causa da corrida, bater os pés e assoprar os dedos, enquanto tentava colocar os patins, mas não se virou e seguiu lentamente em zigue-zague pelo rio, sentindo uma espécie de satisfação amarga e infeliz pelos problemas da irmã. Alimentou sua raiva até esta chegar ao ponto de dominá-la, como os maus pensamentos e sentimentos sempre fazem, a não ser que sejam imediatamente afastados. Quando fez a curva, Laurie gritou para ela:

– Fique perto da margem, não é seguro no meio.

Jo ouviu, mas Amy estava às turras com os próprios pés e não ouviu nada. Jo olhou para trás e o pequeno demônio dentro dela disse em seu ouvido: "Não importa se ela ouviu ou não, deixe que ela cuide de si".

Laurie desparecera depois da curva, Jo estava no início desta, e Amy, bem atrás, corria em direção ao gelo mais fino no meio do rio. Por um instante Jo ficou imóvel, com uma sensação estranha no coração, depois resolveu seguir, mas algo a deteve e a fez se voltar, bem a tempo de ver Amy lançar as mãos para cima e afundar, com um súbito estrépito do gelo fino, o esguicho da água e o grito que fez o coração de Jo parar de medo. Ela tentou chamar Laurie, mas perdera a voz, tentou correr, mas seus pés não tinham força, e por um segundo ela pôde apenas ficar imóvel olhando fixamente, com o rosto cheio de terror, para o pequeno gorro azul flutuando na água negra. Alguma coisa passou voando por ela, e a voz de Laurie gritou:

– Traga uma vara, rápido, rápido!

Como fez ela nunca soube, mas durante os minutos seguintes ela trabalhou como se estivesse fora de si, obedecendo cegamente Laurie, que estava totalmente seguro, e, deitado, segurou Amy pelo braço com seu bastão de esquiador até Jo chegar com uma vara de cerca e juntos tirarem a criança da água, mais assustada do que machucada.

– Agora, temos que levá-la para casa o mais rápido possível, ponha nossas coisas sobre ela, enquanto tiro esses malditos patins – gritou Laurie, envolvendo Amy com seu casaco e arrancando os cadarços, que nunca pareceram tão emaranhados.

Tiritando, pingando e chorando, Amy foi levada para casa e, depois da excitação do momento, ela adormeceu, enrolada em cobertas, diante do fogo. Durante o alvoroço Jo mal falara, correra para todo lado, pálida e ensandecida, meio desvestida, o vestido rasgado e as mãos cortadas e machucadas pelo gelo, pelas varas e pelas fivelas renitentes. Quando Amy confortavelmente adormeceu, a casa silenciosa, a sra. March sentou-se ao lado da cama e chamou Jo para junto de si e começou a colocar ataduras em suas mãos machucadas.

– Tem certeza de que ela está bem? – sussurrou Jo, olhando com remorsos para a cabeça loura, que poderia ter sido arrancada de sua vista para sempre, sob o traiçoeiro gelo.

– Muito bem, querida, ela não se machucou, nem tampouco vai se resfriar, eu acho, vocês fizeram muito bem em cobri-la e trazê-la rapidamente para casa – respondeu a mãe, alegremente.

– Laurie fez tudo, eu só a deixei ir. Mãe, se ela *tivesse* morrido, seria culpa minha – e Jo deixou-se cair junto à cama, aflita pelas lágrimas de arrependimento, contando tudo o que acontecera, condenando amargamente a dureza de seu coração e soluçando de gratidão por ter sido poupada do pesado castigo que poderia ter recaído sobre ela. – É esse meu gênio terrível! Eu tento curá-lo e, quando acho que consegui, ele irrompe de volta pior do que nunca. Oh, mamãe! O que devo fazer! O que devo fazer? – gritou a pobre Jo, desesperada.

– Preste atenção e reze, querida, nunca se canse de tentar e nunca pense que é impossível vencer seus problemas – disse a sra. March, puxando a cabeça desgrenhada para seu ombro e beijando o rosto molhado tão ternamente que Jo chorou mais do que nunca.

– Você não sabe, não pode imaginar como é ruim! Parece que eu seria capaz de fazer qualquer coisa quando estou com raiva, eu fico selvagem, poderia ferir qualquer um e ficar satisfeita. Eu tenho medo de *vir a fazer* algo terrível algum dia, estragar a minha vida e fazer todos me odiarem. Oh, mamãe! Me ajude, por favor, me ajude!

– Ajudarei, minha menina, eu ajudarei. Não chore tanto, mas se lembre deste dia e decida, com toda a sua alma, que nunca mais terá outro assim. Jo, querida, nós todas temos tentações, algumas bem maiores do que as suas, e frequentemente levamos a vida toda para vencê-las. Você acha que seu temperamento é o pior do mundo, mas o meu era exatamente assim.

– O seu, mamãe? Como assim, você nunca fica zangada! – e, por um momento, Jo trocou o remorso pela surpresa.

– Eu estou tentando curá-lo por quarenta anos e somente consegui controlá-lo. Eu me zango quase todos os dias da minha vida, Jo, mas aprendi a não demonstrar, e ainda tenho esperança de aprender a não sentir isso, acho que talvez me leve mais quarenta anos para tal.

A paciência e a humildade do rosto que ela amava tanto foram melhor lição para Jo do que o mais sábio sermão, ou do que a mais veemente repreensão. Ela se sentiu logo reconfortada pela simpatia e confiança que lhe foram dadas. Saber que sua mãe tinha um problema como o dela e que tentava corrigi-lo tornou o seu mais fácil de suportar e fortaleceu sua resolução de resolvê-lo, embora quarenta anos parecesse, para uma menina de quinze, um tempo um tanto longo para prestar atenção e rezar.

– Mamãe, você está zangada quando fecha os lábios e os aperta e sai da sala, às vezes quando tia March reclama ou quando as pessoas a aborrecem? – perguntou Jo, sentindo-se mais próxima e querida do que nunca pela mãe.

– Sim, eu aprendi a controlar as palavras apressadas que me sobem aos lábios e, quando sinto que vão sair contra minha vontade, eu só saio por um instante e me dou uma sacudida, por ser tão fraca e má – respondeu a sra. March com um suspiro e um sorriso enquanto alisava e prendia o cabelo despenteado de Jo.

– Como aprendeu a ficar calma? Isso é o que me preocupa, porque as palavras ásperas saem voando antes que eu me dê conta do que está acontecendo, e quanto mais eu falo, pior fica, até que se torna um prazer ferir os sentimentos das pessoas e dizer coisas horríveis. Me conte como você faz, mamãe querida.

– Minha boa mãe costumava me ajudar...

– Como a senhora faz conosco – interrompeu Jo, com um beijo agradecido.

– Mas eu a perdi quando era um pouco mais velha do que você e por anos tive que lutar sozinha, porque eu era orgulhosa demais para confessar minha fraqueza a qualquer outra pessoa. Foi difícil, Jo, derramei muitas lágrimas amargas por causa dos meus fracassos, a ponto de, apesar dos meus esforços, me parecer que nunca iria superá-los. Então chegou seu pai e fiquei tão feliz que achei fácil ser boa. Mas, pouco a pouco, quando me vi com quatro lindas filhas ao meu redor e ficamos pobres, então o antigo problema começou novamente, porque não sou paciente por natureza e me atormenta ver as minhas crianças precisando de tantas coisas.

– Pobre mamãe! O que ajudou, então?

– Seu pai, Jo. Ele nunca perde a paciência, nunca duvida nem reclama, mas sempre tem esperança e trabalha e espera com tanta alegria que a gente fica envergonhada de agir de outra maneira diante dele. Ele me ajudou e confortou e me mostrou que devo exercitar todas as virtudes que quero que as minhas meninas tenham, porque sou o seu exemplo. Foi mais fácil tentar por causa de vocês do que por mim, um olhar de surpresa ou susto de uma de vocês quando falo asperamente me censura mais do que qualquer palavra poderia fazer, e o amor, o respeito e a confiança das minhas meninas foram a recompensa mais doce que eu poderia ter recebido pelos meus esforços para ser a mulher que gostaria que elas imitassem.

– Oh, mamãe! Se eu fosse só a metade de tão boa que a senhora é, ficaria satisfeita – exclamou Jo, muito emocionada.

– Espero que você seja muito melhor, querida, mas precisa prestar atenção ao seu "inimigo interior", como seu pai chama, ou ele pode entristecer, se não estragar a sua vida. Você teve um aviso, lembre-se disso e tente com o coração e a alma controlar esse seu pavio curto antes que lhe traga sofrimentos e arrependimentos maiores do que os de hoje.

– Vou tentar, mamãe. Realmente vou. Mas a senhora precisa me ajudar, me lembrar, evitar que eu perca as estribeiras. Eu via algumas vezes papai colocar o dedo nos lábios e olhar para a senhora com o rosto muito carinhoso e sóbrio, e a senhora sempre apertava os lábios ou saía, era ele lhe lembrando? – perguntou Jo, gentilmente.

– Sim, eu pedi a ele que me ajudasse e ele nunca se esqueceu disso, me salvando de muitas palavras ásperas com seu pequeno gesto e olhar gentil.

Jo viu os olhos da mãe se encherem de lágrimas, os lábios tremerem enquanto falava e, temendo ter dito demais, sussurrou ansiosamente:

– Foi errado olhar a senhora e falar sobre isso? Eu não queria ser grosseira, mas é tão reconfortante dizer à senhora tudo o que penso e me sentir segura e feliz aqui.

– Minha Jo, você pode dizer tudo para sua mãe, porque minha maior alegria e orgulho é sentir que minhas meninas confiam em mim e sabem o quanto eu as amo.

– Pensei que tinha magoado você.

– Não, querida, mas falar do papai me fez lembrar como eu sinto falta dele, o quanto devo a ele e quão lealmente devo prestar atenção e trabalhar para manter suas filhinhas seguras e bem para ele.

– Mesmo assim a senhora disse para ele ir, mamãe, e não chorou quando ele foi, e agora nunca se queixa nem parece precisar de qualquer ajuda – disse Jo, pensativa.

– Eu dei o melhor para o país que amo e segurei minhas lágrimas até ele partir. Por que eu reclamaria se ambos apenas cumprimos nosso dever e, certamente, no fim seremos mais felizes por isso? Se parece que não preciso de ajuda é porque eu tenho o melhor amigo, até mais que seu pai, que me conforta e sustenta. Minha menina, os problemas e tentações da sua vida estão começando e podem ser muitos, mas você pode superá-los e sobreviver a todos eles se aprender a sentir a força e a ternura de seu Pai Celestial como você faz com seu pai terreno. Quanto mais você amar e confiar Nele, mais próxima irá se sentir Dele e menos dependerá do poder e da sabedoria humanos. O Seu amor e o Seu cuidado nunca se cansam ou mudam, nunca poderão ser tirados de você, e podem se tornar fonte de paz, felicidade e força por toda a vida. Acredite nisso de coração e dirija-se a Deus com todas as suas preocupações, esperanças, pecados e dores, livre e confiante como você busca sua mãe.

A única resposta de Jo foi abraçar forte a mãe e, no silêncio que se seguiu, a oração mais sincera que jamais orou saiu de seu coração, sem palavras. Porque naquela hora triste, mas feliz também, ela aprendeu não só a amargura do remorso e do desespero, mas também a doçura da abnegação e do autocontrole, e, levada pela mão de sua mãe, chegou mais perto do Amigo que acolhe toda criança com amor mais forte do que qualquer pai, mais terno do que qualquer mãe.

Amy se mexeu e suspirou em seu sono, e, como estivesse ansiosa para começar imediatamente a corrigir sua falta, Jo olhou-a com uma expressão em seu rosto que nunca tivera antes.

– Eu deixei o sol se pôr sobre a minha raiva, não queria perdoá-la e hoje, se não fosse Laurie, talvez tivesse sido tarde demais! Como pude ser tão má? – disse Jo a meia-voz, enquanto se inclinava sobre a irmã, acariciando levemente seus cabelos molhados espalhados no travesseiro.

Quando ouviu isso, Amy abriu os olhos e esticou os braços para ela, com um sorriso que foi diretamente ao coração de Jo. Nenhuma das duas disse uma palavra, mas se abraçaram muito forte, apesar das cobertas, e tudo foi perdoado e esquecido com um beijo sincero.

Capítulo 9

Meg vai à Feira das Vaidades

– Realmente acho a maior sorte do mundo as crianças terem pegado sarampo bem agora – disse Meg num dia de abril, enquanto fazia as "malas de viagem" em seu quarto, cercada pelas irmãs.

– E que bom que Annie Moffat não se esqueceu de sua promessa. Duas semanas de férias vai ser maravilhoso – disse Jo, parecendo um moinho de vento ao dobrar saias com seus braços compridos.

– E o tempo está lindo, fico tão contente com isso – acrescentou Beth, arrumando cuidadosamente fitas para o pescoço e o cabelo dentro de sua caixa mais bonita, emprestada para a ocasião.

– Bem que eu gostaria de ir me divertir tanto e usar todas essas coisas bonitas – disse Amy, com a boca cheia de alfinetes, enquanto reabastecia artisticamente a almofadinha da irmã.

– Gostaria que todas você fossem, mas, como não podem, vou registrar bem minhas aventuras para contar a vocês quando voltar. Sei que é o mínimo que posso fazer, pois vocês foram tão gentis, me emprestando coisas e ajudando a me preparar – disse Meg, olhando ao redor do quarto as roupas muito simples, que pareciam quase perfeitas aos seus olhos.

– O que mamãe lhe deu da caixa do tesouro? – perguntou Amy, que não estava presente na abertura de uma certa arca de cedro, na qual a sra. March mantinha algumas relíquias do antigo esplendor e presentes para suas meninas para quando chegasse o momento adequado.

– Um par de meias de seda, aquele lindo leque entalhado e uma adorável faixa azul. Eu queria o vestido de seda roxo, mas levaria tempo para ajustá-lo, então precisei me contentar com a minha velha tarlatana.

– Ficará linda sobre minha saia nova de musselina, e a faixa vai se destacar lindamente. Gostaria de não ter quebrado minha pulseira de coral, para que você pudesse levá-la – disse Jo, que adorava dar e emprestar, mas cujas posses estavam sempre estragadas demais para terem alguma serventia.

– Há um lindo conjunto de pérolas antigas na caixa do tesouro, mas mamãe disse que flores de verdade são um enfeite mais bonito para uma mocinha, e Laurie prometeu me mandar quantas eu quiser – respondeu Meg. – Agora, me deixe ver, há meu novo traje de passeio cinza – só encurve a pluma em meu chapéu, Beth – e meu vestido de tafetá para o domingo e para a festinha – parece pesado para a primavera, não? A saia roxa ficará tão bonita, oh, sim!

– Não se preocupe, você tem a tarlatana para a grande festa e você sempre parece um anjo de branco – disse Amy, olhando pensativamente para o pequeno estoque de enfeites com o qual sua alma se deleitava.

– Não é suficientemente decotado nem rodado, mas há de servir. Meu vestido de casa azul parece bom, depois de reformado e com novos enfeites, até parece que é novo. Minha capa de seda não está nem um pouco na moda, e meu gorro não se parece com o de Sallie, eu não quero dizer nada, mas estou muito desapontada com minha sombrinha. Eu disse preta para mamãe, com o cabo branco, mas ela se esqueceu e comprou uma verde, com um cabo de um amarelo bem feio. É forte e de boa qualidade, então eu não deveria reclamar, mas sei que ficarei envergonhada perto daquela de seda com o bico dourado de Annie – suspirou Meg, avaliando sua pequena sombrinha com bastante desagrado.

– Troque-a – aconselhou Jo.

– Não serei tão tola e feriria os sentimentos de mamãe, que se empenha tanto para me dar as coisas. É um despropósito da minha parte, e não cederei a ele. Minhas meias de seda e os dois pares de luvas novas são meu consolo. Você é um amor de me emprestar a sua, Jo, e eu me sinto rica, até elegante, com dois novos pares e o velho limpo para o dia a dia – e Meg lançou um olhar reanimador para sua caixa de luvas.

– Annie Moffat tem laços azuis e rosa em suas toucas de dormir; você colocaria alguns na minha? – ela perguntou quando Beth trouxe uma pilha de musselinas brancas, recém-saídas das mãos de Hannah.

– Não, toucas vistosas não combinam com camisolas lisas, sem enfeite algum. Pessoas pobres não devem ostentar – disse Jo, decididamente.

– Fico me perguntando se *algum dia* serei feliz o suficiente para ter renda de verdade em minhas roupas e laços em minhas toucas – disse Meg com impaciência.

– Você disse, outro dia, que se daria por plenamente satisfeita se pudesse ir à casa de Annie Moffat – observou Beth, em seu jeito tranquilo.

– Disse, sim! Bem, *estou* feliz, e não vou reclamar, mas parece que quanto mais temos, mais queremos, não é? Então, agora, as coisas estão prontas, tudo guardado menos o meu vestido de baile, que vou deixar para mamãe guardar – disse Meg, alegrando-se enquanto desviava os olhos do baú quase cheio para o vestido branco de tarlatana tantas vezes remendado e passado, que ela chamava de seu "vestido de baile", com um ar importante.

O dia seguinte estava agradável, e Meg partiu com gosto para duas semanas de novidades e divertimento.

A sra. March permitira a visita com certa relutância, temendo que Meg voltasse mais descontente do que na hora da partida. Mas ela suplicara muito, e Sallie prometera cuidar bem dela, e um pouco de prazer parecera uma ideia tão deliciosa depois de um inverno de trabalho duro que sua mãe consentiu, e a filha foi provar pela primeira vez a vida elegante.

Os Moffat *eram* muito elegantes, e a modesta Meg estava um tanto intimidada, no início, pelo esplendor da casa e a elegância dos seus moradores. Mas eram pessoas muito gentis, apesar da vida frívola que levavam, e logo deixaram a hóspede à vontade. Talvez Meg sentisse, sem entender por que, que não eram pessoas especialmente cultas ou inteligentes e que todo o seu verniz não conseguia esconder bem a matéria-prima comum de que eram feitos. Era certamente agradável comer suntuosamente, andar numa bela carruagem, usar os melhores vestidos todos os dias e nada fazer além de se divertir. Isso tudo lhe agradava muito, e logo ela começou a imitar as maneiras e as conversas das pessoas que a cercavam, a assumir certos ares e trejeitos, usar expressões francesas, frisar o cabelo, encurtar os vestidos e falar sobre moda da melhor maneira que conseguia. Quanto mais ela via as belas coisas de Annie Moffat, mais a invejava e ardentemente desejava ser rica. Sua casa agora lhe parecia simples e triste quando pensava nela, o trabalho lhe parecia mais pesado do que nunca e ela se sentia uma moça muito pobre e injustiçada, apesar das luvas novas e das meias de seda.

Ela não tinha muito tempo para se lamentar, contudo, pois as três mocinhas estavam muito ocupadas em "aproveitar a vida". Saíam às compras, caminhavam, cavalgavam e faziam visitas o dia todo, frequentavam o teatro e a ópera ou organizavam pequenas reuniões sociais à noite, pois Annie tinha muitos amigos e sabia como entretê-los. Suas irmãs mais velhas eram ótimas moças e uma estava noiva, o que era muito interessante e romântico, pensava Meg. O sr. Moffat era um cavalheiro gordo e jovial que conhecia seu pai, e a sra. Moffat, uma senhora gorda e jovial, que gostou muito de Meg, tanto quanto sua filha. Todos a mimavam e a chamavam de "Margarida", como a flor, que já estava com a cabeça virando.

Quando chegou a noite da "festinha", ela achou que o vestido de tafetá não iria bem, pois todas as outras meninas estavam usando vestidos leves e preparando-se muito bem, então pegou seu vestido de tarlatana, que parecia mais velho, amassado e surrado do que nunca ao lado do de Sallie, novo e engomado. Meg viu que as meninas olhavam para ele e olhavam uma para a outra, então seu rosto começou a arder porque, apesar de toda a sua delicadeza, ela era muito orgulhosa. Ninguém disse uma palavra a respeito, mas Sallie se ofereceu para pentear-lhe o cabelo, Annie para amarrar sua faixa e Belle, a irmã noiva, elogiou seus braços alvos. Mas nessas gentilezas Meg viu apenas piedade pela sua pobreza e sentiu o coração muito pesado quando ficou sozinha, enquanto as outras riam e conversavam, se embelezavam e voejavam como diáfanas borboletas. O sentimento penoso e amargo se tornara muito pior quando a empregada trouxe uma caixa de flores. Antes que ela pudesse falar, Annie tirou a tampa e todas soltaram exclamações diante das lindas rosas, urzes e samambaias que havia lá dentro.

– São para Belle, decerto, George sempre lhe manda algumas, mas essas são deslumbrantes – exclamou Annie, com um grande suspiro.

– São para a srta. March – disse o homem.

– E há um bilhete – interveio a criada, estendendo-o para Meg.

– Que graça! E quem as mandou? Não sabia que você tinha namorado – exclamaram as meninas, adejando ao redor de Meg, cheias de curiosidade e surpresa.

– O bilhete é de mamãe, e as flores, de Laurie – disse Meg, com simplicidade, embora muito alegre por não terem se esquecido dela.

– Ah, sim! – disse Annie, com um olhar engraçado, enquanto Meg colocava o bilhete no bolso, como uma espécie de talismã contra a inveja, a vaidade e o falso orgulho, porque aquelas poucas palavras lhe fizeram bem e as flores alegraram-na com sua beleza.

Sentindo-se quase feliz de novo, separou algumas avencas e rosas para si mesma e rapidamente preparou as outras em buquês delicados para os bustos, cabelos e saias das amigas, oferecendo-os com tanta gentileza que Clara, a irmã mais velha, disse-lhe que ela era "a mais doce criaturinha que ela jamais vira", e todas pareceram bastante encantadas com sua pequena atenção. De alguma forma, o ato gentil acabou com seu desalento e, quando todas foram se apresentar à sra. Moffat, ela viu no espelho um rosto feliz, com os olhos brilhando, ao colocar as avencas em seus cabelos ondulados e prender as rosas em seu vestido, que agora não lhe parecia mais *tão* surrado.

Ela se divertiu muito aquela noite, pois dançou o quanto quis, todos foram muito gentis e ela recebeu três elogios. Annie a fez cantar, e alguém disse que ela tinha uma voz realmente bonita. O major Lincoln perguntou quem era "aquela bela mocinha com olhos tão lindos", e o sr. Moffat insistiu em dançar com ela, porque ela "jamais se cansava e tinha a primavera por dentro", como ele graciosamente se expressou. Então, no fim das contas, ela teve uma bela noite, até que ouviu um pedaço de conversa que a perturbou imensamente. Estava sentada dentro da estufa, esperando que seu par lhe trouxesse um pouco de sorvete, quando ouviu uma voz perguntar do outro lado da parede de flores:

– Quantos anos ela tem?

– Dezesseis ou dezessete, eu diria – respondeu a outra voz.

– Seria uma grande coisa para uma dessas meninas, não? Sallie disse que estão muito íntimas agora, e o velho senhor é louco por elas.

– A sra. M. já traçou seus planos, ouso dizer, e jogará bem suas cartas quando for a hora. A menina evidentemente ainda não pensa nisso – disse a sra. Moffat.

– Ela contou aquela mentirinha sobre a mãe, como se soubesse, e corou toda quando as flores chegaram, tão bonitas. Pobre criatura! Ficaria muito bonita se tivesse mais distinção. Você acha que ela ficaria ofendida se lhe oferecermos emprestado um vestido para quinta-feira? – perguntou a outra voz.

– Ela é orgulhosa, mas não acredito que se importe, porque aquele desairoso vestido de tarlatana é só o que ela tem. Ela poderia rasgá-lo essa noite, e isso seria uma boa desculpa para oferecer-lhe um vestido decente.

– Vamos ver, eu posso convidar esse Laurence, como uma homenagem a ela, e poderemos nos divertir com isso.

Aqui o par de Meg apareceu, encontrando-a bastante corada e agitada. Ela era orgulhosa, e seu orgulho foi útil, naquela hora, porque ajudou-a a esconder sua mortificação, sua raiva e seu desgosto pelo que acabara de ouvir. Pois, por mais inocente e ingênua que fosse, não poderia deixar de entender os mexericos das suas amigas. Tentou esquecer, mas não conseguiu e continuou a repetir para si mesma "A sra. M. tem seus planos", "aquela mentirinha sobre sua mãe" e "aquele desairoso vestido de tarlatana", até quase chorar e correr de volta para casa para contar seus problemas e pedir conselho. Como isso era impossível, ela fez o melhor que pôde para parecer alegre e, estando um tanto agitada, conseguiu tão bem quem ninguém sequer imaginou o esforço que estava fazendo. Ela ficou muito contente quando tudo terminou e pôde ficar quieta em sua cama, onde conseguiu pensar e se perguntar e se enraivecer até sua cabeça doer e seu rosto ardente ser refrescado por algumas lágrimas espontâneas. Aquelas palavras tolas, embora bem-intencionadas, abriram um novo mundo para Meg e abalaram bastante a paz do antigo, onde, até agora, ela vivera tão feliz quanto uma criança. Sua amizade inocente com Laurie foi estragada pelas conversas estúpidas que acabara de ouvir. A fé em sua mãe ficou um pouco abalada pelos planos mundanos a ela atribuídos pela sra. Moffat, que julgava os outros por si mesma, e a sensata resolução de se contentar com um guarda-roupas simples que se adequava à filha de um homem pobre foi enfraquecida pela desnecessária piedade das meninas, que acreditavam que um vestido surrado era a maior das calamidades desse mundo.

A pobre Meg passou uma noite insone e acordou com os olhos inchados, infeliz, meio ressentida com suas amigas e meio envergonhada de si mesma por não falar francamente e esclarecer todas aquelas coisas. Todas se entregaram ao ócio aquela manhã, e só depois do meio-dia as meninas encontraram força suficiente até mesmo para seus trabalhos de costura. Algo nas maneiras de suas amigas imediatamente chamou a atenção de Meg; elas a tratavam com mais respeito, pensou, tinham um interesse carinhoso em tudo o que ela dizia e olhavam para ela com olhos que claramente traíam a curiosidade. Tudo isso a surpreendeu e lisonjeou, embora não entendesse bem, até que a srta. Belle levantou os olhos de sua escrita e disse, com ar sentimental:

– Margarida, florzinha querida, enviei um convite para o seu amigo, o sr. Laurence, para quinta-feira. Nós gostaríamos de conhecê-lo, e seria uma cortesia adequada com você.

Meg corou, mas uma vontade maliciosa de caçoar das meninas a fez responder, modestamente:

– Vocês são muito gentis, mas receio que ele não venha.

– Por que não, *chérie*? – perguntou Belle.

– Ele é velho demais.

– Minha criança, o que quer dizer com isso? Qual é a idade dele, peço que me conte! – exclamou a srta. Clara.

– Quase setenta, creio eu – respondeu Meg, contando os fios para esconder a alegria dos seus olhos.

– Sua espertinha! Óbvio, nós nos referíamos ao jovem rapaz – riu a srta. Belle.

– Não há um jovem, Laurie é só um menininho – e Meg riu também devido ao olhar estranho que as irmãs trocaram, quando ela assim descreveu seu suposto namorado.

– Mais ou menos da sua idade – disse Nan.

– Mais próximo da minha irmã Jo; *eu* faço dezessete anos em agosto – respondeu Meg, sacudindo a cabeça.

– Muito gentil da parte dele lhe mandar flores, não é? – disse Annie, com um ar matreiro.

– Sim, ele sempre manda, para todas nós, porque sua casa está cheia, e nós também gostamos bastante. Minha mãe e o velho sr. Laurence são amigos, sabe, então é bem natural que nós, crianças, brinquemos juntos – e Meg esperou que não dissessem mais nada.

– É evidente que Margarida não tem vida social – disse Clara a Belle, com um aceno de cabeça.

– Um estado de inocência pastoral por toda parte – respondeu a srta. Belle, encolhendo os ombros.

– Vou sair e fazer algumas compras para minhas filhas, posso trazer algo para vocês, senhoritas? – perguntou a sra. Moffat, entrando pesadamente como um elefante em sedas e rendas.

– Não, obrigada, senhora – respondeu Sallie. – Tenho meu vestido novo de seda rosa para quinta-feira e não preciso de nada.

– Nem eu – começou Meg, mas parou, porque lhe ocorreu que ela *precisava*, sim, de muitas coisas e não podia tê-las.

– O que você vai usar? – perguntou Sallie.

– O meu velho vestido branco de novo, se conseguir consertá-lo, ele se rasgou muito ontem à noite – disse Meg, tentando falar com naturalidade, mas se sentindo constrangida.

– Por que não manda buscar outro em casa? – disse Sallie, que não era uma moça observadora.

– Não tenho outro.

Com esforço Meg o disse, mas Sallie não percebeu e exclamou com uma surpresa cordial:

– Só esse, que engraçado – ela não acabou de falar, porque Belle sacudiu a cabeça e interrompeu-a, dizendo amavelmente:

– De jeito nenhum, de que serve ter um monte de vestidos quando nunca sai? Não é preciso mandar buscar em casa, Margarida, mesmo se tiver uma dúzia, porque eu tenho um de seda azul, guardado, porque cresci e não posso mais usá-lo; você vai usá-lo para me agradar, não vai, querida?

– Você é muito gentil, mas não me importo com meu velho vestido, se você também não se importar. Serve muito bem para uma menina como eu – disse Meg.

– Vamos, me deixe feliz vestindo-a com elegância. Eu gostaria muito de fazê-lo, e você vai ficar uma belezinha com um toque aqui e outro ali. Não vou deixar ninguém vê-la até estar pronta e então surgiremos de repente como Cinderela e sua madrinha, indo para o baile – disse Belle, com seu tom persuasivo.

Meg não podia recusar a oferta feita de maneira tão gentil, e o desejo de ver se ficaria "uma belezinha" depois de retoques a fez aceitar e esquecer todos os sentimentos desconfortáveis em relação aos Moffat.

Na noite de quinta-feira, Belle se fechou com sua criada e, juntas, transformaram Meg numa dama elegante. Elas ondularam seu cabelo e fizeram cachos, passaram talco perfumado em seu pescoço e braços, puseram coralina em seus lábios, para torná-los mais vermelhos, e Hortense teria acrescentado "um *soupçon* de ruge" se Meg não tivesse se rebelado. Elas a apertaram num vestido azul-celeste tão justo que ela mal conseguia respirar e tão decotado que a modesta Meg corou ao se olhar no espelho. Um conjunto de filigrana de prata foi também colocado, pulseiras, colar, broche e até brincos, pois Hortense os prendeu com um pedaço de seda rosa, que não ficava visível. Um ramalhete de botões de rosa-chá no busto e um rufo motivaram Meg a mostrar seus belos ombros alvos, e um par de botas de seda azul de salto alto satisfizeram o último desejo de seu coração. Um lenço bordado, um leque de plumas e um buquê com um pegador de prata deixaram-na pronta, e a srta. Belle examinou-a com a satisfação de uma menininha com uma boneca de vestido novo.

– *Mademoiselle* está *charmante, très jolie*, não está? – exclamou Hortense, segurando as mãos num êxtase afetado.

– Venha se apresentar – disse a srta. Belle conduzindo-a para o aposento onde as outras esperavam.

Quando entrou farfalhante atrás dela, com sua longa saia, seus brincos tilintantes, seus cachos esvoaçando e seu coração batendo, Meg pensou que seu "divertimento" realmente havia começado, pois o espelho lhe dissera plenamente que ela *estava* "uma belezinha". Suas amigas repetiram com entusiasmo a frase amável e, por vários minutos, ela ficou parada como a gralha da fábula, apreciando suas plumas emprestadas enquanto as outras falavam como um bando de pegas.

– Enquanto eu me visto, Nan, você mostra a ela como segurar a saia e andar com esses saltos franceses, senão é bem capaz de cair. Coloque a sua borboleta de prata no meio dessa gola branca e prenda aquele longo cacho do lado esquerdo de sua cabeça, Clara, e nenhuma de vocês perturbe a minha encantadora obra – disse Belle, enquanto saía correndo, parecendo bastante satisfeita com seu sucesso.

– Estou com medo de descer, eu me sinto estranha, constrangida e meio despida – disse Meg para Sallie quando a campainha tocou e a sra. Moffat mandou dizer às jovens para aparecerem de imediato.

– Você realmente não se parece consigo mesma, mas está muito bonita. Não sou nada perto de você, porque Belle tem muito estilo e você está bem francesa, eu lhe garanto. Deixe as flores penduradas, não se preocupe tanto com elas e preste atenção para não tropeçar – respondeu Sallie, tentando não se importar por Meg estar mais bonita do que ela mesma.

Lembrando-se atentamente daquela advertência, Margaret desceu com segurança as escadas e deslizou pela sala de visitas, onde os Moffat e já alguns convidados estavam reunidos. Ela logo descobriu que há nas roupas bonitas um encanto que atrai certo tipo de pessoa e garante seu respeito. Várias moças que antes nem a notavam de repente se mostraram muito afáveis, muitos jovens cavalheiros que mal a olharam na última festa agora não só olharam, mas pediram para serem apresentados e lhe diziam toda sorte de coisas tolas, mas agradáveis, e muitas velhas senhoras, sentadas nos sofás e criticando o restante da festa, perguntaram com ar de interesse quem era ela. Ela ouviu a sra. Moffat responder a uma delas:

– Margarida March – o pai é um coronel do exército – uma de nossas melhores famílias, mas os revezes do destino, você sabe; amigos íntimos dos Laurence; doce criatura, eu lhe garanto; meu Ned está louco por ela.

– Não diga! – disse a velha senhora, colocando os óculos para observar novamente Meg, que tentou fazer um ar de quem nada ouvira nem ficara um pouco chocada com as histórias da sra. Moffat.

A "sensação estranha" não passou, mas ela imaginou a si mesma representando um novo papel de fina dama e se saiu muito bem, apesar do vestido apertado lhe causar dor do lado e a cauda continuar presa debaixo do seu pé e do medo constante de que os brincos caíssem e se perdessem ou se quebrassem. Ela brincava com seu leque e ria com as medíocres piadas dos jovens cavalheiros que tentavam ser espirituosos quando de repente parou de rir e pareceu confusa, pois, bem do outro lado, viu Laurie. Ele estava olhando para ela com uma surpresa indisfarçável e também com desaprovação, ela pensou, porque apesar de ele se curvar e sorrir algo em seus olhos a fez corar e desejar estar usando seu velho vestido. Para completar sua confusão, viu Belle cutucar Annie e ambas olharem para ela e Laurie, quem, ela estava feliz de ver, parecia singularmente infantil e tímido.

"Criaturas tolas, colocar esses pensamentos na minha cabeça! Eu não vou me importar com isso, tampouco deixar que me modifiquem, nem um pouco", pensou Meg e atravessou farfalhando a sala para ir apertar a mão do amigo.

– Estou feliz por você ter vindo, pois estava com medo de que não viesse – disse ela, com seu ar mais adulto.

– Jo quis que eu viesse e contasse a ela como você estava, então vim – respondeu Laurie, sem encará-la, embora tivesse um meio sorriso para o seu tom maternal.

– O que vai lhe contar? – perguntou Meg, cheia de curiosidade para saber sua opinião sobre ela, mesmo se sentido desconfortável diante dele pela primeira vez.

– Vou dizer que não a reconheci, porque você parece adulta e diferente do que era, estou com medo de você – disse ele, atrapalhado com o botão de sua luva.

– Quer absurdo você dizer isso! As meninas me vestiram pela diversão, e eu até gostei. Jo não ficaria espantada se me visse? – disse Meg, disposta a fazê-lo dizer se ela estava melhor ou não.

– Sim, acho que ficaria – respondeu Laurie, com seriedade.

– Você não gosta de mim desse jeito? – perguntou Meg.

– Não, não gosto – foi sua resposta brusca.

– Por que não? – retomou ela num tom ansioso.

Ele olhou para o cabelo frisado, os ombros nus e o vestido fantasticamente enfeitado, com uma expressão que a embaraçou mais do que a resposta, que não tinha nem uma partícula de sua habitual polidez.

– Eu não gosto de exageros e plumas.

Isso tudo já era demais vindo de um rapaz mais novo do que ela e Meg se afastou, dizendo com petulância:

– Você é o rapaz mais grosseiro que conheci na vida.

Sentindo-se muito contrariada, foi para o lado de uma janela tranquila, para refrescar o rosto, pois o vestido apertado lhe dava um tom incomodamente corado. Enquanto estava lá, o major Lincoln passou e, um minuto depois, ouviu-o dizer à sua mãe:

– Elas estão fazendo de boba essa mocinha, queria que você a visse, mas estragaram-na completamente, não passa de uma boneca hoje à noite.

"Oh, céus", suspirou Meg. "Gostaria de ter sido sensata e usado minhas próprias coisas, eu não teria desagradado outras pessoas nem me sentido tão desconfortável e envergonhada."

Ela encostou a testa na vidraça fria e ficou meio escondida pelas cortinas, sem se preocupar com sua valsa favorita, que acabara de começar, até que alguém a tocou e, virando-se, ela viu Laurie com um olhar arrependido, sua melhor mesura e a mão estendida:

– Por favor, desculpe minha grosseria e venha dançar comigo.

– Receio que seja muito desagradável para você – disse Meg, tentando parecer ofendida, mas falhando completamente.

– Nem um pouco, estou morrendo de vontade. Venha, vou ser gentil, não gosto do seu vestido, mas realmente acho que você está maravilhosa – e ele sacudiu as mãos, como se as palavras fracassassem em expressar sua admiração.

Meg sorriu, cedeu e cochichou enquanto esperavam para pegar o ritmo.

– Cuidado com minha saia, não tropece, é uma calamidade e eu fui uma idiota em usá-la.

– Prenda ao redor do pescoço e ficará tudo bem – disse Laurie, olhando para as botinhas azuis que ele evidentemente aprovava.

E lá se foram, velozes e graciosos, pois, tendo praticado em casa, sabiam dançar juntos; e o alegre par de jovens era bonito de se ver, enquanto rodopiava com entusiasmo de um lado para outro, sentindo-se mais amigos do que nunca depois do pequeno desentendimento.

– Laurie, quero lhe pedir um favor, pode ser? – disse Meg enquanto ele a abanava, pois ela ficara sem fôlego, o que acontecera muito rápido, embora ela não soubesse a razão.

– Com certeza! – disse Laurie, com entusiasmo.

– Por favor, não conte a ninguém, lá em casa, sobre meu vestido desta noite. Elas não entenderiam a brincadeira e preocuparia mamãe.

"Então por que você fez isso?", disseram os olhos de Laurie, tão claramente que Meg logo acrescentou:

– Eu mesma vou contar, e "confessar" para mamãe como fui tola. Mas prefiro fazê-lo eu mesma, então não diga nada, pode ser?

– Dou a minha palavra, mas o que devo dizer quando me perguntarem?

– Só diga que eu estava bem e que estava me divertindo bastante.

– Direi a primeira parte, com todo o coração, mas e sobre a segunda? Não parece que você esteja se divertindo, não é? – E Laurie olhou para ela com uma expressão que a fez responder com um sussurro:

– Não, não agora. Não me ache terrível, eu só queria me divertir um pouco, mas assim não vale a pena, eu acho, e estou me cansando.

– Aí vem Ned Moffat, o que será que ele quer? – disse Laurie, franzindo suas sobrancelhas negras como se não apreciasse a chegada do anfitrião da festa.

– Ele se inscreveu para três danças e suponho que esteja vindo por causa delas, que chato! – disse Meg, assumindo um ar lânguido que divertiu Laurie imensamente.

Ele não voltou a conversar com ela até a hora do jantar, quando a viu tomando champanhe com Ned e seu amigo Fisher, que se comportavam como "uma dupla de idiotas", como Laurie disse para si mesmo, pois sentia uma espécie de direito fraterno de cuidar das March e lutar suas batalhas sempre que um defensor fosse necessário.

– Você vai ter uma dor de cabeça terrível amanhã se beber muito disso. Eu não beberia, Meg, sua mãe não gosta, você sabe – ele sussurrou, curvando-se sobre a cadeira dela quando Ned se virou para voltar a encher sua taça e Fisher se abaixou para pegar seu leque.

– Esta noite eu não sou Meg, sou uma boneca que faz todo tipo de loucura. Amanhã deixarei de lado meus "exageros e plumas" e voltarei a ser extremamente boazinha – respondeu ela, com um pequeno sorriso afetado.

– Queria que amanhã fosse hoje, então – murmurou Laurie, afastando-se aborrecido com a mudança que notava nela.

Meg dançou e flertou, conversou e riu, como faziam as outras moças. Depois do jantar ela entrou numa polca e cambaleou o tempo todo, quase derrubando seu par com sua longa saia numa maneira tão descomedida que escandalizou Laurie, que a olhava e pensava num sermão. Mas não teve oportunidade de fazê-lo, pois Meg se manteve à distância até a hora em que ele veio se despedir.

– Lembre-se – ela disse, tentando sorrir, pois a terrível dor de cabeça já começara.

– *Silence à la mort* – respondeu Laurie, com um floreio melodramático, enquanto saía.

Essa pequena encenação despertou a curiosidade de Annie, mas Meg estava cansada demais para fofocar e foi para a cama, sentindo-se como se tivesse ido a um baile de máscaras, sem ter se divertido tanto como seria de se esperar. Ela passou mal todo o dia seguinte e, no sábado, voltou para casa bastante cansada pelas duas semanas de diversão e achando que havia ficado tempo suficiente entregue ao luxo.

– É muito bom ficar quieta, sem precisar se comportar de forma sociável o tempo todo. Nossa casa *é* um bom lugar, mesmo sem ser suntuosa – disse Meg, olhando ao redor com uma expressão serena, sentada com a mãe e Jo na noite de domingo.

– Estou feliz de ouvi-la dizer isso, querida, pois estava com medo de que nossa casa pudesse parecer enfadonha e pobre para você, depois dos seus belos aposentos – respondeu a mãe, que lhe lançara vários olhares ansiosos naquele dia, pois o olhar materno é rápido em descobrir qualquer mudança no rosto dos filhos.

Meg contara suas aventuras alegremente e dissera diversas vezes como foram encantadores os momentos que tivera, mas algo ainda parecia pesar em seu espírito, e, quando a mais nova das meninas foi para a cama, ela se sentou pensativamente olhando para o fogo, falando pouco e parecendo preocupada. Quando o relógio soou nove horas e Jo propôs irem para a cama, Meg de repente deixou sua poltrona e, pegando o banquinho de Beth, apoiou os cotovelos nos joelhos da mãe e disse corajosamente:

– Mamãe, quero me confessar.

– Foi o que pensei, querida, o que há?

– Quer que eu saia? – perguntou Jo, discretamente.

– Claro que não; eu não conto sempre tudo para você? Fiquei com vergonha de falar na frente das crianças, mas quero que vocês saibam todas as coisas horríveis que fiz na casa dos Moffat.

– Estamos preparadas – disse a sra. March sorrindo, mas parecendo um pouco nervosa.

– Contei a vocês que elas me vestiram, mas não contei que me empoaram, me espartilharam, me frisaram e me fizeram parecer uma gravura da moda. Laurie me julgou imprópria; sei que julgou, mesmo sem dizer, e um homem me chamou de "boneca". Sei que foi bobagem, mas me lisonjearam, disseram que eu estava linda e um monte de bobagens, e deixei que me fizessem de boba.

– Só isso? – perguntou Jo, enquanto a sra. March olhava em silêncio o rosto abaixado de sua bela filha sem encontrar motivo para censurar suas pequenas tolices.

– Não; bebi champanhe, fui espalhafatosa, tentei flertar e fui totalmente abominável – Meg reprovou a si mesma.

– Há outra coisa ainda, penso eu.

E a sra. March afagou a face macia, que de repente enrubesceu, enquanto Meg respondia devagar:

– Tem, sim; é muito bobo, mas quero contar, porque detesto que as pessoas falem e pensem essas coisas sobre Laurie e nós.

Então contou os vários trechos de fofocas que ouvira na casa dos Moffat; enquanto ela falava, Jo viu a mãe apertar os lábios com força, como que aborrecida por terem posto tais ideias no espírito inocente de Meg.

– Ora, esse é o maior absurdo que já ouvi na vida! – exclamou Jo, indignada. – Por que você não apareceu e disse isso ali, na hora?

– Não consegui, era uma coisa tão constrangedora para mim. Primeiro, não pude deixar de ouvir, e depois fiquei tão brava e envergonhada que não lembrei que devia me afastar.

– Espere até que *eu* veja Annie Moffat, e vou lhe mostrar como acertar uma coisa tão ridícula. A ideia de termos "planos", de sermos boazinhas com Laurie porque ele é rico e pode vir a se casar com uma de nós! Duvida que ele vá esbravejar quando eu lhe contar o que aquelas bobinhas dizem de nós, meninas pobres? – e Jo riu como se, pensando bem, a coisa lhe parecesse uma boa piada.

– Se você contar a Laurie, nunca vou perdoá-la! Ela não deve, não é, mamãe? – perguntou Meg com ar aflito.

– Não, nunca repitam esse mexerico absurdo e esqueçam-no o mais rápido possível – disse a sra. March com gravidade. – Fui muito imprudente ao deixar que você frequentasse pessoas que conheço tão pouco; são bondosas, devo dizer, mas frívolas, mal-educadas, cheias dessas ideias vulgares sobre os jovens. Lamento mais do que consigo dizer pelo dano que essa visita pode ter causado a você, Meg.

– Não se preocupe, não vou deixar que isso me magoe; esquecerei todas as coisas ruins e lembrarei só as boas, pois realmente me diverti muito e agradeço muito que a senhora tenha me autorizado a ir. Não ficarei sentimental nem descontente, mãe; sei que sou uma tolinha e ficarei com a senhora até ser capaz de cuidar de mim mesma. Mas é *realmente* agradável ser elogiada e admirada, e devo dizer que gosto – falou Meg, parecendo meio envergonhada por tal confissão.

– É plenamente natural e não há mal algum nisso, se esse gosto não se transformar numa paixão que a leve a fazer coisas tolas ou impróprias para uma moça. Aprenda a conhecer e valorizar o elogio que vale a pena receber e a despertar a admiração de boas pessoas sendo modesta, e não só bonita, Meg.

Margaret ficou sentada pensando por um instante, enquanto Jo se mantinha de pé com as mãos às costas, parecendo interessada e, ao mesmo tempo, um pouco perplexa, pois era uma novidade ver Meg corando e falando sobre admiração, namorados e coisas assim, e Jo teve a impressão de que a irmã crescera de modo surpreendente durante aquela quinzena, afastando-se dela para um mundo ao qual não podia acompanhá-la.

– Mãe, você tem "planos", como disse a sra. Moffat? – perguntou Meg encabulada.

– Tenho, sim, minha querida, e muitos; todas as mães têm, mas desconfio de que os meus sejam bastante diferentes dos da sra. Moffat. Vou lhe contar alguns deles, pois chegou o momento em que algumas palavras podem pôr essa cabecinha e esse coraçãozinho romântico no lugar certo, sobre um assunto muito sério. Você é nova, Meg, mas não tão nova que não me entenda, e os lábios maternos são os mais adequados para falar dessas coisas a mocinhas como você. Jo, sua vez provavelmente também chegará, então vocês ouçam meus "planos" e me ajudem a concretizá-los, se forem bons.

Jo se aproximou e se sentou num dos braços da poltrona, com ar de quem se sente participando de alguma questão muito solene. Segurando a mão das duas filhas e observando o rosto das jovens com ar meditativo, a sra. March disse, em tom sério, mas animado:

– Quero que minhas filhas sejam bonitas, educadas e boas, que sejam admiradas, amadas e respeitadas, que tenham uma mocidade feliz, que façam um casamento bom e sensato, que levem uma vida útil e agradável, com o mínimo de sofrimentos e preocupações que Deus considere adequado lhes enviar para colocá-las à prova. Ser amada e escolhida por um bom homem é a melhor coisa, a mais doce, que pode acontecer a uma mulher, e espero sinceramente que minhas meninas possam conhecer essa linda experiência. É natural pensar nisso, Meg; é correto querer e ansiar por isso, e é sábio se preparar para isso de tal forma que, chegado o feliz momento, você possa se sentir pronta para as obrigações e merecedora das alegrias. Minhas queridas meninas, *sou* mesmo ambiciosa em relação a vocês, mas não para se ostentarem no mundo – para se casarem com homens de fortuna só porque são ricos ou têm casas maravilhosas, mas que não são lares, pois falta o amor. O dinheiro é uma coisa necessária e preciosa – e, quando bem usado, uma coisa nobre –, mas não quero que vocês pensem em momento algum que ele é o primeiro ou único prêmio a disputar. Prefiro vê-las casadas com homens pobres se forem felizes, amadas e contentes a vê-las como rainhas num trono sem paz nem amor-próprio.

– Belle diz que as mocinhas pobres não têm chance alguma, a menos que se exibam – suspirou Meg.

– Então vamos ficar umas solteironas – disse Jo, resoluta.

– Certo, Jo; melhor ser uma solteirona feliz do que uma esposa infeliz ou uma moça de comportamento impróprio, correndo atrás de marido – disse a sra. March, em tom decidido. – Não se aflija, Meg; a pobreza raramente desanima o enamorado sincero. Algumas das melhores e mais honradas mulheres que conheço eram mocinhas pobres, mas tão merecedoras de amor que não houve como virarem solteironas. Deem tempo ao tempo; mantenham a felicidade neste lar para estarem preparadas para seu próprio lar, se lhes for oferecido, ou ficarem contentes aqui, caso contrário. E lembrem-se sempre de uma coisa, minhas meninas: a mãe de vocês está sempre pronta para ser confidente, e o pai para ser amigo, e nós dois confiamos e esperamos que nossas filhas, casadas ou não, sejam o orgulho e o reconforto de nossas vidas.

– Seremos, mamãe, seremos! – exclamaram ambas, de todo o coração, enquanto ela lhes desejava boa noite.

Capítulo 10

O P.C. e a C.P.

Chegando a primavera, foi a vez de novas diversões, e os dias mais compridos rendiam longas tardes para os mais variados trabalhos e entretenimentos. O jardim precisava ser posto em ordem, e cada irmã tinha um quarto da pequena área para fazer o que quisesse com ele. Hannah costumava dizer: "Mesmo na China eu saberia a dona de cada canteiro", e de fato assim seria, pois os gostos das meninas eram tão variados quanto suas personalidades. No de Meg havia rosas, heliotrópios, mirtos e uma pequena laranjeira. O canteiro de Jo nunca se repetia nas estações, pois ela estava sempre tentando experiências novas; neste ano, seria uma plantação de girassóis, e as sementes da viçosa aspirante a planta iriam alimentar a "Tia Topetuda" e sua família de pintinhos. Beth tinha em seu jardim flores perfumadas, de estilo antigo; ervilhas-de-cheiro, resedás, esporinhas, cravinas, amores-perfeitos e abrótanos, com morugem para os passarinhos e erva-dos-gatos para os gatinhos. Amy, no seu, tinha um caramanchão – bastante pequeno e infestado de tesourinhas, mas muito bonito de se ver –, com madressilvas e ipomeias com suas flores em sino e trompa pendendo em graciosas guirlandas por todo ele; lírios brancos de talos espigados, samambaias delicadas e todas as plantas luzidias e pitorescas capazes de florescer ali.

A jardinagem, as caminhadas, os passeios a remo no rio, as expedições em busca de flores ocupavam os dias de tempo firme; nos dias chuvosos, entretinham-se em casa com várias brincadeiras – algumas velhas, outras novas –, todas razoavelmente originais. Uma delas era o "P.C.", pois, como as sociedades secretas andavam na moda, julgaram adequado ter uma também; e, como todas as meninas admiravam Dickens, chamavam a si mesmas de Pickwick Clube. Vinham mantendo o clube fazia um ano, com poucas interrupções, e se reuniam no amplo sótão aos sábados, no final da tarde, ocasião em que as cerimônias eram as seguintes: dispunham-se três cadeiras ao longo de uma mesa, sobre a qual havia uma lâmpada, quatro faixas brancas como distintivo, com um grande "P.C." de diversas cores em cada, e o jornal semanal, chamado "O Boletim Pickwick", para o qual todas contribuíam com alguma coisa, sendo Jo, que se esbaldava com canetas e tintas, a editora responsável. Às sete horas, os quatro membros subiam à sala do clube, amarravam a faixa na cabeça e ocupavam os assentos com grande solenidade. Meg, como a mais velha, era Samuel Pickwick; Jo, tendo gostos literários, era Augustus Snodgrass; Beth, por ser roliça e rosada, era Tracy Tupman; Amy, sempre tentando fazer o que não podia, era Nathaniel Winkle. Pickwick, o presidente, lia o jornal, repleto de contos originais, poemas, notícias locais, anúncios engraçados e indiretas, com as quais relembravam mutuamente e com bom humor as falhas e defeitos de cada uma. Certa vez, o sr. Pickwick pôs um par de óculos sem lentes, bateu na mesa, pigarreou e, fitando com severidade o sr. Snodgrass, reclinado torto na cadeira, até que ele se sentasse direito, começou a ler:

O Boletim Pickwick

20 DE MAIO DE 18—

O Cantinho do Poeta

ODE DE ANIVERSÁRIO

Aqui estamos para celebrar
Com faixa e solene ritual
Nosso 52º aniversário
Hoje, em Pickwick Hall.

Todos em nossa plena saúde,
Ninguém ausente da reunião.
Revemos os rostos conhecidos
E trocamos apertos de mão.

A nosso Pickwick, sempre a
postos,
Saudamos com muito agrado,
Lendo, óculos assentes no
nariz,
Nosso semanário bem
recheado.

Mesmo com sua gripe,
Gostamos de ouvi-lo falar,
Pois dele vêm palavras sábias,
Apesar de grasnir ou coaxar.

Snodgrass compridão avulta
Com sua elefantina graça
E, com jovial face morena,
Se irradia cá em nossa praça.

Poético ardor lhe aviva o
olhar,
Luta ele contra seu fado;
Vejam a ambição no cenho
E o nariz de tinta
manchado!

Ao lado nossa pacata
Tupman,
Tão rósea, fofa, de doce
coração,
Se engasga de rir aos
trocadilhos
E da cadeira vai ao chão.

O faceirinho Winkle está
também,
Sem nenhum fio fora do lugar.
Um modelo de boa etiqueta,
Embora o rosto deteste lavar.

Foi-se o ano, ainda cá estamos
Para rir, brincar e ler
histórias,
Trilhando o caminho da
literatura
Que de fato conduz às glórias.

Muita prosperidade a nosso
jornal.
Que nosso clube continue
unido
E os anos vindouros
abençoem
O "P.C." tão útil e divertido.

SNODGRASS

O CASAMENTO MASCARADO. UM CONTO VENEZIANO

Gôndolas e mais gôndolas chegavam às escadarias de mármore e depunham suas adoráveis cargas destinadas a engrossar a brilhante multidão que enchia os salões majestosos do Conde de Adelon. Cavaleiros e damas, elfos e pajens, monges e floristas, todos se misturavam festivamente na dança. Vozes suaves e melodias harmoniosas enchiam o ar, e assim com alegria e música o baile de máscaras prosseguia.

– Vossa Alteza viu Dama Viola hoje à noite? – indagou um galante trovador à rainha das fadas, que esvoaçava pelo salão apoiada em seu braço.

– Vi; encantadora, mas tão triste! E seu vestido foi bem escolhido, pois dentro de uma semana ela se casa com o Conde Antonio, a quem detesta profundamente.

– Por minha fé, invejo-o. Ali vem ele, vestido como um noivo, a não ser pela máscara negra. Quando a tirar, veremos como fitará a bela donzela cujo coração lhe é impossível conquistar, embora seu severo pai tenha concedido a ele a mão da filha – respondeu o trovador.

– Comenta-se à boca pequena que ela ama o jovem artista inglês que está sempre à sua volta e é desprezado pelo velho conde – disse a dama enquanto entravam na dança.

A festa estava no auge quando apareceu um padre e, conduzindo o jovem par até uma alcova com dossel de veludo púrpura, fez com que o casal se ajoelhasse. Caiu um silêncio instantâneo sobre a multidão festiva; e nenhum som, a não ser o repuxo das fontes e o farfalhar das laranjeiras repousando ao luar, rompeu aquela quietude, quando então o Conde de Adelon assim falou:

– Meus senhores e minhas senhoras; perdoai o artifício que empreguei para reunir-vos aqui, a fim de assistirdes ao casamento de minha filha. Padre, aguardamos vossos ofícios.

Todos os olhos se viraram para o casal e um baixo murmúrio de surpresa percorreu a multidão, pois nem a noiva, nem o noivo retiraram as máscaras. A curiosidade e o assombro se apoderaram de todos os corações, mas o respeito refreou todas as línguas até o final do santo sacramento. Então os espectadores ansiosos se reuniram em torno do conde, pedindo uma explicação.

– De bom grado eu a daria, se a tivesse; mas sei apenas que foi a vontade de minha tímida Viola, e cedi a ela. Agora, meus filhos, terminemos com a brincadeira. Tirai a máscara e recebei minha bênção.

Mas nenhum dos dois se abaixou para receber a bênção; pois o jovem noivo respondeu num tom que surpreendeu todos os ouvintes, enquanto a máscara caía, revelando o nobre rosto de Ferdinand Devereux, o amado artista, e apoiada ao peito onde agora luzia a estrela de um conde inglês estava a encantadora Viola, radiante de alegria e beleza.

– Meu senhor, negastes desdenhosamente a mão de vossa filha quando eu poderia me vangloriar de nome tão excelso e fortuna tão imensa quanto Conde Antonio. Posso ainda mais; pois nem mesmo vossa alma ambiciosa pode recusar o Conde de Devereux e De Vere, quando ele cede seu antigo nome e ilimitada riqueza em troca da mão amada desta bela dama, agora esposa minha.

O conde se imobilizou como que petrificado; voltando-se para a multidão atônita, Ferdinand acrescentou, com um alegre sorriso de triunfo:

– A vós, caros amigos, só posso desejar que vossos amores prosperem como o meu, e que todos possais conquistar uma noiva tão bela quanto conquistei eu, com esse casamento mascarado.

S. Pickwick

Por que o P. C. parece a Torre de Babel? Porque está cheio de membros indisciplinados.

A HISTÓRIA DE UMA ABÓBORA

Era uma vez um agricultor que plantou uma sementinha na sua horta, e depois de algum tempo ela brotou e se tornou uma planta rasteira que deu muitas abóboras. Num dia de outubro, quando estavam maduras, ele colheu uma e levou à feira. Um merceeiro a comprou e pôs na sua quitanda. Naquela mesma manhã, uma menina de chapéu castanho e vestido azul, de rosto redondo e nariz achatado, comprou-a para sua mãe. Foi puxando a abóbora até sua casa, cortou-a em pedaços e ferveu-a no caldeirão grande; esmagou uma parte, temperou com sal e manteiga, para o jantar; ao resto, ela acrescentou meio litro de leite, dois ovos, quatro colheres de açúcar, noz moscada e alguns biscoitos; pôs num prato fundo e assou até ficar bonito e dourado; no dia seguinte, uma família chamada March comeu o doce.

T. Tupman

Sr. Pickwick, *Cavalheiro*:

Dirijo-me ao senhor sobre o assunto da falta e o faltoso é um indivíduo chamado Winkle que cria problemas no clube dele dando risadas e às vezes não escreve seu artigo neste excelente jornal espero que o senhor perdoe a ruindade dele e lhe permita enviar uma fábula francesa porque ele não consegue inventar da sua própria cabeça pois tem lições demais para fazer e não sobram miolos no futuro tentarei agarrar o tempo pelo rabo e vou preparar um trabalho que será *commy la fo* – que significa "bem feito" – estou com pressa pois já é quase hora da escola.

Respeitosamente,

N. Winkle

[O texto acima é um bravo e elegante reconhecimento de falhas passadas. Se nosso jovem amigo estudasse pontuação, seria ótimo.]

UM TRISTE ACIDENTE

Na última sexta-feira, fomos surpreendidos por um golpe violento em nosso subsolo, seguido por gritos de dor. Correndo todos juntos até o porão, encontramos nosso amado Presidente prostrado no chão, tendo tropeçado e caído enquanto pegava lenha para fins domésticos. Deparamo-nos com uma cena de ruína completa; pois em sua queda o sr. Pickwick mergulhou a cabeça e os ombros numa tina d'água, derrubou um barrilete de sabão líquido sobre seu físico viril e rasgou barbaramente suas roupas. Ao ser removido dessa perigosa situação, descobriu-se que ele não sofrera nenhum ferimento, salvo várias contusões, e temos a alegria de acrescentar que agora está passando bem.

Ed

NOTA DE PESAR

É nosso doloroso dever registrar o súbito e misterioso desaparecimento de nossa querida amiga, a sra. Bola de

Neve da Patinha Macia. Esta linda e amada gata contava com um círculo de calorosos amigos e admiradores, pois sua beleza atraía todos os olhares, suas graças e virtudes a faziam querida por todos, e a comunidade inteira sente profundamente sua perda.

Foi vista pela última vez sentada junto ao portão, olhando a carroça do açougueiro; teme-se que algum vilão, tentado por seus encantos, tenha maldosamente a roubado. Passaram-se semanas, mas não se descobriu qualquer vestígio seu; abandonamos as esperanças, amarramos uma fita negra em sua cesta, guardamos seu prato e pranteamos sua ausência como perda definitiva.

Um amigo envia em solidariedade a seguinte preciosidade:

UM LAMENTO
PARA B.N. PATINHA MACIA

Pranteamos a perda de
nossa gata de estimação
E suspiramos por seu
destino desventurado,
Pois nunca mais brincará
junto ao velho portão,
Nem ficará perto da lareira
ao nosso lado.

O túmulo onde sua cria está
a repousar
Encontra-se debaixo da
castanheira;
Mas ao túmulo de B.N. não
podemos chorar,
Pois não sabemos onde fica
sua leira.

Sua cama vazia e sua bola
ociosa
Não voltarão mais a ocupá-la;
Batidinha ou ronronada
amorosa
Nunca mais se ouvirá na sala.

Outra gata, essa de cara
encardida,
Agora corre atrás de seus
ratos,
Mas não caça como nossa
querida
Nem é graciosa aos nossos
tratos.

De patas firmes ela segue o
corredor
Onde antes Bola de Neve
brincava,
Mas só dá uma fungadela
sem pôr
A correr os ratinhos que
B.N. expulsava.

Faz o que pode, boazinha e
mansa,
Mas não é bonita de se
olhar;
Nem de longe, querida, ela
te alcança
E só a ti continuamos a
adorar.

A.S.

ANÚNCIOS

SRTA. ORANTHY BLUGGAGE, a renomada Conferencista de Espírito Forte, apresentará sua famosa Conferência sobre "A MULHER E SUA POSIÇÃO" no Salão Pickwick, no próximo sábado à noite, após as representações habituais.

UMA REUNIÃO SEMANAL será realizada no Local da Cozinha, para ensinar culinária às jovens senhoritas. A reunião será presidida por Hannah Brown, e estão todos convidados a comparecer.

A SOCIEDADE DA PÁ DE LIXO se reunirá na próxima quarta-feira e desfilará no andar superior da Sede do Clube. Todos os membros devem comparecer uniformizados, com vassouras ao ombro, às nove horas em ponto.

A SRA. BETH BOUNCER exibirá seu novo sortimento de Confecções para Bonecas na próxima semana. Chegaram as mais novas Modas de Paris e solicita-se respeitosamente que se façam encomendas.

UMA NOVA PEÇA será apresentada no Teatro Barnville, dentro de algumas semanas, que superará tudo o que já foi visto nos palcos americanos. O título do emocionante drama é "O ESCRAVO GREGO, ou Constantino, o Vingador"!!!

SUGESTÕES

Se S.P. não usasse tanto sabão para lavar as mãos, não chegaria sempre atrasado ao café da manhã. Pede-se a A.S. que não assobie na rua. T.T., por favor, não esqueça o guardanapo de Amy. N.W., não precisa se afligir se seu traje não tem nove pregas.

RELATÓRIO SEMANAL

Meg – Bom.
Jo – Ruim.
Beth – Muito bom.
Amy – Médio.

Quando o presidente terminou de ler o jornal (que peço licença de assegurar a meus leitores ser uma cópia *bona fide* de um redigido outrora por meninas *bona fide*), seguiu-se uma rodada de aplausos, e então o sr. Snodgrass se levantou para fazer uma proposta.

– Senhor presidente e distintos cavalheiros – começou ele, adotando tom e atitude de parlamentar –, desejo propor a admissão de um novo membro; alguém que muito merece a honra, que ficaria profundamente grato, que contribuiria enormemente para o espírito do clube e para o valor literário do jornal, e que seria infinitamente alegre e gentil. Proponho o nome do sr. Theodore Laurence como membro honorário do P.C. Vamos, aceitemo-lo.

A súbita mudança de tom de Jo fez as garotas rirem; mas todas pareciam bastante ansiosas, e ninguém disse uma palavra quando Snodgrass tomou assento.

– Poremos em votação – disse o presidente. – Os que forem a favor desta moção, por favor, manifestem-se dizendo "Sim".

Uma sonora resposta de Snodgrass, à qual se seguiu, para a surpresa geral, uma tímida de Beth.

– Os de parecer contrário digam "Não".

Meg e Amy foram de parecer contrário, e o sr. Winkle se levantou para dizer com grande elegância:

– Não queremos nenhum garoto; eles só brincam e correm por aí. Este é um clube de damas, e queremos que seja exclusivo e respeitável.

– Receio que ele ria de nosso jornal e zombe de nós depois – observou Pickwick, repuxando o cachinho da testa, como sempre fazia quando estava em dúvida.

Snodgrass deu um salto da cadeira, com grande gravidade.

– Senhor! Dou-lhe minha palavra de cavalheiro, Laurie não fará nada do gênero. Ele gosta de escrever e dará vigor a nossas contribuições, nos impedindo de sermos sentimentais, entende? É tão pouco o que podemos fazer por ele e ele faz tanto por nós que acho que o mínimo que podemos fazer é lhe oferecer um lugar aqui e recebê-lo bem, se ele vier.

Essa hábil menção aos benefícios concedidos pôs Tupman de pé, como se tivesse tomado uma decisão.

– Sim, é o que devemos fazer, mesmo *com* receio. Digo que ele pode vir, e seu avô também, se quiser.

Esse arroubo impetuoso de Beth animou o clube, e Jo levantou da cadeira para lhe apertar a mão em aprovação.

– Então agora vamos votar de novo. Todo mundo lembre que é nosso Laurie e diga "Sim!" – exclamou Snodgrass entusiasmado.

– Sim! Sim! Sim! – responderam três vozes ao mesmo tempo.

– Ótimo! Abençoadas sejam! Agora, como não há coisa melhor do "agarrar o tempo pelo rabo", como Winkle costuma dizer, permitam-me apresentar o novo membro.

Para o espanto do resto do clube, Jo escancarou a porta do armário e exibiu Laurie, sentado num saco de retalhos, corado e se controlando para não dar risada.

– Sua tratante! Sua traidora! Jo, como você pôde? – exclamaram as três meninas, enquanto Snodgrass trazia o amigo em triunfo e, providenciando uma cadeira e um distintivo, instalava-o num piscar de olhos.

– O descaramento de vocês dois, seus tratantes, é assombroso – começou o sr. Pickwick, tentando fechar carranca e só conseguindo abrir um sorriso simpático.

Mas o novo membro esteve à altura da ocasião; e, erguendo-se numa saudação agradecida à Presidência, disse, da maneira mais encantadora:

– Sr. presidente e distintas damas... perdoem-me... distintos cavalheiros, permitam-me que eu me apresente como Sam Weller, o mais humilde criado do clube.

– Muito bem, muito bem! – exclamou Jo, batendo com o cabo da panela velha em que se apoiara.

– Meu fiel amigo e nobre patrono – continuou Laurie, acenando com a mão –, que tão lisonjeiramente me apresentou, não deve ser responsabilizado pelo vil estratagema desta noite. Eu que planejei, e ela só cedeu depois de muita insistência.

– Ora, vamos, não assuma toda a autoria; você sabe que eu sugeri o armário – interrompeu Snodgrass, que estava adorando a brincadeira.

– Não ligue para o que ela diz. Sou eu o patife da história, senhor – disse o novo membro, num gesto de cabeça muito welleriano ao sr. Pickwick. – Mas dou minha palavra de honra que nunca mais farei isso, e daqui por diante *uou* me *deuotar** ao interesse deste clube imortal.

– Ouçam! Ouçam! – gritou Jo, batendo a tampa da panela como um címbalo.

– Continue, continue! – Winkle e Tupman acrescentaram, enquanto o presidente se curvava numa benévola vênia.

– Gostaria apenas de dizer que, como pequeno sinal de minha gratidão pela honra concedida e como forma de promover relações amistosas entre nações vizinhas, montei uma caixa postal na cerca viva, na parte de baixo do jardim; uma bela construção espaçosa, com cadeados

* Weller, em *As aventuras do sr. Pickwick*, troca os "v" e os "u". (N.T.)

nas portas e todas as comodidades postais e que tais, se me permitirem a rima. É a velha casa das andorinhas, mas bloqueei a porta e abri o teto, e assim caberá de tudo lá dentro e poupará nosso precioso tempo. Cartas, manuscritos, livros e embrulhos podem ser postos ali; e, como cada nação terá uma chave, será extremamente prático, imagino. Permitam-me apresentar a chave do clube e, agradecendo muito a generosidade dos senhores, tomo meu assento.

Irromperam grandes aplausos quando o sr. Weller colocou uma chavezinha na mesa e se sentou; a panela batia e se sacudia loucamente, e levou algum tempo até se restaurar a ordem. Seguiu-se uma longa discussão, e todos se saíram de maneira surpreendente, pois todos deram o melhor de si; assim, foi uma reunião especialmente animada que se prolongou até hora adiantada, quando se encerrou com três vibrantes vivas ao novo membro.

Nunca ninguém se arrependeu da admissão de Sam Weller, pois clube nenhum poderia ter membro mais dedicado, mais jovial e bem-comportado. Sem dúvida, acrescentou "espírito" às reuniões e "um vigor" ao jornal, pois os ouvintes se retorciam de rir a seus discursos e suas contribuições eram excelentes, fossem patrióticas, clássicas, cômicas ou dramáticas, mas nunca sentimentais. Para Jo, eram dignas de Bacon, Milton ou Shakespeare, e ela remodelou seus próprios textos com bons resultados, a seu ver.

A C.P. foi uma pequena instituição da maior importância e prosperou magnificamente, pois por ela passavam quase tantas coisas fantásticas quanto numa agência postal de verdade. Tragédias e cachecóis, poemas e vidros de conservas, sementes de plantas e longas cartas, partituras e pães de mel, galochas, convites, reprimendas e cãezinhos filhotes. O velho cavalheiro gostava da brincadeira e se divertia enviando embrulhos estranhos, mensagens misteriosas e telegramas engraçados; e seu jardineiro, que fora cativado pelos encantos de Hannah, chegou a enviar uma carta de amor aos cuidados de Jo. Como riram quando o segredo veio à tona, sem imaginar quantas cartas de amor aquela pequena caixa postal receberia em anos futuros!

Capítulo 11

Experiências

– Primeiro de junho; os King vão para a praia amanhã, e estou livre! Três meses de férias! Como vou aproveitar! – exclamou Meg, voltando num dia quente para casa e encontrando Jo estendida no sofá numa exaustão pouco usual, enquanto Beth lhe tirava as botinas empoeiradas e Amy preparava limonada de refresco para todas.

– A tia March foi hoje, e por isso que alegria! – disse Jo. – Eu estava morrendo de medo que ela me pedisse para ir junto; se pedisse, eu me sentiria na obrigação de ir com ela; mas Plumfield é tão alegre quanto um cemitério e prefiro ser dispensada. Foi uma afobação para despachar a velha, e eu ficava apavorada cada vez que ela falava comigo, pois tinha tanta pressa em acabar logo que fui especialmente prestativa e meiga, e fiquei com medo que ela achasse impossível me deixar. Tremi até a hora em que ela se viu bem instalada na carruagem e ainda passei um último susto, pois ela pôs a cabeça para fora, dizendo: "Josy-phine, você não...?". Não ouvi mais nada, pois fiz uma baixeza: virei-me e fugi, corri de verdade e virei chispando a esquina, onde me senti a salvo.

– Coitada da Jo! Ela entrou aqui como se tivesse um bando de ursos atrás dela – disse Beth, enquanto afagava os pés da irmã com ar maternal.

– A tia March é uma verdadeira borrasca, não é? – comentou Amy provando seu refresco com seriedade.

– Ela quer dizer *carrasca*, não tempestade; mas não faz mal, está quente demais para nos apegarmos a detalhes de linguagem – murmurou Jo.

– O que vocês vão fazer durante as férias inteiras? – perguntou Amy, mudando de assunto com tato.

– Vou ficar na cama até tarde, sem fazer nada – respondeu Meg, lá do fundo da cadeira de balanço. – Durante o inverno todo me arrancaram cedo da cama, e tive de passar os dias trabalhando para os outros; então agora vou descansar o quanto quiser.

– Hum! – disse Jo. – Essa preguiça não combina comigo. Separei uma pilha de livros e vou aproveitar minhas horas de luz lendo empoleirada na macieira velha, enquanto estiver sem l...

– Não diga "lavercas"! – interrompeu Amy, dando o troco pela correção da "borrasca".

– Digo então "rouxinóis", com Laurie; é adequado e cai bem, pois gorjeia como ele só.

– Vamos suspender as aulas por algum tempo, Beth; toque o tempo todo e descanse, como as meninas pretendem fazer – propôs Amy.

– Bom, pode ser, se mamãe não se importar. Quero aprender algumas músicas novas e preciso arrumar minhas filhas para o verão; estão num desleixo medonho e realmente precisando de roupas.

– Podemos, mãe? – perguntou Meg, virando-se para a sra. March, que estava sentada costurando no "cantinho da mamãe", como diziam.

– Podem fazer a experiência durante uma semana e ver se gostam. Creio que no sábado à noite vão descobrir que só diversão, sem nenhuma obrigação, é igual a só obrigação, sem nenhuma diversão.

– Oh, claro que não! Vai ser uma delícia, tenho certeza – disse Meg muito satisfeita.

– Agora proponho um brinde, como diz minha "amiga e pa'ceira Sairy Gamp".* Sempre diversão, sem amolação – exclamou Jo se levantando de copo na mão enquanto a limonada circulava.

Todas tomaram alegremente o refresco e começaram a experiência vadiando pelo resto do dia. Na manhã seguinte, Meg só apareceu às dez horas; o desjejum solitário estava insípido, e a sala parecia solitária e desarrumada, pois Jo não enchera os vasos, Beth não havia tirado o pó e os livros de Amy estavam espalhados por toda parte. Nada estava limpo ou agradável, exceto "o cantinho da mamãe", que tinha a aparência de sempre; e lá Meg se sentou para "descansar e ler", o que significava bocejar e imaginar os lindos vestidos de verão que compraria com seu salário. Jo passou a manhã no rio, com Laurie, e a tarde lendo e chorando com *The Wide, Wide World*, trepada na macieira. Beth começou a tirar tudo do armário grande onde morava sua família; mas, cansando antes de chegar à metade, deixou seu domicílio de pernas para o ar e foi para seu piano, contente por não ter louça para lavar. Amy ajeitou seu caramanchão, pôs seu melhor vestido branco, alisou os cachos e se sentou sob as madressilvas para desenhar, na esperança de que alguém visse e indagasse quem era a jovem artista. Como ninguém apareceu, a não ser um pernilongo curioso que examinou sua obra com interesse, ela foi passear, pegou um aguaceiro e voltou para casa pingando.

À hora do chá, elas trocaram impressões e todas concordaram que tinha sido um dia delicioso, embora mais longo do que o normal. Meg, que fora fazer compras à tarde e escolhera uma "musselina azul suave", descobriu depois de cortar o molde que o pano não era

* Outra personagem de Dickens, de *Vida e aventuras de Martin Chuzzlewit.* (N.T.)

lavável, contratempo este que a deixou levemente irritada. Jo ficou com o nariz descascando por causa do sol que tomara no barco e teve uma tremenda dor de cabeça por ler tempo demais. Beth estava aborrecida com a desordem no armário e a dificuldade de aprender três ou quatro músicas de uma vez só; e Amy estava profundamente triste com o estrago no vestido, pois a festa de Katy Brown era no dia seguinte, e agora, como Flora McFlimsy, ela não tinha "nada para vestir". Mas eram apenas ninharias, e elas garantiram à mãe que a experiência ia muito bem. A sra. March sorriu, não disse nada e, com a ajuda de Hannah, fez o serviço das meninas, deixando a casa agradável e a engrenagem doméstica funcionando sem percalços. Espantoso como o estado de coisas gerado pelo processo de "descansar e se divertir" era estranho e desconfortável. Os dias se encompridavam cada vez mais; o tempo estava excepcionalmente variável e também os humores; todas estavam tomadas de um sentimento de inquietude, e o Diabo pôde inventar muitas artes para ocupar aquelas mãos ociosas. Como cúmulo do luxo, Meg abandonou algumas de suas costuras, e então sentiu o tempo lhe pesar tanto que começou a cortar e estragar suas roupas, na tentativa de reformá-las, à la Moffat. Jo leu até a vista não aguentar mais e se enjoou dos livros; andava tão implicante que mesmo Laurie, com seu bom gênio, teve uma briga com ela, e tão desanimada que sentiu uma vontade desesperada de ter ido com tia March. Beth ia bastante bem, pois volta e meia esquecia que o combinado era *só diversão, sem obrigação*, e de vez em quando retomava seus velhos hábitos; mas algo no ar a abalava e mais de uma vez sua tranquilidade foi grandemente afetada, a tal ponto que, certa vez, chegou a chacoalhar a pobre Joanna, tão querida, e lhe disse que ela era "um espantalho". Amy era quem estava pior, pois não dispunha de muitos recursos; quando as irmãs a deixaram entregue a seu próprio entretenimento e cuidados, logo descobriu que aquele serzinho importante e perfeito era um grande fardo. Não gostava de bonecas; contos de fada eram coisas de criança, e não dava para ficar desenhando o tempo todo. As reuniões na hora do chá não eram grande coisa, nem os piqueniques, a não ser que fossem muito bem organizados. "Se a pessoa tivesse uma bela casa, cheia de meninas simpáticas, ou fosse viajar, o verão seria uma delícia; mas ficar em casa com três irmãs egoístas e um menino já crescido era de acabar com a paciência de um Boaz"*, queixava-se a Senhorita Desmiolada, depois de vários dias dedicados ao prazer, à irritação e ao tédio.

Nenhuma delas admitiria que estava cansada da experiência; mas, na sexta à noite, cada qual reconheceu para si mesma que se sentia contente porque a semana estava quase terminando. Na esperança de imprimir a lição ainda mais profundamente, a sra. March, que tinha muito senso de humor, resolveu encerrar o teste de maneira muito adequada; assim, deu folga a Hannah e deixou as meninas aproveitarem plenamente o efeito do sistema de diversão.

Quando se levantaram no sábado de manhã, não havia fogo na cozinha, nem desjejum na sala de jantar ou mãe em lugar algum.

– Misericórdia! O que *aconteceu*? – gritou Jo, olhando espantada ao redor.

Meg subiu a escada correndo e logo voltou, parecendo aliviada, mas bastante desconcertada e um pouco envergonhada.

– Mamãe não está doente, só muito cansada, e disse que vai passar o dia todo sossegada no quarto, e

---

* Amy confunde Jó com Boaz, marido de Rute, personagens bíblicos. (N.T.)

que a gente faça o melhor que puder. É uma coisa muito esquisita, a mamãe agir assim, não é do feitio dela; mas falou que foi uma semana muito puxada para ela, e então não devemos reclamar e sim cuidar de nós mesmas.

– Isso é fácil e gosto da ideia; estou doida para ter alguma coisa para fazer – e Jo acrescentou depressa –, isto é, você sabe, alguma diversão nova.

De fato, *foi* um enorme alívio para todas terem um pouco de trabalho, e se entregaram a ele com grande vontade, mas logo entenderam a verdade da frase de Hannah, "Cuidar de uma casa não é brincadeira". Havia muita comida na despensa e, enquanto Beth e Amy arrumavam a mesa, Meg e Jo preparavam o desjejum, perguntando-se, como tantas vezes faziam, por que todas as empregadas falavam em serviço puxado.

– Vou levar um pouco para a mamãe, mesmo tendo dito que a gente não precisava pensar nela, pois cuidaria de si mesma – falou Meg, que presidia à mesa e se sentia muito matronal na frente do bule de chá.

Assim, antes que começassem, preparou-se uma bandeja que foi levada ao andar de cima, com os cumprimentos da cozinheira. O chá estava amargo, a omelete ressecada, e os biscoitos, manchados de bicarbonato de sódio. A sra. March recebeu o repasto agradecendo e riu muito depois que Jo saiu.

"Pobrezinhas, vão enfrentar uma dureza, creio eu; mas não sofrerão e isso lhes fará bem", disse de si para si, pegando os alimentos mais palatáveis que havia providenciado pessoalmente e dando sumiço ao desjejum intragável, para não ferir os sentimentos delas – uma pequena trapaça materna, pela qual ficaram gratas.

No andar de baixo, eram muitas as reclamações e grande o pesar da cozinheira chefe com os malogros.

– Não se incomode, faço eu o almoço e serei a criada; você fica como patroa, cuida de suas mãos, recebe as visitas e dá as ordens – disse Jo, ainda mais ignorante do que Meg em assuntos culinários.

Essa gentil proposta foi aceita com alegria, e Margaret se retirou para a sala de visitas, que arrumou às pressas varrendo o lixo para baixo do sofá e fechando as venezianas para poupar o trabalho de espanar o pó. Jo, com plena fé em suas capacidades e vontade de fazer as pazes, foi imediatamente pôr um bilhete na caixa postal, convidando Laurie para almoçar.

– Melhor ver o que você tem antes de pensar em convidar alguém – disse Meg, ao ser informada do gesto afável, mas precipitado.

– Ah, tem charque e montes de batatas, e vou comprar alguns aspargos e uma lagosta, "como iguaria", como diz Hannah. Teremos alface e farei uma salada; não sei como, mas o livro explica. Vou fazer manjar branco e morangos de sobremesa, e café também, se você quiser ser elegante.

– Não invente pratos demais, Jo, pois a única coisa que você sabe fazer e que dá para comer é pão de mel e bala de açúcar queimado. Lavo minhas mãos quanto a esse almoço, e, já que você chamou Laurie por iniciativa própria, você que faça sala para ele também.

– Não quero que você faça nada além de ser educada com ele e ajudar no pudim. Você me ajuda se eu precisar, não é? – perguntou Jo, um pouco magoada.

– Ajudo, mas não sei muita coisa, só sobre pão e umas ninharias. Melhor você pedir autorização para a mãe antes de encomendar qualquer coisa – respondeu Meg, prudente.

– Claro que vou pedir, não sou tonta – e Jo saiu num acesso de mau humor diante daquela manifestação de dúvida sobre suas capacidades.

– Compre o que quiser e não me incomode; vou sair para comer fora e não posso me incomodar com as coisas aqui em casa – disse a sra. March quando Jo foi consultá-la. – Nunca gostei de cuidar de casa e hoje vou tirar uma folga, ler, escrever, visitar outras pessoas e me divertir.

O espetáculo incomum da mãe sempre azafamada agora se embalando confortavelmente na cadeira de balanço, lendo de manhã cedo, foi para Jo como um fenômeno da natureza: um eclipse, um terremoto ou uma erupção vulcânica dificilmente pareceriam mais inusitados.

"Está tudo fora dos eixos, de certa forma", pensou consigo mesma, descendo a escada. "Beth está chorando; é sinal certo de que há algo errado nesta família. Se Amy estiver amolando, vou passar um raspanete nela."

Sentindo-se ela mesma fora dos eixos, Jo foi correndo para a sala, onde encontrou Beth soluçando sobre Pip, o canário, morto na gaiola com as garrinhas dramaticamente esticadas como que implorando comida, pois à falta dela morrera de fome.

– A culpa é toda minha... me esqueci dele... não sobrou um grãozinho, nem uma gotinha... oh, Pip, oh, Pip! Como pude ser tão cruel com você? – chorava Beth, pegando o pobre bichinho nas mãos e tentando ressuscitá-lo.

Jo espiou dentro do olho semiaberto do passarinho, apalpou o coraçãozinho e, vendo que estava duro e frio, abanou a cabeça e ofereceu sua caixa de dominó para servir de caixão.

– Ponha no forno e talvez ele se aqueça e reviva – disse Amy esperançosa.

– Ele morreu de fome e não vai ser assado agora que se foi. Vou fazer uma mortalha e ele será enterrado no jardim, e nunca mais vou ter outro passarinho, nunca mais, meu Pip!, porque sou ruim demais para tê-los – murmurou Beth, sentada no chão com o bichinho nas mãos.

– O enterro será esta tarde e todas nós iremos. Agora, não chore, Bethy; é uma pena, mas esta semana nada está dando certo e a parte pior ficou para Pip. Faça a mortalha e ponha na minha caixa; depois do almoço, faremos um belo funeralzinho – disse Jo, começando a achar que havia se incumbido de coisas demais.

Deixando as outras a consolar Beth, Jo rumou para a cozinha, que estava numa desordem de desanimar. Colocando um grande avental, pôs as mãos à obra e empilhou os pratos para começar a lavá-los, quando percebeu que o fogo estava apagado.

– Eis uma bela visão! – murmurou Jo, escancarando a porta do fogão e remexendo vigorosamente as cinzas.

Depois de reavivar o fogo, ela decidiu ir ao mercado enquanto a água esquentava. A caminhada a reanimou; e, elogiando a si mesma pelas boas compras que fizera, voltou para casa depois de comprar uma lagosta muita nova, uns aspargos muito velhos e duas caixas de morangos ácidos. Quando pôs tudo na cozinha, já era a hora do almoço, e o fogão estava pelando de quente. Hannah deixara uma forma de pão para crescer, Meg o sovara cedo, pondo na lareira para a segunda fermentação e se esquecera dele. Agora estava recebendo Sallie Gardiner na sala de visitas, quando a porta se abriu de repente e uma figura enfarinhada, fuliginosa, corada e descabeladas apareceu perguntando bruscamente:

– O pão já não cresceu bastante quando transborda da forma?

Sallie começou a rir, mas Meg assentiu com a cabeça e ergueu as sobrancelhas o máximo possível, o que fez com que a aparição sumisse e enfiasse o pão dentro do forno sem mais demora. A sra. March saiu depois de dar uma olhada aqui e ali para ver como iam as coisas, e também dizendo algumas palavras de consolo a Beth, que estava sentada fazendo uma mortalha, enquanto o querido finado jazia estendido dentro da caixa de dominó. Uma estranha sensação de desamparo recaiu sobre as meninas enquanto a touca cinzenta desaparecia na esquina, e o desespero se apoderou delas quando, alguns minutos depois, a srta. Crocker apareceu e disse que tinha vindo para almoçar. Essa senhora era uma solteirona magra e amarelada, com nariz pontudo e olhos inquisitivos, que via tudo e fofocava sobre tudo o que via. As meninas não gostavam da srta. Crocker, mas tinham sido ensinadas a ser gentis com ela porque era velha e pobre e tinha poucos amigos. Assim, Meg lhe cedeu a poltrona e tentou entretê-la, enquanto ela especulava, criticava tudo e contava casos sobre seus conhecidos.

Não há palavras que possam descrever as ansiedades, tentativas e esforços de Jo naquela manhã, e o almoço que serviu tornou-se motivo permanente de piada. Temendo pedir mais conselhos, empenhou-se ao máximo sozinha e descobriu que não bastam energia e boa vontade para ser cozinheira. Ela ferveu os aspargos durante uma hora e ficou triste ao ver que as pontas ficaram moles demais e os talos mais duros do que nunca. O pão torrou que parecia um carvão, pois ela estava tão preocupada com o molho da salada que deixou todo o resto de lado, até se convencer de que não conseguiria fazer um molho que prestasse. A lagosta era um mistério escarlate para ela, mas tanto bateu e escarafunchou que conseguiu tirar a casca, e suas proporções miudinhas sumiram num matagal de folhas de alface. As batatas tiveram de ser cozidas às pressas, para não deixar os aspargos esperando, e ficaram duras. O manjar branco ficou cheio de caroços, e os morangos não eram tão maduros quanto pareciam, pois tinham sido artificiosamente arranjados, com os mais bonitos só por cima.

"Bom, eles podem comer carne, pão e manteiga, se estiverem com fome; mas é mortificante gastar a manhã toda a troco de nada", pensou Jo, enquanto tocava o sino meia hora depois do habitual, e ali ficou acalorada, cansada e desanimada, examinando o banquete servido a Laurie, acostumado a todas as elegâncias, e à srta. Crocker, cujos olhos curiosos notariam todos os defeitos e que daria com a língua nos dentes, contando para todo mundo.

Pobre Jo, bem que gostaria de se enfiar por baixo da mesa, conforme iam provando e deixando uma coisa depois da outra; enquanto Amy soltava risadinhas, Meg parecia aborrecida, a srta. Crocker franzia os lábios e Laurie falava e ria com gosto, para dar um tom alegre à cena festiva. O único ponto forte de Jo eram as frutas, pois tinha espalhado bastante açúcar e colocara uma jarra inteira de creme para acompanhá-las. Suas bochechas, que ardiam, arrefeceram um pouco, e ela inspirou fundo quando os belos pratos de vidro foram distribuídos e todos fitavam benevolamente as pequenas ilhotas rosadas boiando num mar de creme. A srta. Crocker foi a primeira a provar, fez cara feia e tomou depressa alguns goles de água. Jo, que havia recusado os morangos, pensando que talvez não fossem suficientes, pois haviam minguado sensivelmente depois de escolhidos, olhou de relance para Laurie, mas ele comia tudo bravamente, embora com um leve franzido na boca e mantendo os olhos fitos no prato. Amy, que gostava de alimentos delicados, pegou uma colherada bem cheia, engasgou, tampou o boca com o guardanapo e deixou a mesa precipitadamente.

– O que foi? – perguntou Jo, tremendo.

– Sal em vez de açúcar, e o creme está azedo – respondeu Meg, fazendo um gesto trágico.

Jo soltou um gemido e se jogou para trás na cadeira, lembrando que dera uma última polvilhada nos morangos pegando às pressas o conteúdo de uma das duas caixas na mesa da cozinha e se esquecera de pôr o leite no refrigerador. Ela ficou escarlate e estava prestes a chorar quando seu olhar cruzou com o de Laurie, que *parecia* se divertir apesar de seus esforços heroicos, e de repente ela se deu conta do lado cômico da história e começou a rir até lhe correrem lágrimas pelo rosto. Todos os outros riram também, mesmo a "Coroca", como as meninas chamavam a velha solteirona; e o desafortunado almoço terminou alegremente, com pão, manteiga, azeitonas e diversão.

– Não tenho disposição suficiente para tirar a mesa agora, então vamos recuperar a seriedade com um funeral – disse Jo ao se levantarem, e a srta. Crocker se preparou para ir embora, ansiosa em contar o novo caso à mesa de outros amigos.

De fato, recuperaram a seriedade por causa de Beth; Laurie cavou um túmulo debaixo das samambaias do jardim e o pequeno Pip, entre muitas lágrimas, foi ali deposto por sua terna dona e coberto com musgo, recebendo uma coroa de violetas e morugens na pedra com seu epitáfio, composto por Jo enquanto se debatia com o almoço:

Aqui jaz Pip March
Em 7 de junho falecido;
Muito amado e pranteado,
Tão cedo não será esquecido.

Ao final da cerimônia, Beth se retirou para seu quarto, vencida pela emoção e pela lagosta; mas não havia onde descansar, pois ninguém arrumara as camas, e ela sentiu sua dor se aliviar muito ajeitando os travesseiros e pondo as coisas em ordem. Meg ajudou Jo a limpar os restos do banquete, o que levou metade da tarde, e ficaram tão cansadas que concordaram que ao jantar teriam apenas chá com torradas. Laurie levou Amy para um passeio, o que foi um gesto de caridade, pois o creme azedo parecia ter exercido uma má influência sobre seu humor. A sra. March chegou em casa e encontrou as três meninas mais velhas empenhadas no trabalho em plena tarde, e uma olhada no armário lhe deu uma ideia do êxito de uma parte da experiência.

Antes que as donas de casa pudessem descansar, chegaram várias visitas e foi uma correria para se arrumarem a fim de recebê-las; então havia o chá a preparar, pequenos serviços na rua a fazer e uma ou duas costuras a terminar, que ficaram de lado até o último instante. Ao anoitecer, tranquilo e trazendo o sereno, foram se reunindo, uma a uma, na varanda da casa onde as rosas de junho estavam com belos botões, e cada qual gemia ou suspirava ao se sentar, como se estivesse cansada ou aflita.

– Que dia terrível foi este! – começou Jo, geralmente a primeira a falar.

– Pareceu mais curto do que o normal, mas *tão* desagradável – disse Meg.

– Nem parecia nossa casa – acrescentou Amy.

– E nem pode parecer, sem nossa mãe e sem o pequeno Pip – suspirou Beth, fitando com os olhos marejados a gaiola vazia acima de sua cabeça.

– A mãe está aqui, querida, e amanhã mesmo você pode ter outro passarinho, se quiser.

Enquanto falava, a sra. March se aproximou e ficou entre elas, com um ar de que seu dia de folga não tinha sido muito mais agradável do que o delas.

– Estão satisfeitas com a experiência, meninas, ou querem mais uma semana? – perguntou ela, enquanto Beth se aconchegava a ela e as outras se viravam para seu lado com o rosto reluzente, como flores que se viram para o sol.

– Eu não! – exclamou Jo categórica.

– Nem eu! – ecoaram as outras.

– Então vocês acham que é melhor ter algumas obrigações e se dedicar um pouco aos outros?

– Só vadiar e brincar não vale a pena – observou Jo, abanando a cabeça. – Já cansei e quero alguma tarefa para fazer já.

– Que tal aprender a cozinhar o básico? É uma coisa útil, que nenhuma mulher deveria dispensar – disse a sra. March, rindo sonoramente ao relembrar o almoço de Jo, pois ela encontrara a srta. Crocker, que lhe contou o caso.

– Mãe! Você saiu e deixou as coisas correrem só para ver o que faríamos? – indagou Meg, que passara o dia desconfiada.

– Sim, isso mesmo; eu queria que vocês vissem que o conforto de todos depende de cada um cumprindo fielmente sua parte. Enquanto Hannah e eu fazíamos o serviço de vocês, vocês iam muito bem, embora não me pareça que se sentissem muito felizes ou agradecidas; então pensei em lhes mostrar, como uma pequena lição, o que acontece quando cada um só pensa em si mesmo. Não acham mais agradável ajudar umas às outras, ter obrigações diárias que tornam o lazer mais gostoso quando chega a hora, e lidar e se esforçar para que a casa possa ficar bonita e confortável para todas nós?

– Achamos, mãe, achamos! – exclamaram as meninas.

– Então recomendo que vocês retomem seus pequenos fardos, pois, mesmo que às vezes pareçam pesados, são bons para nós e ficam mais leves quando aprendemos a carregá-los. O trabalho é saudável e há muito para todos; ele nos afasta do tédio e da malícia; faz bem para a saúde e a disposição e nos dá uma sensação de poder e independência melhor do que o dinheiro ou a moda.

– Trabalharemos como abelhinhas, e com muito gosto, a senhora vai ver! – disse Jo. – Vou aprender a cozinhar o básico como tarefa das férias, e o próximo almoço que eu fizer será um sucesso!

– Vou fazer o jogo de camisas para o pai em seu lugar, mãezinha. Posso e vou conseguir, mesmo não gostando de costurar; vai ser melhor do que ficar mexendo nas minhas roupas, que já estão muito bem do jeito que estão – disse Meg.

– Vou fazer minhas lições todos os dias, sem passar tanto tempo com minha música e minhas bonecas. Sou uma tonta e devia estar estudando, não brincando.

Foi esta a decisão de Beth, enquanto Amy seguia o exemplo das irmãs, declarando heroicamente:

– Vou aprender a fazer casas de botões e prestar atenção na minha linguagem.

– Ótimo! Então fico plenamente satisfeita com a experiência e imagino que não precisaremos repeti-la; só não passem para o outro extremo, mourejando feito umas escravas. Tenham suas horas de obrigação e suas horas de diversão; tornem os dias úteis e agradáveis, e provem que entendem o valor do tempo, empregando-o bem. Então a mocidade será prazerosa, a velhice poucos pesares trará e a vida será um grande sucesso, a despeito da pobreza.

– Lembraremos, mãe! – e assim o fizeram.

Capítulo 12

O Acampamento Laurence

Beth era a agente postal, pois, passando a maior parte do tempo em casa, podia ir até lá regularmente e gostava muito da tarefa diária de destrancar a portinhola e distribuir o correio. Num dia de julho, ela entrou com as mãos cheias de correspondência e foi pela casa distribuindo cartas e pacotes, como um carteiro.

– Aqui está seu buquê, mãe! Laurie nunca se esquece – disse ela, pondo as flores frescas no vaso que ficava no "cantinho da mamãe" e era sempre abastecido pelo afetuoso rapaz.

– Srta. Meg March, uma carta e uma luva – continuou Beth, entregando os itens à irmã, sentada perto da mãe, costurando punhos de camisa.

– Ora, deixei um par lá, e aqui só está uma – disse Meg, olhando a luva de algodão cinza.

– Não deixou cair a outra no jardim?

– Não, tenho certeza que não, pois só havia uma na caixa postal.

– Detesto ficar com luvas desemparelhadas! Não faz mal, alguma hora encontramos a outra. Minha carta é apenas uma tradução da cantiga alemã que eu queria; imagino que tenha sido o sr. Brooke quem fez, pois não é a letra de Laurie.

A sra. March olhou de relance para Meg, que estava muito bonita com seu vestido caseiro de algodão listrado, com os cachinhos esvoaçando na testa, muito feminina, sentada à sua mesinha de trabalho, cheia de punhos de camisa bem enroladinhos para costurar; assim, sem saber o que se passava nos pensamentos da mãe, costurava e cantava enquanto os dedos voavam, com o espírito ocupado por fantasias de mocinha, inocentes e frescas como os amores-perfeitos em seu cinto, e a sra. March sorriu, satisfeita.

– Duas cartas para a doutora Jo, um livro e um velho chapéu engraçado, que cobria toda a caixa postal, enfiado por cima dela – disse Beth rindo ao entrar no estúdio onde Jo estava sentada a escrever.

– Que rapaz mais ladino é o Laurie! Falei que gostaria que a moda fosse de chapéus maiores, porque queimo o rosto nos dias quentes. Ele disse: "Por que se importar com a moda? Use um chapelão e fique à vontade!". Respondi que usaria um se o tivesse, e agora ele me manda este, para me testar. Vou usar, só de brincadeira, e mostrar a ele que *não* me importo com a moda – e, pondo o chapéu antiquado de abas largas num busto de Platão, Jo passou a ler suas cartas.

Ficou corada e com os olhos marejados com uma de sua mãe, que dizia o seguinte:

> Minha querida:
>
> Escrevo umas palavrinhas para lhe dizer com quanta satisfação vejo seus esforços em controlar seu gênio. Você não comenta sobre suas tentativas, os fracassos ou sucessos, e talvez pense que ninguém vê, a não ser o Amigo a quem pede ajuda diariamente, a julgar pela capa já bem gasta de seu livro guia. *Eu* também vejo todos os seus esforços e acredito de coração na sinceridade de sua resolução, visto que ela começa a dar frutos. Continue, querida, com paciência e coragem, e sempre lembre que ninguém a compreende com mais ternura do que sua amorosa
>
> MÃE.

"Oh, como isso me faz bem! Vale milhões em dinheiro e montes de elogios. Oh, mamãe, tento mesmo! Vou continuar tentando e não desistirei, já que conto com sua ajuda", pensou a menina.

Apoiando a cabeça nos braços, Jo molhou seu pequeno romance com algumas lágrimas de felicidade, pois *realmente* pensara que ninguém via nem apreciava seus esforços em ser boa, e aquela mensagem era duplamente preciosa, duplamente encorajadora, pois inesperada e vinda da pessoa cujos elogios mais valorizava. Sentindo-se mais forte do que nunca para enfrentar e vencer seu Apólion, ela prendeu o bilhete com um alfinete por dentro da blusa, como escudo e lembrete, para não ser apanhada desprevenida, e passou para a outra carta, que abriu plenamente preparada para boas ou más notícias. Numa letra graúda e elegante, Laurie escrevia:

> Cara Jo,
> Olá!
>
> Algumas meninas e meninos ingleses vêm me ver amanhã e quero que seja um dia muito agradável. Se o tempo estiver bom, vou armar minha barraca em Longmeadow e levar a turma toda de barco para comer alguma coisa e jogar croquê – fazer uma fogueira, preparar a comida à moda cigana, inventar mil brincadeiras. Eles são simpáticos e gostam dessas coisas. Brooke vai, para manter os garotos na linha, e Kate Vaughn cuidará das boas maneiras das meninas. Quero que todas vocês venham; Beth não pode ficar de fora, de maneira nenhuma, e ninguém vai perturbá-la. Não se incomodem com comida – cuidarei disso e de todo o resto –, apenas venham; eis um bom camarada!
>
> Numa tremenda pressa,
> Sempre seu, LAURIE

– Que beleza! – exclamou Jo, entrando feito um pé de vento para contar a novidade a Meg. – Claro que podemos ir, não é, mãe? Será uma grande ajuda para Laurie, pois posso remar e Meg cuidar do lanche e as menores serão úteis de alguma maneira.

– Espero que os Vaughn não sejam já adultos e muito requintados. Sabe alguma coisa a respeito deles, Jo? – perguntou Meg.

– Só que são quatro. Kate é mais velha do que você, Fred e Frank, gêmeos, têm mais ou menos a minha idade, e uma menina, Grace, que tem nove ou dez anos. Laurie os conheceu no estrangeiro e gostou dos meninos; pelo bico que fez ao falar de Kate, imaginei que não tenha gostado muito dela.

– Ainda bem que meu vestido estampado está limpo, é perfeito para a ocasião e cai tão bem! – comentou Meg satisfeita. – Você tem algo decente para vestir, Jo?

– A roupa escarlate e cinzenta, de andar de barco, está mais do que boa para mim; vou remar e andar por lá, e não quero nada engomado me atrapalhando. Você vem, Beth?

– Só se você não deixar nenhum garoto falar comigo.

– Nenhum!

– Gosto de agradar ao Laurie e não tenho medo do sr. Brooke, que é tão bondoso; mas não quero brincar, nem cantar, nem falar nada. Vou trabalhar bastante, sem incomodar ninguém, e como você vai tomar conta de mim, Jo, então vou.

– Isso mesmo, mocinha! Você tenta combater sua timidez e te amo muito por isso; combater os defeitos não é fácil, sei muito bem, e uma palavra alegre ajuda a animar. Obrigada, mãe – e Jo deu um beijo de gratidão em seu rosto magro, mais precioso para a sra. March do que se lhe tivesse devolvido a face cheia e rosada de sua juventude.

– Recebi uma caixa de confeitos de chocolate e a pintura que eu queria copiar – disse Amy, mostrando sua correspondência.

– E eu recebi um bilhete do sr. Laurence, pedindo--me para ir à sua casa e tocar para ele hoje à noite, antes de se acenderem os lampiões, e eu vou – acrescentou Beth, cuja amizade com o senhor de idade prosperava magnificamente.

– Então agora vamos sair voando para fazer nossas tarefas em dobro, para podermos nos divertir amanhã com o espírito livre – disse Jo, preparando-se para trocar a caneta por uma vassoura.

Quando o sol espiou dentro do quarto das meninas na manhã seguinte, para lhes prometer um belo dia, ele viu uma cena cômica. Todas tinham feito os preparativos que julgavam necessários e apropriados para a ocasião. Meg fizera uma fila adicional de papelotes para os cachos da testa, Jo besuntara copiosamente o rosto sensível com creme para a pele, Beth levara Joanna para ficar junto dela na cama, como expiação pela separação iminente, e, como clímax da cena, Amy colocara um prendedor de roupas no nariz para deixá-lo mais fino e arrebitado. O prendedor era daqueles que os artistas usam para segurar o papel na prancha de desenhos; portanto, muito apropriado e eficiente para a finalidade a que fora agora destinado. Esse espetáculo engraçado pelo visto divertiu muito o sol, pois ele irrompeu com um brilho tão forte que Jo acordou e despertou todas as irmãs com uma gostosa gargalhada ao ver o enfeite de Amy.

O sol e a gargalhada eram bons augúrios de um dia festivo, e logo se iniciou um vivo alvoroço nas duas casas. Beth, a primeira a ficar pronta, ia informando o que se passava na casa vizinha e avivava a preparação das irmãs enviando telegramas frequentes de seu posto de observação à janela.

– Lá vai o homem com a barraca! Vejo a sra. Barker ajeitando o lanche num cesto fechado, e uma cesta grande. Agora o sr. Laurence está olhando o céu e o cata-vento; gostaria que ele também fosse! Laurie está ali, parecendo um marinheiro – ficou bonito! Oh, ai de mim! Um coche cheio de gente – uma moça alta, uma menininha e dois meninos terríveis. Um é aleijado; coitado, usa muleta! Laurie não nos contou. Rápido, meninas!, está ficando tarde. Ora, ali está Ned Moffat, creio eu. Veja, Meg! Não é o homem que se inclinou para você outro dia, quando estávamos nas compras?

– É ele; que estranho que tenha vindo! Pensei que estava nas montanhas. Ali está Sallie; que bom que voltou a tempo. Estou bem, Jo? – perguntou Meg alvoroçada.

– Uma verdadeira flor; segure o vestido e endireite o chapéu; fica afetado inclinado assim e vai voar ao primeiro sopro de vento. Agora, vamos!

– Oh, oh, Jo! Você não vai pôr esse chapéu medonho, vai? É absurdo demais. *Não* vá se fazer de menino – censurou Meg enquanto Jo amarrava com uma fita vermelha o chapéu de palha antiquado, de abas largas, que Laurie enviara de brincadeira.

– Vou, claro! É ótimo, leve, largo e faz uma boa sombra. Acharão graça, e não me importo de parecer um rapaz, se estiver confortável.

Com isso, Jo seguiu em frente e as demais foram atrás; um belo grupinho de irmãs, todas com sua melhor aparência, em roupas de verão e rostos felizes sob seus chapéus de passeio.

Laurie correu ao encontro delas e as apresentou aos amigos com toda a cordialidade. A sala de recepções foi o gramado e por vários minutos ali se desenrolou uma cena animada. Meg gostou de ver que a srta. Kate, apesar dos vinte anos, vestia-se com uma simplicidade que bem fariam as jovens americanas em imitar, e ficou muito lisonjeada quando o sr. Ned lhe assegurou que viera especialmente para vê-la. Jo entendeu por que Laurie "fez bico" ao falar de Kate, pois a jovem tinha um ar de não me toques, em grande contraste com a atitude livre e desenvolta das outras garotas. Beth observou os novos meninos e concluiu que o manco não era "terrível", mas gentil e frágil, e por isso seria gentil com ele. Amy considerou Grace alegre e bem-educada e, depois de se fitarem alguns minutos em silêncio, de repente viraram excelentes amigas.

Como as barracas, o lanche e os equipamentos de croquê tinham sido enviados de antemão, o grupo logo embarcou e os dois barcos saíram juntos, enquanto o sr. Laurence acenava o chapéu em terra firme. Laurie e Joe remavam um dos barcos; o sr. Brooke e Ned, o outro, enquanto Fred Vaughn, o gêmeo arteiro, se esforçava para atrapalhar os dois batendo o remo num botezinho feito uma barata d'água desatinada. O chapéu engraçado de Jo merecia votos de agradecimento, pois foi de utilidade geral: rompeu o gelo inicial ao provocar risadas; criava uma brisa muito refrescante, ao abanar as abas para trás e para frente enquanto ela remava; e daria um ótimo guarda-chuva para o grupo todo, caso caísse um toró, disse ela. Kate parecia bastante espantada com as atitudes de Jo, principalmente quando exclamou "Cristóvão Colombo!" ao perder o remo, e quando Laurie disse "Opa, camaradinha, te machuquei?", quando tropeçou nos pés dela ao se sentar. Mas, depois de examinar várias vezes a garota esquisita com sua *lorgnette*, a srta. Kate concluiu que era "estranha, mas muito viva" e sorriu para ela à distância.

Meg, no outro barco, estava localizada num ótimo ponto, bem de frente para os remadores, que se deleitaram com a visão e manobravam os remos com rara "habilidade e destreza". O sr. Brooke era um jovem sério e calado, com belos olhos castanhos e voz agradável. Meg gostou de suas maneiras comedidas, e o rapaz lhe pareceu uma enciclopédia ambulante de proveitosos conhecimentos. Não falou muito com ela, mas fitava-a demoradamente, e Meg se sentia segura de que não era com aversão. Ned, estando na faculdade, claro que assumiu todos os ares que os calouros pensam ter o dever obrigatório de adotar; não era muito esperto, mas era muito alegre e bem-humorado e, no geral, ótima companhia para um piquenique. Sallie Gardiner estava concentrada em manter imaculado seu vestido de piquê branco e conversava com o ubíquo Fred, que mantinha Beth num estado de terror constante com suas travessuras.

Não era grande a distância até Longmeadow; mas, quando chegaram, a barraca estava armada e os aros do croquê, cravados no chão. Era um campo verde agradável, com três carvalhos de copa larga no centro e uma faixa de gramado liso para jogarem.

– Bem-vindos ao Acampamento Laurence! – disse o jovem anfitrião ao desembarcarem entre exclamações de prazer. – Brooke é o comandante-chefe, eu sou o intendente-geral; os outros são oficiais do estado-maior, e as damas são nossas convidadas. A barraca é para seu especial proveito, e aquele carvalho é a sala de estar; este é o refeitório, e o terceiro é a cozinha do acampamento. Agora vamos jogar uma partida antes que esquente muito, e depois veremos o almoço.

Frank, Beth, Amy e Grace se sentaram para assistir à partida que os outros oito iam jogar. O sr. Brooke escolheu Meg, Kate e Fred; Laurie ficou com Sallie, Jo e Ned. Os ingleses jogavam bem, mas os americanos jogavam melhor, e disputaram cada centímetro de terreno tão encarniçadamente como se estivessem tomados pelo espírito da Revolução Americana. Jo e Fred tiveram várias escaramuças e uma vez escaparam por pouco de trocar insultos. Jo estava no último aro e errara a batida, o que a deixou muito irritada. Fred estava logo atrás dela e era sua vez de jogar; ele deu uma tacada, a bola bateu no aro, parou antes de entrar e ficou uma polegada fora. Não havia ninguém ali perto; correndo para examinar, Ned deu um empurrãozinho sorrateiro na bola com a ponta do sapato, a qual então passou e ficou uma polegada adiante.

– Passei! Agora, srta. Jo, vou liquidá-la e chegar em primeiro – gritou o rapaz, balançando o taco para mais uma batida.

– Você empurrou, eu vi; agora é minha vez – disse Jo com rispidez.

– Dou minha palavra de que não mexi! Ela rolou um pouco, talvez, mas isso é permitido; então se afaste, por favor, e deixe-me acertar.

– Não trapaceamos na América; mas *você* pode, se quiser – retrucou Jo, zangada.

– Os ianques são de longe os mais ardilosos, todo mundo sabe disso. Tome lá – devolveu Fred, batendo com sua bola na bola dela, que voou longe.

Jo abriu a boca para soltar alguma grosseria, mas controlou-se em tempo, rubra até os cabelos, e ficou parada durante um minuto, martelando um aro com toda a força de seu taco, enquanto Fred acertava a tacada e saía anunciando exultante a vitória. Jo foi pegar sua bola e demorou até encontrá-la, perdida entre as moitas; mas voltou, com ar calmo e tranquilo, e aguardou com paciência sua vez de jogar. Foram várias tacadas para recuperar a posição que perdera; quando chegou lá, o outro time estava perto da vitória, pois a bola de Kate era a penúltima e estava perto da meta final.

– Por São Jorge, é nossa! Até mais, Kate; a srta. Jo me deve uma, então já acabou – gritou Fred empolgado, pois todos se aproximaram para ver o fim do jogo.

– O ardil dos ianques é ser generosos com os inimigos – disse Jo, com um olhar que fez o garoto enrubescer –, principalmente ao vencer – acrescentou quando, sem tocar a bola de Kate, ganhou a partida com uma hábil tacada.

Laurie atirou o chapéu ao alto; então lembrou que não ficava bem comemorar a derrota de seus convidados e se interrompeu no meio de um viva para cochichar à amiga:

– Muito bem, Jo! Ele roubou, sim, eu vi; não podemos lhe dizer isso, mas não fará mais tal coisa, pode ter certeza.

Meg puxou Jo de lado, a pretexto de arrumar um cacho solto, e disse em tom de aprovação:

– Foi uma provocação medonha, mas você manteve a calma e fico muito contente, Jo.

– Não me elogie, Meg, pois ainda agora eu seria capaz de dar um sopapo nele. E eu certamente teria explodido se não tivesse ficado entre as urtigas até controlar a raiva e conseguir segurar a língua. Ainda estou fervendo, e espero que ele não me apareça pela frente – respondeu Jo, mordendo os lábios, enquanto olhava furiosa para Fred por sob o chapelão.

– Hora de comer – disse o sr. Brooke, olhando o relógio. – Intendente-geral, prepare o fogo e pegue água, enquanto a srta. March, a srta. Sallie e eu arrumamos a mesa. Quem sabe fazer um bom café?

– Jo sabe – disse Meg, feliz em recomendar a irmã. Assim, sentindo que suas recentes aulas de culinária deveriam lhe fazer honra, Jo foi presidir ao bule de café, enquanto as crianças colhiam gravetos secos e os meninos faziam uma fogueira e iam buscar água de uma fonte próxima. A sra. Kate desenhava, e Frank conversava com Beth, a qual trançava juncos fazendo esteirinhas para servir de apoio.

O comandante-chefe e seus auxiliares logo espalharam pela toalha uma convidativa profusão de comes e bebes, catitamente decorados com folhas verdes. Jo anunciou que o café estava pronto, e todos se instalaram para uma farta refeição, pois a juventude raramente é dispéptica e o exercício desenvolve um apetite saudável. Foi muito alegre aquela refeição; tudo parecia novo e divertido, e os frequentes acessos de riso assustaram um venerando cavalo que pastava ali perto. O terreno ficava num leve desnível, o que provocava muitos reveses a copos e pratos; bolotas de carvalho caíam dentro do leite, formiguinhas pretas partilhavam dos refrescos sem ser convidadas, lagartas felpudas se penduravam da árvore para ver o que se passava. Três crianças de cabelo muito claro espiavam por cima da cerca e um cão pouco simpático latia para eles do outro lado do rio, a toda altura.

– Aqui tem sal, se você preferir – disse Laurie ao estender um pires de morangos a Jo.

– Obrigada, prefiro aranhas – ela respondeu, pescando duas aranhinhas imprudentes que haviam se afogado no creme. – Como você se atreve a me lembrar daquele almoço pavoroso, quando o seu está perfeito em todos os aspectos? – acrescentou Jo, enquanto ambos riam e comiam do mesmo prato, pois a louça não dava para todos.

– Eu me diverti demais naquele dia e até hoje acho graça. Neste aqui não levo crédito nenhum, sabe, não faço nada; você, Meg, Brooke é que estão fazendo, e sou infinitamente grato. O que vamos fazer depois de comer até não dar mais? – perguntou Laurie, sentindo que o almoço tinha sido seu grande trunfo e estava se acabando.

– Alguma brincadeira, até esfriar. Eu trouxe um baralho do jogo "Autores" e creio que a srta. Kate conhece algum jogo novo e interessante. Vá lhe perguntar; é convidada e você devia ficar mais tempo com ela.

– E você não é também uma convidada? Achei que ela se daria com Brooke, mas ele continua conversando com Meg, e Kate só fica olhando os dois com aquele óculo ridículo dela. Mas vou, porque aí você não precisa tentar pregar boas maneiras, pois não consegue, Jo.

A srta. Kate de fato conhecia vários outros jogos; e quando as meninas não queriam e os garotos não conseguiam comer mais nada, todos se dirigiram à sala de estar, para jogar "Emendando".

– Alguém começa uma história, qualquer bobagem que quiser, e conta o quanto quiser, mas parando num ponto emocionante, e aí o seguinte emenda outra, e faz a mesma coisa. É muito divertido, quando se joga bem, e cria uma mistura incrível de coisas tragicômicas, de dar muitas risadas. Por favor, comece, sr. Brooke – disse Kate num gesto autoritário que surpreendeu Meg, a qual tratava o preceptor com o mesmo respeito com que tratava todos os cavalheiros.

Deitado na grama, aos pés das duas jovens, o sr. Brooke obedientemente começou a história, com seus belos olhos castanhos fixos no rio ensolarado.

– Era uma vez um cavaleiro que saiu pelo mundo em busca de fortuna, pois não tinha nada além da espada e do escudo. Viajou muito, durante quase 28 anos, e foi bem difícil, até que chegou ao palácio de um rei velho e bondoso, que havia oferecido recompensa a quem domasse e ensinasse um potro bonito, mas xucro, do qual muito gostava. O cavaleiro concordou em tentar e foi aos poucos, mas com firmeza e constância, pois o potro era de natureza nobre e logo aprendeu a amar seu novo mestre, mesmo sendo caprichoso e rebelde. Todos os dias, depois de dar suas aulas ao potro de estimação do rei, o cavaleiro o montava e ia passear pela cidade; e, enquanto cavalgava, procurava por todas as partes um certo rosto de grande beleza, que ele vira muitas vezes em sonhos, mas nunca encontrara. Um dia, quando percorria uma rua tranquila, viu o rosto encantador à janela de um castelo arruinado. Ele ficou encantado, perguntou quem morava naquele castelo velho e lhe disseram que havia ali várias princesas prisioneiras por um sortilégio, que fiavam dia após dia para juntar dinheiro e comprar a liberdade. O cavaleiro sentiu um desejo ardente de libertá-las; mas ele era pobre, e só lhe restava passar por ali todos os dias, procurando o doce semblante e ansiando vê-lo à luz do sol. Finalmente, ele decidiu entrar no castelo e perguntar como poderia ajudar. Foi até lá e bateu à ampla porta, que se escancarou e ele viu...

– Uma dama de beleza arrebatadora, que exclamou num tom extasiado: "Finalmente! Finalmente!" – prosseguiu Kate, que lera romances franceses e gostava do estilo. – "É ela!", gritou o conde Gustavo, o qual caiu a seus pés num êxtase de felicidade. "Oh, levanta-te!", disse ela, estendendo a mão de alva delicadeza. "Não! Não me levantarei enquanto não me disseres como posso te resgatar", jurou o cavaleiro, ainda de joelhos. "Ai, meu destino cruel me condena a permanecer aqui enquanto meu tirano não for destruído." "Onde está o vilão?" "No salão malva; vai, coração valente, e salva-me do desespero." "Obedeço-te, e voltarei vitorioso ou morto!" Com essas palavras comoventes, ele se precipitou e, escancarando a porta do salão malva, estava para entrar quando recebeu...

– Uma pancada atordoante do grande dicionário de grego que um sujeito de idade, com camisolão preto, atirou nele – disse Ned. – Sir Zé das Couves se recobrou instantaneamente, jogou o tirano pela janela afora e deu meia-volta para encontrar a dama, vitorioso, mas com um galo na testa; topou com a porta trancada, arrancou as cortinas, amarrou uma na outra para descer por elas, no meio da descida elas arrebentaram e ele caiu de cabeça no fosso vinte metros abaixo. Saiu nadando como um pato, deu a volta no castelo até chegar a uma portinha onde havia dois grandalhões de guarda; agarrou os dois pelo pescoço e bateu a cabeça de um na do outro até estalarem feito nozes, e aí, empregando uma pequena parcela de sua força prodigiosa, derrubou a porta, subiu alguns degraus de pedra com um palmo de poeira acumulada, cheios de sapos do tamanho da mão e aranhas que a deixariam histérica, srta. March. No alto desses degraus, ele deu de cara com uma visão que lhe tirou o ar e gelou seu sangue...

– Um vulto alto, todo de branco, com um véu no rosto e uma lamparina na mão estropiada – continuou Meg. – O vulto lhe fez um gesto e deslizou em silêncio à sua frente, seguindo por um corredor frio e escuro como uma tumba. Dos dois lados havia efígies sombrias com armaduras, reinava um silêncio mortal, a chama da lamparina ardia sinistra e a figura fantasmagórica vez por outra virava o rosto para ele, e seus olhos assustadores brilhavam pelo véu branco. Chegaram a uma porta acortinada, atrás da qual soava uma música encantadora; ele avançou para entrar, mas o espectro o deteve e, com ar ameaçador, agitou diante dele uma...

– Caixa de rapé – disse Jo em voz sepulcral, que arrancou risadas dos ouvintes. – "Obrigado", disse o cavaleiro educadamente enquanto pegava uma pitada, e então espirrou sete vezes com tanta força que a cabeça caiu. O fantasma riu, "Ha! Ha!", e, depois de espiar pelo buraco da fechadura as princesas fiando para poupar a vida, o espírito maligno recolheu sua vítima e a pôs numa lata grande, onde havia outros onze cavaleiros sem cabeça, apertados como sardinhas, que então se levantaram e começaram a...

– Dançar uma quadrilha – interrompeu Fred quando Jo parou para tomar fôlego – e, enquanto dançavam, o castelo velho e decadente se transformou num navio de guerra com as velas enfunadas. "Ergam a bujarrona, ferrem as adriças, tomem a sotavento, preparem os canhões", trovejou o capitão ao ver uma nau pirata portuguesa com uma bandeira negra como nanquim tremulando no mastro principal. "Vamos, meus marujos, à vitória", diz o capitão; e se iniciou um combate tremendo. Claro que os britânicos venceram – eles sempre vencem...

– Não, não é verdade! – aparteou Jo.

– ...e, tomando o capitão pirata como prisioneiro, avançaram contra a escuna, cujos conveses estavam cobertos de mortos e pelos embornais de cujo costado corria sangue, pois a ordem tinha sido "Ataquem e resistam". "Contramestre, pegue uma corda da bujarrona e amarre esse vilão se ele não confessar imediatamente seus pecados", disse o capitão britânico. O português não abriu o bico e teve de subir na prancha para ser lançado ao mar, enquanto os marujos entusiasmados gritavam feito doidos. Mas o pilantra esperto mergulhou, subiu por debaixo da nau de guerra, abriu um rombo no casco e ela se afundou, com toda a tripulação. "Até o fundo do mar, do mar, do mar", onde...

– Oh, e agora! O que vou dizer? – exclamou Sallie quando Fred terminou seu palavrório, em que juntava e misturava fatos e termos náuticos extraídos de um de seus livros prediletos. – Bom, eles afundaram e foram recebidos por uma linda sereia, a qual, porém, ficou muito triste ao ver a caixa de alumínio com os cavaleiros sem cabeça e, muito bondosa, colocou todos eles na salmoura, na esperança de descobrir o mistério que os cercava, pois, sendo mulher, era curiosa. Depois apareceu um mergulhador, e a sereia disse: "Eu lhe dou esta caixa de pérolas se você conseguir levá-la para cima", pois queria devolver aqueles coitados à vida e não conseguia erguer sozinha aquela carga tão pesada. Então o mergulhador içou a caixa e ficou muito decepcionado ao abri-la, pois não havia pérola alguma. Deixou a caixa num vasto campo solitário, onde foi encontrada por...

– Uma pequena guardadora de gansos, que cuidava de uma centena de gansos gordos naquele campo – disse Amy, quando a criatividade de Sallie secou. – A menina ficou com pena deles e perguntou a uma velha o que podia fazer para ajudá-los. A velha respondeu: "Seus gansos vão lhe dizer, eles sabem tudo". Então ela perguntou o que devia usar no lugar das cabeças perdidas, e todos os gansos abriram cem bicos ao mesmo tempo e gritaram...

– "Repolhos!" – continuou Laurie imediatamente. – "Perfeito", disse a menina e correu para pegar doze belos repolhos na sua horta. Pôs os repolhos no lugar das cabeças, os cavaleiros reviveram na hora, agradeceram a ela e retomaram o caminho muito contentes, sem nem perceber a diferença, pois existiam tantas cabeças assim no mundo que ninguém se incomodava. O cavaleiro que me interessa voltou para rever o belo rosto e soube que as princesas haviam conquistado a liberdade depois de tanto fiar, e todas tinham se casado, menos uma. Ele ficou muito agitado ao saber disso; montou no potro, que ficara com ele esse tempo todo, e correu até o castelo para ver qual das princesas restava. Espiando por cima da sebe, ele viu a rainha do seu coração colhendo flores no jardim. "Darás uma rosa a mim?", perguntou ele. "Tens de vir pegá-la, não posso ir a ti, não é decoroso", respondeu ela, doce como mel. Ele tentou subir pela sebe, mas a altura da sebe parecia aumentar cada vez mais; então tentou atravessá-la, mas ela ficou cada vez mais densa e fechada, e o cavaleiro ficou desacorçoado. Então, com a maior paciência, foi quebrando galhinho após galhinho, até abrir uma fresta pequena por onde espiou, dizendo em tom de súplica: "Deixa-me entrar, deixa-me entrar!". Mas a bela princesa parecia nem ouvir, pois continuava a colher suas rosas calmamente enquanto ele se debatia para entrar. Se conseguiu ou não, Frank é quem vai dizer.

– Não posso; não estou participando da brincadeira, nunca participo – respondeu Frank, assustado com os apuros sentimentais dos quais ele teria de resgatar aquele casal absurdo. Beth havia desaparecido atrás de Jo, e Grace dormia.

– Então o pobre cavaleiro vai ficar preso ali na sebe? – perguntou o sr. Brooke, ainda fitando o rio e brincando com a rosa silvestre na botoeira do casaco.

– Acho que, depois de algum tempo, a princesa lhe deu um ramalhete e abriu o portão – disse Laurie sorrindo consigo mesmo, enquanto atirava bolotas de carvalho em seu tutor.

– Quanto absurdo inventamos! Com prática, conseguiríamos fazer algo bem inteligente. Vocês conhecem

"A Verdade"? – perguntou Sallie, depois de pararem de rir da história.

– Espero que sim – respondeu Meg, muito séria.

– O jogo, eu quero dizer.

– Como é? – perguntou Fred.

– Bem, o sorteado precisa responder a qualquer pergunta que os outros fizerem, dizendo a verdade. É muito divertido.

– Vamos tentar – disse Jo, que gostava de experiências novas.

A srta. Kate e o sr. Brooke, Meg e Ned declinaram; mas Fred, Sallie, Jo e Laurie aceitaram e a sorte caiu em Laurie.

– Quem são seus heróis? – perguntou Jo.

– Vovô e Napoleão.

– Qual é a moça que você acha mais bonita? – perguntou Sallie.

– Margaret.

– De qual você mais gosta? – veio Fred.

– Da Jo, claro.

– Que perguntas bobas vocês fazem! – e Jo ergueu os ombros em desdém, enquanto os outros riam com o tom direto de Laurie.

– Vamos de novo; o jogo da verdade não é ruim – disse Fred.

– É muito bom para você – retrucou Jo baixinho.

Foi então a vez dela.

– Qual é seu maior defeito? – perguntou Fred, para testar nela a virtude que faltava a ele.

– Gênio esquentado.

– O que você mais deseja?

– Um par de cadarços para as botas – devolveu Jo, adivinhando e frustrando a intenção dele.

– Essa resposta não vale; você tem de dizer o que realmente mais deseja.

– Talento; isso você não queria poder me dar, Laurie? – e sorriu matreira para o ar desapontado dele.

– Que virtudes você mais admira num homem? – perguntou Sallie.

– Coragem e honestidade.

– Agora é minha vez – disse Fred, o sorteado.

– Vamos pegá-lo – Laurie cochichou para Jo, que assentiu e prontamente perguntou:

– Você trapaceou no croquê?

– Bom, um pouquinho, sim.

– Muito bem! Você tirou sua história de *O leão marinho*? – perguntou Laurie.

– Tirei, bastante.

– Você considera a nação inglesa perfeita em todos os aspectos?

– Eu me envergonharia de mim mesmo se não a considerasse.

– Ele é um inglês legítimo, da gema. Bom, srta. Sallie, agora é sua vez sem precisar de sorteio. Primeiro vou espicaçar seus sentimentos perguntando se você não se acha um tanto coquete – falou Laurie enquanto Jo fazia um sinal de cabeça a Fred, para mostrar que havia feito as pazes com ele.

– Seu garoto impertinente! Claro que não! – exclamou Sallie com um ar que demonstrava o contrário.

– O que você mais detesta? – perguntou Fred.

– Aranhas e pudim de arroz.

– Do que você mais gosta? – perguntou Jo.

– De dançar e de luvas francesas.

– Bom, *eu* acho a Verdade um jogo muito bobo; vamos de "Autores", que é um jogo sensato e ajuda a refrescar as ideias – propôs Jo.

Ned, Frank e as pequenas entraram no jogo e, enquanto isso, os três mais velhos se sentaram à parte, conversando. A srta. Kate pegou outra vez seu desenho e Margaret ficou a observá-la, enquanto o sr. Brooke estava deitado na grama com um livro, sem o ler.

– Como você desenha bem; gostaria de saber desenhar – disse Meg, com uma voz na qual a admiração se misturava ao pesar.

– Por que não aprende? Creio que você tem gosto e talento para isso – respondeu a srta. Kate graciosamente.

– Não tenho tempo.

– Sua mãe prefere outras prendas, imagino. A minha também preferia, mas tomei algumas aulas particulares e provei a ela que eu tinha talento, e então ela deixou que eu continuasse. Por que você não faz a mesma coisa com sua preceptora?

– Não tenho preceptora.

– Oh, esqueci; as moças na América vão mais à escola do que nós. E são escolas excelentes, diz papai. Você frequenta uma escola particular, não?

– Não vou à escola; na verdade, sou preceptora.

– Oh, certo! – disse a srta. Kate, mas era como se tivesse dito "Céus, que horror!", que era o que sugeria o tom de voz, e algo em seu rosto fez Meg enrubescer e se arrepender de ter sido tão franca.

O sr. Brooke ergueu o olhar e disse rapidamente:

– As moças na América amam a independência tanto quanto seus antepassados, e são admiradas e respeitadas por ganhar o próprio sustento.

– Oh, sim, claro! É muito meritório e adequado procederem assim. Temos muitas jovens altamente dignas e respeitáveis que também fazem isso e são empregadas pela nobreza, pois, sendo filhas de cavalheiros, são bem-educadas e prendadas – disse a srta. Kate, num tom condescendente que feriu o orgulho de Meg, fazendo seu trabalho parecer não só mais desagradável, mas também degradante.

– A canção alemã ficou a contento, srta. March? – perguntou o sr. Brooke, rompendo um silêncio constrangido.

– Ah, sim! Era muito doce e agradeço muito a quem a traduziu para mim – e o rosto abatido de Meg se iluminou ao falar.

– Você não lê alemão? – perguntou a srta. Kate com um olhar surpreso.

– Não muito bem. Meu pai, que me ensinou, está fora e sozinha não avanço muito rápido, porque não tenho quem me corrija a pronúncia.

– Tente um pouco agora; aqui está *Mary Stuart*, de Schiller, e um preceptor que adora ensinar – disse o sr. Brooke, pousando seu livro no regaço dela com um sorriso convidativo.

– É tão difícil que fico com medo de tentar – disse Meg, agradecida, mas acanhada na presença da jovem tão prendada a seu lado.

– Vou ler um trecho para incentivá-la – e a srta. Kate leu uma das passagens mais bonitas, de maneira absolutamente correta, mas absolutamente inexpressiva.

O sr. Brooke não comentou nada enquanto ela devolvia o livro a Meg, que falou com toda a inocência:

– Pensei que fosse poesia.

– Uma parte é; tente esta passagem.

O sr. Brooke deu um leve sorriso engraçado, enquanto abria a passagem no lamento da pobre Mary.

Meg, seguindo obediente a longa haste de capim que seu novo preceptor usava para apontar o trecho, leu devagar, com timidez, inconscientemente criando poesia com as palavras duras graças à entonação suave de sua voz melodiosa. A haste de guia foi descendo pela página e então, esquecendo o ouvinte na beleza da triste cena, Meg leu como se estivesse sozinha, imprimindo um leve toque trágico às palavras da infeliz rainha. Se visse os olhos castanhos naquele momento, teria logo parado; mas não ergueu a vista da página, e a lição foi até o final.

– Muito bom, realmente! – disse o sr. Brooke quando Meg parou, ignorando totalmente seus vários erros e de fato parecendo "adorar ensinar".

A srta. Kate ergueu sua *lorgnette* e, depois de examinar a pequena cena diante de si, fechou seu caderno de desenhos, dizendo condescendente:

– Você tem uma boa pronúncia e, com o tempo, será uma boa leitora. Recomendo que aprenda, pois o alemão é um quesito valioso para professores. Preciso procurar Grace, ela está em alguma travessura – e a srta. Kate se afastou, dando de ombros e acrescentando para si mesma: "Não vim para ficar de acompanhante a uma preceptora, embora ela *seja* jovem e bonitinha. Como esses ianques são esquisitos! Receio que Laurie logo se estrague convivendo com eles".

– Esqueci que os ingleses costumam virar o nariz a preceptoras e não as tratam como nós – disse Meg, olhando com expressão aborrecida a figura que se afastava.

– Os professores particulares também sofrem bastante por lá, como lamento saber. Não há país como a América para nós, que trabalhamos, srta. Margaret – e o sr. Brooke parecia tão alegre e contente que Meg sentiu vergonha por reclamar de sua sina.

– Fico contente por morar aqui, então. Não gosto de meu trabalho, mas acabo tendo grande satisfação com ele, e então não vou me queixar; queria apenas gostar de ensinar tanto quanto o senhor.

– Creio que a senhorita gostaria, se seu aluno fosse Laurie. Ficarei muito triste em perdê-lo no ano que vem – disse o sr. Brooke, ocupado em esburacar a grama.

– Ele vai para a faculdade, não? – foi a pergunta que veio aos lábios de Meg, mas os olhos acrescentaram: "E de sua parte, o que vai ser?".

– Sim, já é hora de ir, pois está praticamente pronto; logo que ele for, vou me alistar como soldado, pois precisam de mim.

– Fico contente em saber! – exclamou Meg. – Penso que todo jovem deveria se alistar, embora seja difícil para as mães e irmãs que ficam em casa – acrescentou tristonha.

– Não tenho mãe nem irmãs, e pouquíssimos amigos para se preocuparem se estou vivo ou morto – disse o sr. Brooke com voz pesarosa, enquanto colocava distraído a rosa murcha no buraco que abrira no chão e o cobria de terra, como uma pequena sepultura.

– Laurie e o avô dele se preocupariam muito, e todos nós lamentaríamos muito se lhe acontecesse algo de ruim – disse Meg com sinceridade.

– Obrigado, gentileza sua – retomou o sr. Brooke, parecendo animado outra vez; mas, antes que pudesse terminar a frase, Ned, montado no cavalo velho, apareceu num trote pesado para exibir suas habilidades equestres perante as jovens senhoritas, e não houve mais sossego naquele dia.

– Você gosta de montar? – perguntou Grace a Amy, enquanto descansavam depois de uma galopada pelo campo junto com os outros, liderados por Ned.

– Adoro; minha irmã Meg costumava montar, quando papai era rico, mas agora não temos mais cavalos... só a Ellen Tree – acrescentou Amy dando risada.

– Me conte sobre Ellen Tree; é uma mula? – perguntou Grace, curiosa.

– Bom, veja você, a Jo é doida por cavalos, e eu também, mas só temos uma sela velha e nenhum cavalo. No nosso jardim há uma macieira, com um ótimo galho baixo; então Jo pôs a sela nele, prendeu umas rédeas na parte alta do galho e então montamos a Ellen Tree sempre que dá vontade.

– Que graça! – riu Grace. – Tenho um pônei em casa e vou passear com ele quase todos os dias ao parque, com Fred e Kate; é muito agradável, pois minhas amigas também vão, e o Row vive cheio de damas e cavalheiros.

– Que encanto! Espero ir algum dia ao estrangeiro; mas prefiro ir a Roma, em vez do Row – disse Amy, que não fazia a mais remota ideia do que era o Row* e não perguntaria por nada no mundo.

Frank, sentado logo atrás das meninas, ouvia o que elas diziam e empurrou longe a muleta, num gesto impaciente, enquanto observava os garotos se entregando ativamente aos mais cômicos malabarismos. Beth, que juntava as cartas espalhadas do jogo de Autores, ergueu os olhos e disse, com seu jeitinho tímido, mas cordial:

– Creio que você esteja cansado; posso fazer algo?

– Converse comigo, por favor; é tedioso ficar aqui sozinho – respondeu Frank, visivelmente acostumado a receber muita atenção em casa.

Se ele lhe pedisse para fazer um discurso em latim, pareceria algo até menos impossível para Beth, sempre tão acanhada; mas agora ela não tinha para onde correr nem Jo atrás de quem se esconder, e o pobre menino a fitava com ar tão tristonho que ela se armou de coragem e resolveu tentar.

---

* Referência ao poema de William Cowper, *The Garden, Book III*, “The Stricken Deer”. (N.T.)

– Sobre o que você quer conversar? – perguntou Beth, atrapalhando-se com as cartas e deixando cair metade delas ao tentar amarrá-las.

– Bom, gosto quando falam de críquete, de andar de barco, de caçar – disse Frank, que ainda não aprendera a criar uma relação proporcional entre suas diversões e suas forças.

"E essa agora! O que vou fazer? Não sei nada dessas coisas!", pensou Beth; esquecendo-se em seu nervosismo do infortúnio do garoto, comentou, na esperança de levá-lo a falar:

– Nunca assisti a uma caçada, mas imagino que você saiba tudo a respeito.

– Fui uma vez, mas nunca mais voltarei a caçar, pois me machuquei saltando uma maldita cancela de cinco traves; com isso, para mim se acabaram os cavalos e os cães de caça – disse Frank com um suspiro que fez Beth odiar a si mesma pela involuntária asneira que cometera.

– Os gamos de vocês são muito mais bonitos do que nossos bisões feiosos – comentou Beth, recorrendo à ajuda das pradarias e se sentindo contente por ter lido um dos livros de meninos que Jo tanto apreciava.

Os bisões se mostraram reconfortantes e satisfatórios; em sua ansiedade em distrair outra pessoa, Beth se esqueceu de si mesma e nem percebeu a surpresa e o prazer da irmã perante a cena incomum de Beth conversando com um dos garotos terríveis contra os quais pedira proteção.

– Abençoada seja! Ela tem pena dele e por isso é bondosa com ele – disse Jo, sorrindo-lhe do campo de croquê.

– Eu sempre disse que ela é uma santinha – acrescentou Meg, como se não pudesse restar qualquer dúvida a respeito.

– Fazia muito tempo que eu não ouvia Frank rir tanto assim – disse Grace a Amy, sentadas conversando sobre bonecas e fazendo jogos de chá com as cascas das bolotas de carvalho.

– Minha irmã Beth, quando quer, é muito enfastiante – disse Amy, contente com o sucesso de Beth. Ela queria dizer "fascinante", mas, como Grace desconhecia o sentido exato dos termos, "enfastiante" soou bem e causou boa impressão.

Um circo improvisado, um pega-pega e uma partida amistosa de croquê encerraram a tarde. Ao pôr do sol, desmontou-se a barraca, guardaram-se as cestas, recolheram-se os aros, carregaram-se os barcos, e o grupo todo desceu o rio, cantando com as vozes ao volume máximo. Ned, ficando sentimental, entregou-se a uma serenata com o triste refrão:

Sozinho, tão sozinho, ai de mim

e aos versos:

somos ambos jovens, temos coração,
oh, por que mantermos tão fria separação?

ele olhou para Meg com uma expressão tão lânguida que ela caiu na risada e estragou o clima da canção.

– Como você pode ser tão cruel comigo? – sussurrou ele, protegido pelo som do animado coro. – Você ficou com aquela inglesa emproada o dia inteiro e agora me despreza.

– Não foi minha intenção; mas você estava tão engraçado que não consegui me conter – respondeu Meg, ignorando a parte inicial da reprimenda; pois era verdade que ela *havia* mesmo se esquivado dele, relembrando a festa dos Moffat e a conversa posterior.

Ned se sentiu ofendido e buscou consolo em Sallie, dizendo em tom irritado:

– Aquela garota não tem traquejo nenhum em flertes, não é?

– Nem um pingo, mas é um amor – respondeu Sallie, defendendo a amiga, mas sem deixar de admitir suas falhas.

– Bom, mas também não é nenhuma corça ferida* – disse Ned, tentando ser espirituoso e com o mesmo sucesso geralmente obtido por cavalheiros demasiado jovens.

No gramado onde haviam se reunido de manhã, o grupo agora se separou com despedidas que iam do "boa noite" ao "adeus", pois os Vaughn estavam de partida para o Canadá. Enquanto as quatro irmãs atravessavam o jardim indo para casa, a srta. Kate ficou a observá-las, dizendo sem seu usual tom condescendente:

– Apesar das maneiras um tanto desabridas, as garotas americanas são muito simpáticas, quando as conhecemos melhor.

– Concordo plenamente – disse o sr. Brooke.

---

* Uma trilha larga que atravessa o Hyde Park em Londres, criada por Guilherme III no século XVII, que se chamava originalmente Route du Roi e, por corruptela, ficou conhecida como Rotten Row. (N.T.)

Capítulo 13

Castelos no ar

Laurie se balançava voluptuosamente na rede, numa tarde quente de setembro, imaginando o que estariam fazendo as vizinhas, mas sentindo preguiça demais para ir conferir. Estava num de seus acessos de mau humor, pois tivera um dia inútil e insatisfatório e queria poder revivê-lo, mas de outra maneira. O calor o amolecia; tinha fugido aos estudos, testara ao máximo a paciência do sr. Brooke, desagradara ao avô tocando metade da tarde, quase matara as criadas de medo insinuando maldosamente que um dos cães estava com raiva e, depois de brigar com o cavalariço por causa de um imaginário desleixo com seu cavalo, atirara-se à rede para refletir indignado sobre a estupidez do mundo em geral, até que a paz do belo dia o acalmou a contragosto. Contemplando a cintilação verde das castanheiras-da-índia ao alto, entregou-se aos mais variados sonhos e, bem no instante em que se imaginava singrando o oceano, numa viagem ao redor do mundo, o som de vozes o trouxe bruscamente de volta à terra firme. Espiando entre as malhas da rede, viu as March saindo como se estivessem numa expedição.

"O que essas meninas inventaram agora?", pensou Laurie, abrindo os olhos sonolentos para olhar bem, pois havia algo bastante bizarro na aparência das vizinhas. Todas estavam de chapéu grande e abas moles, uma sacola de pano marrom a tiracolo e uma vara na mão; Meg levava uma almofada, Jo um livro, Beth uma cesta e Amy uma pasta. Atravessaram o jardim em silêncio, saíram pelo portãozinho dos fundos e começaram a subir o morro que ficava entre a casa e o rio.

– Ora, que afronta – disse Laurie consigo mesmo – fazerem um piquenique e nem me convidarem. Não vão pegar o barco, pois não estão com a chave. Talvez tenham esquecido; vou levar para elas e aí vejo o que se passa.

Embora proprietário de uma meia dúzia de chapéus, Laurie levou certo tempo até encontrar algum; depois passou a caçar a chave, que por fim acabou encontrando no bolso; com isso, quando ele saltou a cerca e correu atrás das meninas, elas já estavam fora de vista. Tomando o atalho mais curto para a casa de barcos, esperou que aparecessem; mas não apareceu ninguém e ele subiu a encosta para uma vistoria. Uma parte do morro era coberta por um bosque de pinheiros, e do centro daquele ponto verdejante veio um som mais nítido do que o suspiro suave das árvores ou do que o cricrilar modorrento dos grilos.

"Que cena!", pensou Laurie, espreitando entre os arbustos e já parecendo muito desperto e animado.

Era mesmo uma bela cena, pois as irmãs estavam sentadas juntas na penumbra do recesso, entre cintilações de sol e sombra, o vento perfumado lhes erguendo os cabelos e resfriando as faces encaloradas, e todos os pequeninos habitantes da mata entregues a seus afazeres como se não fossem estranhas e sim velhas amigas. Meg se sentava em sua almofada, costurando delicadamente com as mãos alvas e parecendo fresca e suave como uma rosa, com seu vestido rosado, entre o verde da vegetação. Beth selecionava as pinhas que formavam uma grossa camada sob o pinheiro próximo, pois fazia belos enfeites com elas. Amy desenhava um grupo de samambaias, e Jo tricotava, ao mesmo tempo lendo em voz alta. Uma sombra passou pelo rosto do rapaz ao observá-las, sentindo que devia ir embora, já que não fora convidado; mas continuou ali, pois sua casa parecia muito solitária e esse grupo sereno no bosque era muito atraente para seu espírito inquieto. Ficou tão imóvel que um esquilo, ocupado com sua coleta, desceu correndo por um pinheiro a seu lado, viu-o de repente e deu um salto para trás, passando-lhe um pito tão estridente que Beth ergueu os olhos, avistou o rosto anelante atrás das bétulas e lhe fez sinal para se aproximar, com um sorriso tranquilizador.

– Posso entrar, por favor? Ou estou incomodando? – perguntou Laurie, aproximando-se devagar.

Meg ergueu as sobrancelhas, mas Jo franziu a testa censurando a irmã e disse prontamente:

– Claro que pode. Devíamos ter convidado antes, mas achamos que você não se interessaria por uma atividade feminina como esta.

– Sempre gosto das atividades de vocês; mas, se Meg não quiser minha presença, vou embora.

– Não tenho nenhuma objeção, se você fizer alguma coisa; aqui, é contra as regras ficar ocioso – respondeu Meg séria, mas graciosa.

– Agradeço muito; faço qualquer coisa se vocês me deixarem ficar um pouco, pois lá embaixo é mais árido do que o deserto do Saara. Costuro, leio, junto pinhas, desenho ou faço tudo ao mesmo tempo? Escolham o que quiserem; aceito tudo.

Então Laurie se sentou com uma expressão submissa que era uma delícia de se ver.

– Termine essa história enquanto dou o acabamento no calcanhar – disse Jo, estendendo-lhe o livro.

– Sim, senhora – foi a resposta cordata, e ele começou, empenhando-se ao máximo para demonstrar sua gratidão pelo favor de ser admitido à "Sociedade das Abelhas Atarefadas".

A história não era comprida e, quando terminou, Laurie se arriscou a fazer algumas perguntas como recompensa pela tarefa cumprida.

– Por favor, senhoras, posso perguntar se esta instituição altamente instrutiva e encantadora é nova?

– Vocês vão contar? – perguntou Meg às irmãs.

– Ele vai dar risada – advertiu Amy.

– E daí? – disse Jo.

– Acho que ele vai gostar – acrescentou Beth.

– Claro que vou! Dou minha palavra de que não vou rir. Conte, Jo, não tenha medo.

– Que ideia, eu ter medo de você! Bom, sabe, a gente costumava encenar *A jornada do peregrino* e continuamos a sério durante todo o inverno e o verão.

– Sim, eu sei – disse Laurie, assentindo discretamente.

– Quem lhe contou? – perguntou Jo.

– Um fantasma.

– Não, fui eu; quis entretê-lo uma noite, quando vocês todas estavam fora e ele estava muito abatido. Ele gostou mesmo, então não ralhe comigo, Jo – disse Beth humildemente.

– Você não consegue mesmo guardar segredo. Não faz mal; poupa-nos trabalho agora.

– Continue, por favor – disse Laurie, pois Jo voltara a se concentrar em sua tarefa, parecendo um pouco aborrecida.

– Oh, ela não lhe contou nosso novo plano? Bem, a gente tem tentado não desperdiçar os dias de férias, e cada uma escolheu uma tarefa, que cumpre de boa vontade. As férias estão quase acabando, as tarefas foram quase todas concluídas, e estamos muito contentes por não termos ficado à toa.

– É, imagino que sim – e Laurie refletiu pesaroso sobre seus dias de ócio.

– A mãe gosta que a gente fique ao ar livre o máximo de tempo possível; então trazemos nossas tarefas para cá e passamos boas horas. Como diversão, trazemos nossas coisas nessas sacolas, pomos chapéus velhos, usamos as varas como bastão para subir a colina e nos fazemos de peregrinas, como fazíamos anos atrás. Chamamos este local de "Montanha Aprazível", pois daqui se enxerga ao longe e vemos o lugar onde esperamos viver algum dia.

Jo apontou, e Laurie se pôs sentado para olhar; por entre uma abertura na mata dava para enxergar além do largo rio azulado e das campinas na outra margem, passando muito adiante dos arrabaldes da cidade grande, chegando às montanhas verdes que se erguiam encontrando o firmamento. O sol estava baixo, e o céu brilhava com o esplendor de um crepúsculo de outono. Nuvens púrpuras e douradas se estendiam no topo dos montes; elevando-se até a luz rubra, erguiam-se picos brancos e argênteos, que refulgiam como os pináculos aéreos de uma Cidade Celestial.

– Como é lindo! – disse Laurie suavemente, pois logo via e sentia todas as formas de beleza.

– Muitas vezes fica assim, e gostamos de olhar, pois nunca é igual, mas é sempre esplêndido – respondeu Amy, desejando poder pintar a vista.

– Jo fala do lugar onde esperamos viver algum dia, mas ela se refere a um lugar real, com porcos, galinhas e montes de feno. Seria bom, mas eu gostaria que o belo lugar lá no alto fosse real e pudéssemos ir até lá – disse Beth, pensativa.

– Existe um lugar ainda mais lindo do que este, para onde *iremos*, aos poucos, se formos boas – respondeu Meg com sua voz meiga.

– Parece tão demorado esperar, tão difícil fazer; eu queria voar num instante, como voam as andorinhas, e entrar por aquele portão esplendoroso.

– Você chegará lá, Beth, mais cedo ou mais tarde, não se preocupe – disse Jo. – Eu é que terei de lutar, trabalhar, penar na subida, esperar e talvez afinal nunca consiga entrar.

– Você terá minha companhia, se isso for de algum consolo. Vou precisar peregrinar muito antes de enxergar a Cidade Celestial de vocês. Se eu me atrasar, você dirá uma palavrinha em meu favor, não dirá, Beth?

Algo no rosto do rapaz inquietou a amiga, mas ela respondeu alegremente, com os olhos serenos nas nuvens movediças:

– Se as pessoas realmente quiserem ir e realmente tentarem durante toda a vida, penso que entrarão; pois não creio que aquela porta tenha trancas ou que haja guardas no portão. Sempre a imagino como aparece na figura, onde os seres cintilantes estendem as mãos para acolher o pobre Cristão ao sair do rio.

– Não seria engraçado se todos os castelos que construímos no ar se tornassem realidade e pudéssemos viver neles? – comentou Jo após uma breve pausa.

– Construí tantos que seria difícil escolher em qual eu ficaria – disse Laurie deitado de bruços e atirando pinhas no esquilo que o traíra.

– Teria de escolher seu favorito. Qual é? – perguntou Meg.

– Se eu disser qual é o meu, você dirá qual é o seu?

– Direi, se as meninas disserem também.

– Diremos, sim. Então, Laurie!

– Depois de ver o mundo o quanto quiser, eu gostaria de morar na Alemanha e ter toda a música que me aprouver. Quero, eu mesmo, ser um músico famoso e que todos os seres da criação acorram para me ouvir, e nunca vou precisar me incomodar com dinheiro ou negócios, mas vou apenas aproveitar a vida e fazer o que gosto. Este é meu castelo favorito. Qual é o seu, Meg?

Margaret parecia sentir alguma dificuldade em revelar o seu e abanou uma folha de samambaia diante do rosto, como para afastar algum mosquito imaginário, enquanto falava devagar:

– Gostaria de ter uma linda casa, cheia de todos os luxos; comidas finas, roupas bonitas, móveis elegantes, pessoas agradáveis e montes de dinheiro. Seria a senhora da casa e a administraria como quisesse, com muitos serviçais, e nunca precisaria mexer uma palha. Como aproveitaria! E não ficaria ociosa, mas faria o bem e todos me amariam ternamente.

– Você não teria um senhor para seu castelo no ar? – perguntou Laurie ardilosamente.

– Falei "pessoas agradáveis" – e Meg amarrou cuidadosamente o cadarço do sapato enquanto falava, para que ninguém lhe visse o rosto.

– Por que você não diz que teria um marido bondoso, sábio, maravilhoso e alguns filhinhos angelicais? Você sabe que seu castelo não seria perfeito sem eles – disse rispidamente Jo, que ainda não alimentava qualquer terna fantasia e desprezava coisas românticas, exceto em livros.

– E você teria apenas cavalos, tinteiros e romances no seu – respondeu Meg petulante.

– Claro que sim! Teria um estábulo cheio de cavalos árabes, aposentos repletos de livros, e escreveria usando um tinteiro mágico, para que minhas obras fossem tão famosas quanto as músicas de Laurie. Quero fazer algo grandioso antes de entrar em meu castelo, algo heroico ou magnífico, que não será esquecido após a minha morte. Não sei o que é, mas estou alerta e pretendo surpreender todos vocês, algum dia. Penso que vou escrever livros, enriquecer e ficar famosa; combinaria comigo, e então este é o *meu* sonho favorito.

– O meu é ficar em casa, segura, com o papai e a mamãe, e ajudar a cuidar da família – disse Beth contente.

– Não quer mais nada? – perguntou Laurie.

– Desde que eu tenha meu pequeno piano, estou plenamente satisfeita. Só quero que possamos continuar bem e juntas, mais nada.

– Tenho montes de desejos, mas meu preferido é ser artista, ir a Roma, pintar belos quadros e ser a melhor artista do mundo inteiro – assim formulou Amy seu modesto desejo.

– Somos uma turminha ambiciosa, hein? Todos nós, tirando Beth, queremos ser ricos, famosos e maravilhosos sob todos os aspectos. Eu me pergunto se alguém de nós algum dia realizará seus desejos – disse Laurie, mascando capim como um bezerro meditativo.

– Tenho a chave para meu castelo no ar; resta ver se vou conseguir abrir a porta – comentou Jo misteriosamente.

– Eu tenho a chave do meu, mas não posso usá-la. Maldita faculdade! – murmurou Laurie com um suspiro de impaciência.

– Eis a minha! – disse Amy agitando o lápis.

– Eu não tenho – disse Meg desesperançada.

– Tem, sim – falou Laurie prontamente.

– Onde?

– Em seu rosto.

– Bobagem; não adianta nada.

– Espere e verá se não lhe traz algo que vale a pena – respondeu o rapaz, rindo ao pensar num segredinho encantador que imaginava conhecer.

Meg corou por trás da samambaia, mas não perguntou nada, e olhou por sobre o rio com a mesma expressão sonhadora que o sr. Brooke adotara ao contar a história do cavaleiro.

– Se daqui a dez anos ainda estivermos todos vivos, vamos nos encontrar e ver quem realizou seus desejos ou até que ponto chegamos perto deles – sugeriu Jo, sempre com algum plano pronto.

– Que o céu me abençoe! Como estarei velha... 27 anos! – exclamou Meg, que já se sentia muito adulta tendo acabado de completar dezessete.

– Você e eu teremos 26, Teddy; Beth, 24; Amy, 22; que grupo venerando! – falou Jo.

– Espero que a essa altura eu tenha feito algo de que possa me orgulhar, mas sou um bicho tão preguiçoso que receio ficar "vadiando", Jo.

– Você precisa de uma motivação, diz a mãe; quando tiver, ela diz que você se sairá magnificamente bem.

– Diz mesmo? Por Júpiter, e vou me sair bem, sim, se tiver chance! – exclamou Laurie, soerguendo-se com súbita energia. – Eu devia me contentar em agradar ao vovô, e tento, mas vai contra minha natureza, entendem, e é difícil. Ele quer que eu entre no comércio com as Índias Orientais, como ele fazia, e eu prefiro levar um tiro; detesto chá, sedas, especiarias e todas aquelas porcarias que vêm em seus navios e, quando forem meus, pouco me importa se afundarem. Ir para a faculdade já deveria satisfazer meu avô, pois, se lhe dou quatro anos, devia me deixar fora dos negócios; mas ele está decidido e tenho de seguir sua carreira, a menos que eu rompa com ele e vá viver minha vida, como meu pai fez. Se houvesse alguém para ficar com o velho, eu faria isso amanhã mesmo.

Laurie falava exaltado e parecia pronto para cumprir sua ameaça à menor provocação, pois estava crescendo depressa e, apesar do jeito preguiçoso, tinha o horror dos jovens pela submissão – o anseio irrequieto dos jovens em se lançar ao mundo.

– Aconselho que você embarque num de seus navios e não volte enquanto não tentar fazer as coisas à sua maneira – disse Jo, cuja imaginação se acendera à ideia de proeza tão arrojada e cuja solidariedade despertara perante o que chamava de "injustiças a Teddy".

– Não é correto, Jo; não deve falar assim, e Laurie não deve dar ouvidos a seus maus conselhos. Você deve fazer o que seu avô deseja, meu caro garoto – disse Meg, em seu tom mais maternal. – Dedique-se à faculdade e, quando ele vir que você se empenha em agradá-lo, tenho certeza de que não será duro nem injusto com você. Como você mesmo diz, não há mais ninguém para ficar com ele e amá-lo, e você nunca se perdoaria se o abandonasse sem a permissão dele. Não desanime nem se precipite, mas cumpra seu dever e você terá sua recompensa, como tem o bom sr. Brooke, sendo amado e respeitado.

– O que você sabe sobre ele? – perguntou Laurie, grato pelo bom conselho, mas protestando contra o sermão e feliz em desviar de si o tema da conversa, depois daquele raro desabafo.

– Só o que seu avô contou à mamãe: que ele cuidou bem da mãe dele até a morte e não foi para o exterior como preceptor de uma família importante porque não quis deixá-la; que agora sustenta uma senhora idosa que cuidou dela, sem comentar nada com ninguém, mas é generoso, paciente e bondoso ao extremo.

– E é mesmo, aquele bom camarada! – exclamou Laurie de coração, enquanto Meg se interrompia, séria e ruborizada. – É bem coisa do vovô descobrir tudo a respeito, sem deixar que ele perceba, e comentar sua bondade com outras pessoas, para que elas gostem dele. Brooke não conseguia entender por que a mãe de vocês era tão bondosa, estendendo a ele os convites a mim e tratando-o com simpatia e amizade. Considerava-a simplesmente perfeita e passava dias e dias comentando, e falava de todas vocês com ardor. Se algum dia eu conseguir realizar meu desejo, vocês vão ver o que farei por Brooke.

– Comece desde já, parando de atormentar a vida dele – disse Meg bruscamente.

– E como a senhorita sabe disso?

– Sempre dá para saber pela expressão dele, quando sai. Se você se comportou bem, ele parece satisfeito e anda lépido; se você o atormentou, ele fica sério e anda devagar, como se quisesse voltar e refazer melhor o trabalho.

– Ora, veja só! Então você recebe um relatório de minhas notas boas e ruins pelo rosto dele? Sempre vejo que ele se inclina e sorri ao passar pela sua janela, mas não sabia que vocês tinham um telégrafo.

– Não temos; não fique bravo e, por favor, não diga a ele que eu comentei! Foi só para mostrar que me importo com seus estudos, e o que falei aqui falei em confiança, certo? – exclamou Meg, muito alarmada à ideia do que poderia resultar de suas palavras impensadas.

– *Eu* não espalho histórias – respondeu Laurie com seu ar "superior e altivo", como Jo definia a expressão que ele assumia de vez em quando. – Só que, se Brooke vai ser um termômetro, preciso prestar atenção para que ele anuncie tempo bom.

– Não se ofenda, por favor; minha intenção não era espalhar histórias nem pregar sermão nem ser intrometida; só achei que Jo estava encorajando um sentimento seu que depois você iria lamentar. Você é tão bom conosco, é como se fosse nosso irmão, e dizemos o que pensamos; desculpe, minha intenção foi boa! – e Meg lhe estendeu a mão num gesto ao mesmo tempo tímido e afetuoso.

Envergonhado pelo súbito rompante, Laurie apertou a mãozinha e disse com sinceridade:

– Sou eu que peço desculpas; estou de mau humor e passei o dia todo meio irritado. Gosto que me aponte meus defeitos e seja como uma irmã; então, não ligue muito se às vezes fico rabugento; agradeço da mesma forma.

Decidido a mostrar que não estava ofendido, empenhou-se em ser o mais agradável possível; enrolou o fio para Meg, recitou poemas para entreter Jo, sacudiu o pinheiro para caírem pinhas para Beth, ajudou Amy com suas samambaias, demonstrando um perfil adequado para fazer parte da "Sociedade das Abelhas Atarefadas". No meio de uma animada conversa sobre os hábitos domésticos das tartarugas (uma dessas amistosas criaturas havia saído do rio), o toque distante de um sino avisou que Hannah pusera o chá "para corar" e era hora de irem para casa jantar.

– Posso voltar? – perguntou Laurie.

– Pode, se for bonzinho e mostrar amor por seu livro, como os meninos da cartilha – disse Meg sorrindo.

– Vou tentar.

– Então pode vir e vou lhe ensinar a tricotar como os escoceses; agora há grande demanda de meias – acrescentou Jo, abanando a sua como um grande estandarte de lã azul ao se despedirem no portão.

Naquela noite, quando Beth tocava para o sr. Laurence na penumbra, Laurie, de pé junto à sombra da cortina, ficou ouvindo o pequeno Davi*, cuja música

* Referência ao trecho da Bíblia em que o jovem Davi toca para consolar as mágoas e espantar os maus espíritos do rei Saul. (N.T.)

singela sempre abrandava seu mau humor, e observando o velho, sentado com a cabeça grisalha apoiada na mão, com ternas lembranças da netinha morta que tanto amara. Relembrando a conversa da tarde, o rapaz disse a si mesmo, decidido a se sacrificar de bom grado: "Vou deixar meu castelo de lado e ficar com meu querido velho enquanto precisar de mim, pois sou tudo o que ele tem".

Capítulo 14

Segredos

Jo estava muito atarefada no sótão, pois os dias de outubro começavam a esfriar e as tardes a encurtar. Durante duas ou três horas, o sol batia na janela alta, aquecendo e mostrando Jo sentada no sofá velho, ocupada em escrever, com os papéis espalhados por cima de um baú à sua frente, enquanto Rabisco, seu rato de estimação, passeava pelas vigas do alto, acompanhado pelo filho mais velho, um belo rapazinho que sentia visível orgulho de seus bigodes. Muito absorta em sua tarefa, Jo não parava de rabiscar suas páginas até chegar à última, quando assinou seu nome num floreio e largou a caneta, exclamando:

– Aí está, fiz o melhor que consegui! Se não servir, vou ter de esperar até conseguir fazer coisa melhor.

Estendida no sofá, leu cuidadosamente o manuscrito do começo ao fim, pondo travessões aqui e ali e acrescentando vários pontos de exclamação, que pareciam balõezinhos; então amarrou as folhas com uma linda fita vermelha e se sentou por um minuto, fitando o pacote com uma expressão séria e expectante que mostrava claramente todo o seu empenho no trabalho. A estante de Jo no sótão era um velho forno refletor suspenso na parede. Ali ela guardava seus papéis e alguns livros, fechando a tampa para ficar a salvo de Rabisco, o qual, também dotado de veia literária, gostava de transformar os livros que apareciam pela frente numa biblioteca circulante, roendo suas páginas. Do receptáculo de metal ela tirou outro manuscrito; enfiando os dois no bolso, esgueirou-se em silêncio pela escada, deixando seus amiguinhos a mordiscar canetas e saborear tinta.

Pôs o chapéu e o casaco o mais discretamente possível e, saindo pela janela dos fundos, foi dar no telhado de uma varandinha baixa, saltou para o gramado em declive e pegou um contorno que ia até a estrada. Lá chegando, compôs-se, chamou um coche de transporte público que passava e seguiu até a cidade, com ar muito animado e misterioso.

Se houvesse alguém observando, consideraria seus movimentos realmente curiosos, pois, ao descer, caminhou depressa até localizar determinado número em determinada rua; depois de alguma dificuldade em encontrar o endereço, ela entrou, olhou a escada encardida, ficou absolutamente imóvel por um minuto e então voltou de repente para a rua e foi embora com a mesma pressa com que viera. Repetiu algumas vezes essa manobra, para o grande divertimento de um jovem cavalheiro de olhos negros, debruçado à janela de um prédio no outro lado da rua. Na terceira vez, Jo se decidiu, abaixou o chapéu sobre os olhos e subiu a escada, como se estivesse indo arrancar todos os dentes.

Havia, entre outras, uma placa de dentista adornando a entrada do prédio e, depois de fitar uns instantes o par de dentaduras que se abriam e fechavam lentamente para chamar a atenção para a bela dentição, o jovem cavalheiro pôs o casaco, pegou o chapéu e desceu para se postar à porta do edifício em frente, dizendo com um sorriso e um estremecimento:

– É bem coisa dela mesmo vir sozinha, mas, se não estiver bem, vai precisar de alguém para ajudá-la a voltar para casa.

Em dez minutos, Jo desceu correndo a escada, muito ruborizada e com todo jeito de quem acabava de passar por algum suplício. Ao ver o rapaz, sua reação foi de qualquer coisa, menos de agrado, e passou dando-lhe um sinal de cabeça; mas ele foi atrás, perguntando com ar de solidariedade:

– Foi muito ruim?

– Não muito.

– Você saiu rápido.

– Nossa, ainda bem!

– Por que veio sozinha?

– Não queria que ninguém soubesse.

– Você é a figura mais estranha que conheço. Quantos você tirou?

Ela olhou o amigo como se não entendesse; aí começou a rir, como que achando enorme graça em alguma coisa.

– Tem dois que quero que saiam, mas preciso esperar uma semana.

– Do que você está rindo? Você está aprontando alguma coisa, Jo – disse Laurie parecendo confuso.

– Você também. O que o senhor estava fazendo naquele salão de bilhar?

– A senhora que me perdoe, madame, mas não era um salão de bilhar e sim uma academia, e eu estava tomando uma aula de esgrima.

– Fico contente!

– Por quê?

– Porque aí você pode me ensinar, e então, quando encenarmos *Hamlet*, você pode ser Laerte e faremos uma bela cena de esgrima.

Laurie desatou numa gargalhada jovial que fez vários passantes sorrirem sem querer.

– Eu lhe ensino, com ou sem Hamlet; é uma diversão e tanto e melhora muito a postura. Mas creio que não foi só por isso que você falou "Fico contente" de maneira tão categórica, não é?

– Não, fiquei contente porque não era um salão de bilhar, pois espero que você não vá a tais lugares. Você vai?

– Só de vez em quando.

– Preferia que não fosse.

– Não tem nada de mais, Jo; há uma mesa de bilhar em casa, mas não tem graça, só quando há outros bons jogadores; assim, como gosto de bilhar, às vezes venho e jogo uma partida com Ned Moffat ou algum colega dele.

– Oh, céus, que pena, pois você vai gostar cada vez mais, vai perder tempo e dinheiro e vai ficar parecido com aqueles garotos horríveis. Eu realmente esperava que você continuasse respeitável e fosse uma satisfação para seus amigos – disse Jo, abanando a cabeça.

– Então o sujeito não pode ter uma diversãozinha inocente de vez em quando, sem perder a respeitabilidade? – perguntou Laurie com ar ressentido.

– Depende como e onde. Não gosto de Ned e da turma dele, e gostaria que você ficasse longe. Mamãe não nos deixa convidá-lo à nossa casa, embora ele queira ir, e, se você ficar como ele, ela não vai querer que a gente se divirta junto como agora.

– Não? – perguntou Laurie, aflito.

– Não, ela não suporta rapazes metidos a modas elegantes, e ela preferiria nos trancar dentro de umas caixinhas a nos deixar andar com eles.

– Bom, por enquanto ela ainda não precisa pegar suas caixinhas; não sou, nem pretendo ser metido a elegante; mas gosto de umas diversões inofensivas de vez em quando, você não?

– Bom, ninguém se incomoda com elas, então divirta-se à vontade, mas não faça extravagâncias, viu? Ou será o fim de todas as nossas brincadeiras.

– Vou ser um santo duplamente destilado.

– Não suporto santos; seja apenas um rapaz simples, honesto, respeitável, e nunca o deixaremos. Não sei o que eu *faria* se você agisse como o filho do sr. King; dinheiro não lhe faltava, mas não sabia como usá-lo, e passou a beber, a jogar, a fugir, a falsificar o nome do pai, creio eu, e foi uma coisa pavorosa.

– E você me acha capaz de algo parecido? Muito obrigado.

– Não, não acho... *claro* que não! Mas ouço as pessoas dizendo que o dinheiro é uma grande tentação e às vezes gostaria que você fosse pobre; aí não precisaria me preocupar.

– Você se preocupa comigo, Jo?

– Um pouco, quando você parece triste ou descontente, como acontece às vezes, pois você tem um temperamento tão forte que, se começar a proceder mal, receio que seria difícil parar.

Laurie caminhou alguns minutos em silêncio, enquanto Jo o observava, querendo não ter dito nada, pois agora os olhos dele pareciam zangados, apesar do sorriso às suas advertências que ainda pairava nos lábios.

– Você vai me passar sermão durante todo o caminho até em casa? – perguntou ele de repente.

– Claro que não, por quê?

– Porque, se for, vou pegar um coche coletivo; se não for, quero ir junto com você e lhe contar uma coisa muito interessante.

– Vou parar com os sermões e gostaria imensamente de ouvir a novidade.

– Ótimo, então vamos. É segredo e, se eu lhe contar, você vai me contar o seu.

– Não tenho nenhum segredo – começou Jo, mas parou de súbito, lembrando que tinha.

– Você sabe que tem, sim; não consegue esconder nada, então confesse ou não conto nada – exclamou Laurie.

– Seu segredo é interessante?

– E muito! São pessoas que você conhece, e é muito divertido! Você devia ouvir, e passei esse tempo todo doido para contar. Vamos! Você começa.

– Você não dirá nada em casa, certo?

– Nem uma palavra.

– E não vai me provocar?

– Nunca provoco.

– Ah, provoca, sim; você consegue tudo o que quer das pessoas. Não sei como faz, mas você é um persuasor nato.

– Obrigado; agora conte!

– Bom, deixei dois contos com um jornalista e ele vai me dar a resposta na semana que vem – cochichou Jo ao ouvido do confidente.

– Viva para a srta. March, a festejada autora americana! – exclamou Laurie, atirando o chapéu para o alto e pegando-o de novo, para o grande prazer de dois patos, quatro gatos, cinco galinhas e meia dúzia de moleques irlandeses, pois agora já tinham saído da cidade.

– Psss! Não vai resultar em nada, creio eu, mas não podia descansar enquanto não tentasse, e não falei nada porque não queria que mais ninguém se desapontasse.

– Vai dar certo! Ora, Jo, seus contos são obras de Shakespeare em comparação à metade do lixo que publicam diariamente. Não será divertido vê-los publicados e não devemos nos orgulhar de nossa autora?

Os olhos de Jo brilharam, pois sempre é agradável sentir que os outros acreditam na gente; e o elogio de um amigo é sempre mais doce do que uma dúzia de louvores nos jornais.

– E onde está o *seu* segredo? Jogue limpo, Teddy, ou nunca mais vou acreditar em você – disse ela, tentando abafar as expectativas ardentes que se acenderam a uma palavra de incentivo.

– Posso me encrencar por contar, mas não prometi segredo e então vou contar, pois minha cabeça nunca sossega enquanto não lhe conto qualquer pequena novidade saborosa que fico sabendo. Sei onde está a luva de Meg.

– Só isso? – perguntou Jo com ar desapontado, enquanto Laurie assentia e dava uma piscadela, com o ar de quem entendia todo o mistério.

– Por ora é suficiente, como você há de concordar quando eu lhe disser onde está.

– Diga, então.

Laurie se curvou e cochichou três palavras no ouvido de Jo, que geraram uma transformação francamente cômica. Ela parou e ficou encarando Laurie durante um minuto, parecendo ao mesmo tempo surpresa e desagradada; então retomou o passo, perguntando bruscamente:

– Como você sabe?

– Eu vi.

– Onde?

– No bolso.

– Esse tempo todo?

– Sim; não é romântico?

– Não, é horrível.

– Não gostou?

– Claro que não; é ridículo; será inadmissível. Nossa! O que Meg diria?

– Você não vai contar a ninguém; lembre-se disso.

– Não prometi nada.

– Estava subentendido, e confiei em você.

– Bom, por ora não vou contar mesmo; mas isso me desagradou e preferia que você não tivesse contado.

– Achei que você gostaria.

– Da ideia de alguém chegar e levar Meg embora? Não, obrigada.

– Você se sentirá melhor a respeito quando alguém chegar e levar *você* embora.

– Quero ver alguém tentar! – exclamou Jo veemente.

– Também quero! – e Laurie riu à ideia.

– Acho que segredos não combinam comigo; estou transtornada desde que você me contou – disse Jo, de forma bastante ingrata.

– Vamos descer correndo essa colina e logo você se sentirá bem – sugeriu Laurie.

Não havia ninguém à vista; a estrada lisa descia convidativa à frente e, àquela tentação irresistível, Jo saiu em disparada, logo deixando chapéu e pente para trás e espalhando grampos enquanto corria. Laurie chegou primeiro e ficou muito satisfeito com o êxito de seu tratamento, pois sua Atalanta chegou ofegante, cabelos esvoaçantes, olhos brilhantes, faces coradas e nenhum sinal de descontentamento no rosto.

– Queria ser um cavalo, então correria quilômetros e quilômetros nesse ar maravilhoso e não perderia o fôlego. Foi fabuloso, mas veja o menino em que me transformei. Vá lá, pegue minhas coisas, como o anjo que você é – disse Jo, deixando-se cair sob um bordo, que atapetava a ribanceira com folhas carmim.

Laurie foi devagar recuperar os pertences perdidos e Jo juntou as tranças, esperando que ninguém passasse enquanto não acabasse de ajeitar os cabelos. Mas passou alguém, sim, e justo Meg, com aparência especialmente distinta com sua pompa e seu vestido social, pois saíra para fazer algumas visitas.

– Mas o que você está fazendo aqui? – ela perguntou com a surpresa de uma dama ao ver a irmã desgrenhada.

– Apanhando folhas – respondeu Jo encabulada, mostrando o punhado de folhas rosadas que acabara de recolher.

– E grampos – acrescentou Laurie, atirando uma meia dúzia deles no colo de Jo. – Eles dão na estrada, Meg; pentes e chapéus castanhos de palha também.

– Você esteve correndo, Jo; como pode? *Quando* vai parar com essas traquinagens? – censurou Meg, enquanto ajeitava os punhos das mangas e alisava os cabelos, com os quais o vento tomara algumas liberdades.

– Nunca, até ficar velha e entrevada e precisar de uma muleta. Não me force a crescer antes da hora, Meg; já basta ver você mudar de repente; deixe-me ser menina enquanto eu puder.

Ao falar, Jo se inclinou sobre o punhado de folhas para ocultar o tremor dos lábios; pois ultimamente sentia que Margaret estava rapidamente se tornando mulher e, ao saber do segredo de Laurie, temia a separação que certamente chegaria em algum momento e que agora parecia muito próxima. Ele viu o rosto inquieto de Jo e tentou desviar a atenção de Meg, perguntando depressa:

– Onde você esteve, toda tão elegante?

– Na casa dos Gardiner, e Sallie me contou tudo sobre o casamento de Belle Moffat. Foi magnífico, e eles foram passar o inverno em Paris; imagine que delícia deve ser!

– Sente inveja, Meg? – perguntou Laurie.

– Receio que sim.

– Fico contente com isso – murmurou Jo, amarrando o chapéu com um puxão.

– Por quê? – perguntou Meg, surpresa.

– Porque, se você liga tanto para a riqueza, nunca vai sair para se casar com um pobre – disse Jo, franzindo o cenho para Laurie, que lhe fazia uma advertência muda para ter cuidado com o que dizia.

– Jamais "*vou sair* e casar" com alguém – observou Meg, retomando a caminhada com grande dignidade enquanto os dois a seguiam rindo, cochichando, pulando pedras e "se comportando feito crianças", como disse Meg consigo mesma, embora talvez sentisse a tentação de se juntar a eles, se não estivesse usando seu melhor vestido.

Durante uma ou duas semanas, Jo se comportou de maneira tão estranha que as irmãs ficaram totalmente desconcertadas. Corria até a porta quando o carteiro tocava; era rude com o sr. Brooke sempre que o encontrava; ficava sentada olhando Meg com uma expressão tristonha, às vezes se levantando num salto para sair do torpor e então ia lhe dar um beijo, de maneira muito misteriosa; vivia trocando sinais com Laurie e falando com ele sobre "águias de asas abertas"*, até que as meninas declararam que os dois tinham perdido o juízo. No segundo sábado desde o dia em que Jo saíra pela janela, Meg, sentada a costurar junto à janela, estava escandalizada com a visão de Laurie perseguindo Jo por todo o jardim e finalmente alcançando-a no caramanchão de Amy. Meg não conseguia ver o que se passava por lá mas ouviram-se risos agudos, aos quais se seguiram murmúrios e o sonoro farfalhar de um jornal.

– O que faremos com essa garota? Ela *nunca* irá se comportar como uma jovem dama – suspirou Meg enquanto assistia à corrida com ar de censura.

---

* *Spread Eagle*: representação de uma águia com pernas e asas abertas (emblema dos EUA), era o nome do jornal a que Jo submetera seus contos. (N.T.)

– Espero que não mesmo; ela é tão engraçada e querida do jeito que é – disse Beth, que nunca deixava transparecer sua leve mágoa pelo fato de Jo ter segredos com outra pessoa que não fosse ela.

– É uma grande pena, mas nunca conseguiremos que ela seja *comme la fo** – acrescentou Amy, que estava sentada fazendo alguns novos babados para si mesma, com os cachos presos de uma maneira muito graciosa: duas coisas agradáveis que a faziam se sentir excepcionalmente elegante, uma verdadeira dama.

Alguns minutos depois, Jo entrou de um salto, jogou-se no sofá e fingiu que lia.

– Tem algo interessante aí? – perguntou Meg, em tom condescendente.

– Nada, apenas um conto; não é grande coisa, imagino – respondeu Jo, ocultando cuidadosamente o nome do jornal.

– Leia em voz alta: vai nos entreter e impedir que você apronte alguma – disse Amy em seu tom mais adulto.

– Como se chama? – indagou Beth, perguntando-se por que Jo mantinha o jornal na frente do rosto.

– "Os pintores rivais".

– Parece bom; leia.

Com um sonoro "hum" e respirando fundo, Jo começou a ler muito rápido. As meninas ouviam com interesse, pois era um conto romântico e um tanto triste, porque a maioria dos personagens morria no final.

– Gosto daquela parte sobre o lindo quadro – foi o comentário aprovador de Amy, quando Jo terminou.

– Prefiro a parte dos namorados. Viola e Angelo são dois de nossos nomes favoritos; que estranho, não acham? – disse Meg, enxugando as lágrimas, pois a "parte dos namorados" era trágica.

---

* Corruptela de *comme il faut*, "como deve ser". (N.T.)

– Quem escreveu? – perguntou Beth, que vira de relance o rosto de Jo.

A leitora se pôs rapidamente sentada, atirou o jornal de lado, mostrando o rosto afogueado, e, numa divertida mescla de solenidade e entusiasmo, respondeu alto:

– A irmã de vocês!

– Você? – gritou Meg, deixando cair a costura.

– É muito bom – disse Amy em tom crítico.

– Eu sabia! Eu sabia! Oh, minha Jo, *estou* tão orgulhosa! – e Beth foi correndo abraçar a irmã, exultando com esse magnífico sucesso.

Céus, como todas ficaram encantadas; como Meg nem conseguia acreditar, até ver as palavras "Senhorita Josephine March" realmente impressas no jornal; como Meg comentou graciosamente as partes artísticas do conto e sugeriu uma continuação, a qual infelizmente não seria possível, pois herói e heroína haviam morrido; como Beth ficou entusiasmada e pulou e cantou de alegria; como Hannah entrou exclamando "Benza aos céus... quem diria!", com grande assombro com "os feitos daquela Jo"; como a sra. March ficou orgulhosa quando soube; como Jo riu, com lágrimas nos olhos, ao dizer que desse jeito viraria um pavão; como o *Spread Eagle* parecia bater as asas voando triunfante pela casa da família March, enquanto o jornal passava de mão em mão!

"Conte-nos tudo", "Quando saiu?", "Quanto você recebeu?", "O que papai *dirá*?", "Laurie não vai rir?", gritavam todas ao mesmo tempo, reunidas em volta de Jo, pois toda aquela família simples e afetuosa transformava qualquer alegriazinha doméstica numa grande festa.

– Parem de tanto falatório, meninas, e conto tudo a vocês – disse Jo, imaginando se a srta. Burney teria se sentido mais grandiosa com sua *Evelina* do que ela se sentia com seus "Pintores rivais". Depois de contar como entregara os contos, Jo prosseguiu:

– E, quando fui pegar a resposta, o homem disse que gostou dos dois, mas não pagava principiantes, só deixava que publicassem no jornal dele e anunciassem os contos. Era uma boa prática, disse ele; quando os principiantes melhoravam, qualquer um pagaria. Então deixei que ele ficasse com os dois contos e hoje recebi este, e Laurie me pegou com o jornal e insistiu em ver, então deixei; e ele falou que era bom, e que devo escrever mais, e que ele vai providenciar que o próximo seja pago e, oh... *estou* tão feliz, pois daqui a algum tempo vou poder sustentar a mim mesma e ajudar as meninas.

Aqui Jo ficou sem fôlego; enfiando a cabeça no jornal, ela umedeceu o conto com algumas lágrimas muito compreensíveis: pois ser independente e ganhar elogios dos entes amados eram os desejos mais caros de seu coração, e este parecia ser o primeiro passo rumo àquele final feliz.

Capítulo 15

Um telegrama

– Novembro é o mês mais desagradável do ano inteiro – disse Margaret, de pé à janela numa tarde nublada, olhando o jardim queimado de geada.

– Foi por isso que nasci nele – observou Jo pensativa, sem perceber a mancha de tinta que tinha no nariz.

– Se acontecesse agora alguma coisa muito agradável, acharíamos que é um mês excelente – disse Beth, que tinha uma visão rósea de tudo, até de novembro.

– Creio que sim, mas *nunca* acontece nada de agradável nesta família – disse Meg, que andava mal-humorada. – A gente labuta dia após dia, sem mudança nenhuma e pouquíssima diversão. É como aquela roda de moinho girando sem parar.

– Haja paciência, como estamos deprimidas! – exclamou Jo. – Não me admira muito, pobrezinha, pois você vê outras mocinhas se esbaldando enquanto você só trabalha, trabalha, entra ano, sai ano. Ah, quem dera eu pudesse ajeitar as coisas para você como faço para minhas heroínas! Já é bem boa e bonita, então eu faria com que um parente rico lhe deixasse uma fortuna inesperada; aí de repente seria herdeira, zombaria de todos que fizeram pouco caso de você, iria para o estrangeiro e voltaria para casa como Lady Qualquer-Coisa, fulgurando de esplendor e elegância.

– As pessoas hoje em dia não recebem fortunas desse jeito; os homens precisam trabalhar, e as mulheres, se casar por dinheiro. É um mundo medonhamente injusto – disse Meg, amargurada.

– Jo e eu vamos fazer fortuna para todas vocês; espere dez anos e verá que sim – disse Amy, que estava sentada num canto fazendo "bolos de lama", como Hannah chamava seus moldezinhos de argila de pássaros, frutas e rostos.

– Não posso esperar e infelizmente não boto muita fé em tinta e barro, mas agradeço a boa intenção.

Meg suspirou e se virou outra vez para o jardim queimado de geada; Jo resmungou e pôs os cotovelos na mesa com ar desanimado, mas Amy continuou a modelar energicamente seus bonequinhos e Beth, que estava sentada à outra janela, falou sorrindo:

– Já, já vão acontecer duas coisas agradáveis: mamãe vem vindo pela rua e Laurie está atravessando o jardim com cara de quem tem algo simpático para dizer.

Ambos entraram, a sra. March com sua pergunta habitual, "Alguma carta do pai de vocês, meninas?", e Laurie com seu jeito persuasivo, dizendo:

– Alguém quer dar uma volta de carruagem? Passei o dia com tanta matemática na cabeça que estou até tonto, e vou refrescar os miolos dando uma volta rápida. O dia está sem graça, mas não está chovendo e vou levar Brooke para casa, e assim, se do lado de fora estiver sombrio, dentro do coche estará alegre. Vamos, Jo, vocês e Beth vêm, não vêm?

– Claro que sim!

– Muito obrigada, mas estou ocupada – disse Meg, pegando rápido seu cesto de costura, pois combinara com a mãe que era melhor, pelo menos para ela, não sair com o rapaz com muita frequência.

– Nós três estaremos prontas num minuto – exclamou Amy, que foi correndo lavar as mãos.

– Posso servi-la de alguma maneira, senhora Mamãe? – perguntou Laurie, inclinando-se sobre a poltrona da sra. March com o olhar e o tom de voz afetuosos com que sempre a tratava.

– Não, obrigada, exceto dar um pulinho no correio, se puder fazer essa gentileza, querido. Hoje é dia de receber cartas, e o carteiro não apareceu. O pai das meninas é pontual como o sol, mas talvez tenha ocorrido algum atraso.

Um toque estridente a interrompeu, e um minuto depois Hannah entrou com uma carta.

– É uma daquelas coisas horríveis de telégrafo, s'iora – disse ela, estendendo o papel como se tivesse medo que explodisse e causasse algum estrago.

À palavra "telégrafo", a sra. March o agarrou, leu as duas linhas que trazia e se deixou cair na poltrona, pálida como se o papel lhe tivesse dado um tiro no coração. Laurie desceu correndo a escada para pegar água, enquanto Meg e Hannah a sustinham e Jo lia em voz alta, num tom assustado:

Sra. March:

Seu marido está muito doente. Venha já.

S. Hale,
Blank Hospital, Washington.

Como a sala ficou imóvel enquanto ouviam segurando a respiração! Como o dia ficou estranhamente escuro lá fora! Como de repente o mundo inteiro pareceu mudar enquanto as meninas rodeavam a mãe, com a sensação de que iriam perder toda a felicidade e o esteio de suas vidas! A sra. March logo recobrou os sentidos; releu a mensagem e estendeu os braços para as filhas, dizendo num tom que nunca esqueceram: "Vou imediatamente, mas talvez seja tarde demais; oh, meninas!, ajudem-me a enfrentar!".

Por vários minutos houve apenas o som de soluços no aposento, entremeados por palavras entrecortadas de reconforto, promessas de auxílio e murmúrios de esperança, que se dissolviam em lágrimas. A pobre Hannah foi a primeira a se recompor e com instintiva sabedoria deu bom exemplo a todas as demais, pois, para ela, o trabalho era a panaceia para a maioria dos males.

– Que o Senhor preserve o bom homem! Não vô perdê tempo choran'o, e vô aprontá já suas coisas, si'ora – disse num ímpeto sincero, enquanto enxugava o rosto no avental, apertava calorosamente a mão da patroa com sua mão calosa e saía para a lida, com a energia de três mulheres em uma.

– Ela tem razão; não é hora de lágrimas. Acalmem-se, meninas, e me deixem pensar.

Elas tentaram se acalmar, pobrezinhas, enquanto a mãe se endireitava na poltrona, pálida, mas firme, pondo de lado a dor para pensar e planejar por elas.

– Onde está Laurie? – perguntou de repente, depois de organizar os pensamentos e decidir as primeiras providências a tomar.

– Aqui, senhora; oh, por favor, deixe-me fazer alguma coisa! – exclamou o rapazote, vindo às pressas do aposento contíguo ao qual se recolhera, sentindo que a primeira reação de dor da família era sagrada demais até mesmo para sua presença de amigo.

– Mande um telegrama dizendo que vou imediatamente. O próximo trem sai amanhã cedo; vou nele.

– O que mais? Os cavalos estão aprestados; posso ir a qualquer parte, fazer qualquer coisa – disse ele, parecendo disposto a voar aos confins do mundo.

– Deixe um bilhete na casa da tia March. Jo, passe-me aquela caneta e papel.

Arrancando a parte em branco de uma de suas páginas que acabava de copiar, Jo puxou a mesa para a frente da mãe, sabendo que teriam de pedir emprestado o dinheiro para a longa e triste viagem e pensando no que poderia fazer para contribuir um pouco.

– Agora vá, querido; mas não se mate indo rápido feito um doido; não há necessidade disso.

A recomendação da sra. March evidentemente não serviu de nada, pois, cinco minutos depois, Laurie passou chispado pela janela com seu cavalo ligeiro, galopando como que para salvar a própria vida.

– Jo, corra até a oficina e diga à sra. King que não posso ir. No caminho, pegue essas coisas. Vou fazer uma lista; serão necessárias e preciso ir preparada para cuidar dele. Os estoques dos hospitais nem sempre são bons. Beth, vá pedir ao sr. Laurence umas duas garrafas de vinho envelhecido; meu orgulho não é tanto que me impeça de pedir aos outros coisas para o pai de vocês; ele terá tudo do melhor. Amy, diga a Hannah para pegar o baú preto; Meg, venha me ajudar a encontrar minhas coisas, pois estou meio transtornada.

Escrever, pensar e organizar tudo ao mesmo tempo era mesmo de transtornar a pobre senhora, e Meg insistiu que ela descansasse um pouco em seu quarto e as deixasse trabalhar. Todas se espalharam como folhas a uma lufada de vento, e a tranquila felicidade doméstica se rompeu de repente como se o telegrama tivesse trazido um feitiço malévolo.

O sr. Laurence veio às pressas com Beth, trazendo tudo o que lhe parecia capaz de reconfortar o inválido, além das mais cordiais promessas de olhar pelas meninas durante a ausência da mãe, o que a tranquilizou muito. O bondoso cavalheiro ofereceu de tudo, desde seu roupão até sua própria presença, para acompanhá-la. Mas essa última hipótese era impossível. A sra. March não admitiria que o senhor de idade empreendesse aquela longa viagem; mesmo assim, foi visível sua expressão de alívio quando ele sugeriu, pois a ansiedade não é uma boa coisa para quem sai em viagem. Ele notou sua expressão, cerrou as sobrancelhas espessas, esfregou as mãos e saiu bruscamente, dizendo que logo estaria de volta. Ninguém teve tempo de voltar a pensar nele até que Meg, passando pela entrada com um par de galochas numa das mãos e uma xícara de chá na outra, topou inesperadamente com o sr. Brooke.

– Lamento muito a notícia, srta. March – disse ele na voz calma e gentil que soou muito agradável a Meg naquela sua aflição. – Vim me oferecer para acompanhar sua mãe. Tenho algumas incumbências do sr. Laurence para fazer em Washington e terei grande satisfação em ser útil a ela.

As galochas foram ao chão e o chá por pouco não teve o mesmo destino quando Meg lhe estendeu a mão, com tanta gratidão no rosto que o sr. Brooke se sentiria recompensado por um sacrifício muito maior do que aquela insignificante concessão de tempo e conforto que estava prestes a fazer.

– Como todos vocês são bondosos! Mamãe aceitará, tenho certeza, e será um enorme alívio saber que estará com alguém que olhe por ela. Muito, muito obrigada!

Meg falou com fervor e esqueceu totalmente de si mesma até que algo nos olhos castanhos postos nela lhe relembraram o chá que esfriava, então tomou a dianteira até a sala de visitas, dizendo que ia chamar a mãe.

Estava tudo organizado quando Laurie voltou com um bilhete de tia March, junto com a soma solicitada, trazendo algumas linhas que repetiam o que ela já dissera várias vezes antes, que sempre lhes avisara que era um absurdo que March entrasse no exército, que sempre previra que dali não sairia nada de bom e que esperava que da próxima vez ouvissem seu conselho. A sra. March pôs o bilhete no fogo da lareira, o dinheiro na bolsa e prosseguiu com seus preparativos, os lábios cerrados com força, de uma maneira que Jo entenderia se estivesse ali presente.

A tarde curta logo se acabou; todos os outros serviços de rua foram feitos, e Meg se dedicava com a mãe a alguma costura indispensável, enquanto Beth e Amy tomavam chá e Hannah terminava de passar a roupa "num tapa", como dizia ela, mas Jo ainda não voltara. Começaram a ficar preocupadas, e Laurie saiu para procurá-la, pois nunca ninguém sabia o que aquela Jo maluca era capaz de inventar. Mas os dois se desencontraram, e Jo chegou em casa com um ar de compostura muito esquisito, mesclando medo e divertimento, pesar e satisfação, que intrigou a família, tanto quanto o maço de cédulas que pôs diante da mãe, dizendo com a voz levemente estrangulada:

– É minha contribuição para deixar papai mais confortável e trazê-lo para casa!

– Minha querida, onde você conseguiu isso?! Vinte e cinco dólares! Jo, espero que você não tenha feito nada temerário!

– Não, é meu e honesto; não esmolei, não peguei emprestado nem roubei. Fiz por merecê-lo, e creio que não me culpará, pois apenas vendi o que era meu.

Enquanto falava, Jo tirou a touca e o alarido foi geral, pois sua basta cabeleira sumira e estava com o cabelo curto.

– Seu cabelo! Seu lindo cabelo!

– Oh, Jo, como você pôde? A única coisa bonita que você tinha!

– Minha querida menina, não havia necessidade disso.

– Ela não parece mais minha Jo, mas amo-a muito pelo que fez!

Enquanto todas exclamavam e Beth abraçava ternamente a cabeça tosada, Jo adotou um ar indiferente que não enganou ninguém e disse, arrepiando a moita castanha e tentando fingir que gostava:

– Não afeta o destino da nação, então não choramingue, Beth. Vai ser bom para minha vaidade; eu estava ficando orgulhosa demais de minha cabeleira. Vai fazer bem para meus miolos tirar aquela juba; minha cabeça está uma delícia de leve e fresca, e o barbeiro disse que o cabelo tosado logo vai cachear, com jeito de menino, combinando comigo, e fácil de cuidar. Estou satisfeita; então, por favor, pegue o dinheiro e vamos jantar.

– Conte-me tudo, Jo; *eu* não estou plenamente satisfeita, mas não posso criticá-la, pois sei que você sacrificou de muito bom grado sua vaidade, como diz você, ao seu amor. Mas, minha querida, não era necessário e tenho medo de que você se arrependa um dia desses – disse a sra. March.

– Não, não vou me arrepender! – respondeu Jo energicamente, sentindo-se muito aliviada por sua travessura não ter sido inteiramente condenada.

– O que levou você a isso? – perguntou Amy, que preferiria cortar a cabeça a cortar seu lindo cabelo.

– Bom, eu estava doida para fazer alguma coisa pelo pai – retrucou Jo, enquanto se reuniam em volta da mesa, pois a juventude saudável tem apetite mesmo entre dissabores. – Odeio pedir emprestado tanto quanto mamãe, e sabia que a tia March iria protestar; ela sempre protesta, mesmo que a gente peça um único tostão. Meg gastou todo o salário do trimestre para pagar o aluguel, enquanto com o meu só comprei umas roupas, então me senti mal e estava decidida a conseguir algum dinheiro, nem que tivesse de cortar o nariz da cara para vender.

– Não precisa se sentir mal, minha menina, você não tinha roupas de inverno e escolheu as mais simples para comprar com seu salário arduamente conquistado – disse a sra. March com um olhar que aqueceu o coração de Jo.

– No começo, eu não tinha a menor ideia de vender o cabelo, mas, enquanto andava, ia pensando *no que* podia fazer e sentindo vontade de entrar em alguma loja rica e pegar o que quisesse. Na vitrine de uma barbearia, vi rabos de cavalo com os preços marcados, e um deles, preto, mais comprido do que o meu, mas não tão basto, estava por quarenta dólares. Então me ocorreu de repente que eu tinha uma coisa que podia render e, sem parar para pensar, entrei, perguntei se compravam cabelo e quanto dariam pelo meu.

– Não consigo imaginar como você teve coragem – disse Beth, num tom de reverência.

– Oh, era um homenzinho que parecia viver apenas para untar o próprio cabelo. No começo ele só ficou me encarando, como se não estivesse acostumado a ver meninas irrompendo na barbearia e pedindo que comprasse o cabelo delas. Falou que não estava interessado no meu, não era a cor da moda, e que para começo de conversa nunca pagava muito; o trabalho feito depois é que encarecia, e assim por diante. Estava ficando tarde e me deu medo de que, se eu não fizesse aquilo logo, acabaria não fazendo, e, como vocês sabem, quando começo a fazer uma coisa, odeio desistir; então comecei a implorar para que ele o comprasse e expliquei por que estava com tanta pressa. Foi bobagem, admito, mas ele mudou de ideia, pois eu falava muito agitada e contei a história do meu jeito meio atrapalhado, e a mulher dele ouviu e disse muito bondosa: "Aceite, Thomas, e atenda à senhorita; eu faria o mesmo pelo nosso Jimmy se eu tivesse uma cabeleira que valesse a pena vender".

– Quem era Jimmy? – perguntou Amy, que gostava de saber tudo explicadinho ao ouvir alguma coisa.

– O filho, disse ela, que está no exército. Como essas coisas criam um sentimento amistoso entre desconhecidos, não é mesmo? Ela ficou falando o tempo todo enquanto o homem passava a tesoura e foi muito bom para distrair meus pensamentos.

– Você não se sentiu péssima na primeira tesourada? – perguntou Meg num estremecimento.

– Dei uma última olhada no cabelo enquanto o homem pegava suas coisas, e só. Nunca me abalo com ninharias assim; mas confesso que me senti esquisita quando vi a velha e querida cabeleira estendida na mesa e senti apenas pontas curtas e ásperas na cabeça. Era quase como se tivesse uma perna ou um braço faltando. A mulher me viu fitando o cabelo cortado e escolheu uma madeixa comprida para eu guardar. Vou dá-la a você, mamãe, só para lembrar as glórias passadas; pois cabelo curto é tão confortável que acho que nunca mais vou ter uma juba.

A sra. March dobrou a madeixa castanha ondulada e guardou em sua escrivaninha, junto com uma madeixa grisalha curta. Disse apenas "Obrigada, queridinha", mas algo em seu rosto fez as garotas mudarem de assunto e falarem com toda a animação que conseguiam sobre a gentileza do sr. Brooke, a perspectiva de tempo bom no dia seguinte, a felicidade que seria quando o pai voltasse para casa, para se tratar.

Ninguém quis ir se deitar quando, às dez horas, a sra. March pôs de lado a última tarefa concluída e disse:

– Vamos, meninas.

Beth foi para o piano e tocou o hino favorito do pai; todas começaram a acompanhar vigorosamente, mas foram parando, uma por uma, até que Beth ficou sozinha, cantando de todo o coração, pois para ela a música sempre era um doce consolo.

– Vão para a cama, sem conversas, pois precisamos levantar cedo e temos de aproveitar ao máximo as horas de sono. Boa noite, minhas queridas – disse a sra. March quanto o hino terminou, pois ninguém quis tentar outro.

Beijaram a mãe sem dizer nada e foram deitar em grande silêncio, como se o querido enfermo estivesse no quarto ao lado. Beth e Amy logo adormeceram, apesar da grande aflição, mas Meg ficou acordada pensando os mais sérios pensamentos que jamais conhecera em sua curta vida. Jo estava deitada imóvel, e sua irmã imaginava que ela dormia, até que um soluço abafado a surpreendeu; encostou a mão numa face molhada e exclamou:

– Jo, querida, o que foi? Está chorando por causa do pai?

– Não, não neste momento.

– Por que, então?

– Meu... meu cabelo – desafogou a pobre Jo, tentando inutilmente abafar a emoção no travesseiro.

Meg não riu da cena, longe disso, mas beijou e acarinhou com toda a ternura a heroína triste.

– Não estou arrependida – protestou Jo, com um soluço estrangulado. – Faria a mesma coisa amanhã, se pudesse. É apenas a parte vaidosa e egoísta de mim que se põe a chorar feito boba. Não conte para ninguém, já passou. Achei que você estivesse dormindo, então foi só um queixumezinho pessoal pela única coisa bonita que eu tinha. E você, por que está acordada?

– Não consigo dormir. Estou tão aflita – respondeu Meg.

– Pense em algo agradável e logo cairá no sono.

– Tentei, mas fiquei mais desperta do que nunca.

– No que você pensou?

– Em rostos bonitos, principalmente uns olhos – respondeu Meg sorrindo para si mesma no escuro.

– De que cor você prefere?

– Castanhos... isto é, às vezes. Azuis são lindos.

Jo riu e Meg, severa, mandou que ficasse quieta, depois lhe prometeu meigamente que ondularia seu cabelo e adormeceu, sonhando que vivia em seu castelo no ar.

Os relógios batiam a meia-noite, e os quartos estavam em silêncio quando uma figura deslizou suavemente de cama em cama, alisando uma coberta aqui, ajeitando um travesseiro ali e parando para olhar com ternura, longamente, cada rosto adormecido, para beijar cada um deles com lábios que abençoavam em silêncio e para orar as preces ardentes que apenas as mães sabem pronunciar. Ao erguer a cortina para olhar a noite triste e sombria, a lua apareceu de repente por trás das nuvens e fulgiu como um rosto luminoso e benevolente, que parecia sussurrar no silêncio: "Console-se, alma querida! Sempre há luz por trás das nuvens".

CAPÍTULO 16

Cartas

NA AURORA FRIA e cinzenta, as irmãs acenderam a lamparina e leram seu capítulo com uma seriedade que nunca haviam sentido antes, pois agora chegara a sombra de um verdadeiro problema, e os livrinhos traziam auxílio e reconforto; enquanto se vestiam, concordaram em se despedir com alegria e esperança, para que a mãe seguisse na aflita jornada sem se entristecer ainda mais com lágrimas ou queixas das filhas. Tudo parecia muito estranho ao descerem, tão sombrio e quieto lá fora, tão iluminado e azafamado ali dentro. Era esquisito tomar o desjejum àquela hora, e mesmo o rosto tão familiar de Hannah parecia diferente enquanto ela se apressava na cozinha, com touca de dormir. O baú grande estava no vestíbulo, a capa e a touca da mãe estavam no sofá, e a mãe sentada tentando comer, mas tão pálida e consumida pela insônia e pela ansiedade que as meninas acharam muito difícil manter sua decisão. Os olhos de Meg não paravam de se encher de lágrimas, a contragosto; Jo foi obrigada mais de uma vez a esconder o rosto no pano de cozinha, e as menores estavam com uma expressão grave e inquieta, como se a dor fosse uma experiência nova para elas.

Ninguém falou muito, mas aproximando-se a hora, enquanto esperavam a carruagem, a sra. March disse às meninas, todas ocupadas em torno dela, uma dobrando o xale materno, outra alisando as fitas da touca, uma terceira calçando-lhe as polainas e uma quarta fechando a valise de viagem:

– Meninas, deixo-as aos cuidados de Hannah e à proteção do sr. Laurence; Hannah é a lealdade em pessoa, e nosso bom vizinho cuidará de vocês como se fossem filhas dele. Não receio por vocês, mas preocupa-me que encarem corretamente esse problema. Não se aflijam nem se martirizem enquanto eu estiver fora, nem pensem que poderão se consolar sendo ociosas e tentando esquecer. Continuem a trabalhar como sempre, pois o trabalho é um grande consolo. Tenham esperanças e se mantenham ocupadas, e, aconteça o que acontecer, lembrem que nunca ficarão sem um pai.

– Sim, mãe.

– Meg querida, seja prudente, cuide de suas irmãs, consulte Hannah e, em qualquer caso de dúvida, fale com o sr. Laurence. Seja paciente, Jo, não desanime nem faça coisas irrefletidas; escreva-me bastante e seja minha menina valente, pronta para ajudar e alegrar todas nós. Beth, reconforte-se com sua música e seja cumpridora das pequenas tarefas de casa; e você, Amy, ajude em tudo o que puder, seja obediente e se mantenha feliz e segura em casa.

– Sim, mãe! Faremos isso!

O barulho de uma carruagem se aproximando fez todas saltarem e ficarem de ouvido atento. Era esse o instante difícil, mas as meninas o enfrentaram bem; ninguém chorou, ninguém saiu correndo, ninguém soltou um lamento, embora sentissem o coração muito pesado ao enviar recados amorosos ao pai, lembrando, enquanto falavam, que talvez fosse tarde demais para serem entregues. Beijaram a mãe em silêncio, abraçaram-na com ternura e tentaram imprimir ânimo nas mãozinhas que acenavam em despedida, enquanto ela se afastava.

Laurie e o avô vieram se despedir dela, e o sr. Brooke parecia tão forte, tão sensato e bondoso que as meninas o batizaram ali mesmo de "Sr. Coração-Grande".

– Até mais, minhas queridas! Deus abençoe e guarde todas nós! – sussurrou a sra. March enquanto beijava um rostinho após o outro e se apressava em entrar na carruagem.

Quando o veículo se afastou, o sol nasceu e, olhando para trás, ela viu seus raios iluminando o grupo no portão, como um bom augúrio. Os outros também viram, sorriram e acenaram, e a última coisa que ela viu, ao virar a esquina, foram os quatro rostos luminosos e, atrás deles, como guarda-costas, o velho sr. Laurence, a fiel Hannah e o devotado Laurie.

– Como todos eles são bons conosco – disse ela, virando-se para ter uma prova viva disso na respeitosa simpatia estampada no rosto do jovem preceptor.

– Não sei como poderiam não ser – devolveu o sr. Brooke, rindo de maneira tão contagiante que a sra. March não pôde deixar de sorrir; e assim a longa viagem começou com os bons augúrios do sol, dos sorrisos e das palavras animadoras.

– É como se tivesse acontecido um terremoto – disse Jo enquanto os vizinhos iam para casa tomar o café da manhã, deixando-as descansar e se recompor.

– É como se metade da casa tivesse ido embora – acrescentou Meg, tristonha.

Beth abriu a boca para dizer alguma coisa, mas só conseguiu apontar a pilha de meias cuidadosamente remendadas sobre a mesa da mãe, mostrando que, mesmo em seus últimos momentos apressados, ela pensara nas filhas e trabalhara por elas. Era uma coisa miúda, mas foi diretamente ao coração das meninas; apesar das valentes resoluções, todas cederam e choraram amargamente.

Hannah sabiamente deixou que dessem vazão a seus sentimentos; quando a choradeira deu mostras de diminuir, ela veio em socorro, armada com um bule de café.

– Agora, queridas senhoritas, lembrem o que a mãe de vocês disse e não se martirizem; venham e tomem uma xícara de café todas aqui em volta da mesa, e depois vamos trabalhar e fazer honra à família.

Café era coisa especial, e Hannah mostrou grande tato ao prepará-lo naquela manhã. Ninguém pôde resistir a seus acenos persuasivos ou ao convite perfumado saindo do bico do bule. Aproximaram-se da mesa, trocaram os lenços por guardanapos e, em dez minutos, estavam todas recompostas.

– "Tenham esperança e se mantenham ocupadas": este é nosso lema; então vamos ver quem o segue melhor. Vou até a tia March, como sempre; mas espero que ela não passe nenhum sermão! – disse Jo enquanto sorvia o café com o ânimo renovado.

– Vou para meus King, mesmo preferindo ficar em casa e cuidar das coisas aqui – disse Meg, arrependendo-se por estar com os olhos tão vermelhos.

– Não precisa; Beth e eu podemos cuidar muito bem da casa – interveio Amy com ares importantes.

– Hannah nos dirá o que fazer, e tudo vai estar rebrilhando quando vocês voltarem – acrescentou Beth, pegando sem demora o esfregão e a bacia de lavar pratos.

– Creio que a ansiedade é muito interessante – observou Amy, comendo pensativamente um pedacinho de açúcar.

As meninas não conseguiram segurar o riso e se sentiram melhor, embora Meg balançasse a cabeça à jovem daminha que encontrava consolo numa vasilha de açúcar.

A visão das tortas quentes devolveu a seriedade a Jo; quando as duas saíram para suas tarefas diárias, olharam pesarosas para a janela onde costumavam ver o rosto da mãe. Não estava ali, mas Beth se lembrara da pequena cerimônia doméstica e então ali apareceu ela, acenando a cabeça para elas como a estatueta de um mandarim de faces rosadas.

– É tão coisa da minha Beth! – exclamou Jo, acenando o chapéu com a gratidão no rosto. – Até mais, Meggy; espero que os King não aprontem muito hoje. Não se aflija com papai, querida – acrescentou ao se despedirem.

– E espero que a tia March não reclame. Seu cabelo fica bem *mesmo* em você, está bonito e parece bem de garoto – devolveu Meg, tentando não sorrir à cabeça crespa, que parecia comicamente miúda sobre os ombros da irmã alta.

– É meu único consolo – e, tocando no chapéu à la Laurie, lá se foi Jo, sentindo-se um carneiro tosquiado num dia invernal.

As notícias do pai reconfortavam muito as meninas, pois, apesar da gravidade de seu estado, a presença da melhor e mais terna das enfermeiras já lhe fizera bem. O sr. Brooke mandava um boletim diário e Meg, como chefe da família, insistia em ler as mensagens, que se tornaram cada vez mais animadoras com o passar da semana. No começo, todas escreviam sofregamente, e envelopes gordos eram cuidadosamente enfiados na caixa de correio por uma ou outra irmã, que se sentia bastante importante com a correspondência com Washington. Como um desses pacotes continha mensagens muito características de cada irmã, surrupiaremos uma mala postal e leremos:

Queridíssima mãe:

Nem tenho como lhe dizer o quanto ficamos felizes com sua última carta, pois as notícias eram tão boas que não conseguimos conter nossos risos e lágrimas. Como o sr. Brooke é bondoso, e que sorte que os negócios do sr. Laurence o retenham aí por tanto tempo, visto que ele é tão útil para a senhora e para o papai. Todas as meninas estão cem por cento bem. Jo me ajuda na costura e insiste em fazer todas as tarefas pesadas. Eu ficaria com medo de que ela exagerasse se não soubesse que seu "acesso moral" não dura muito. Beth é pontual como um relógio em suas tarefas, e nunca esquece o que a senhora lhe disse. Fica preocupada com papai e está sempre séria, exceto quando se senta a seu piano. Amy me obedece direitinho e cuido muito bem dela. Penteia-se sozinha e estou lhe ensinando a fazer casas de botões e a remendar suas meias. Ela se esforça muito, e sei que a senhora, quando voltar, ficará muito contente com os progressos dela. O sr. Laurence cuida de nós feito uma galinha velha, como diz Jo; e Laurie é muito gentil e prestativo. Ele e Jo mantêm o clima alegre entre nós, pois às vezes ficamos bem tristes e nos sentimos órfãs, estando a senhora tão longe. Hannah é uma verdadeira santa; nunca nos repreende e sempre me trata de "senhorita Margaret", o que é muito correto, como a senhora sabe, e me trata com respeito. Estamos bem e todas ocupadas; mas ansiamos dia e noite que a senhora volte. Transmita todo o meu amor a papai e confie em mim, sempre sua

MEG

Esse bilhete, escrito numa bela letra em papel perfumado, contrastava enormemente com o próximo, rabiscado numa folha grande de papel fino estrangeiro enfeitado de borrões, os mais variados floreios e letras arredondadas:

> Minha preciosa mãezinha:
>
> Três vivas para o querido papai! Brooke foi muito legal telegrafando na hora para nos informar imediatamente que ele melhorou. Subi correndo para o sótão quando a carta chegou e tentei agradecer a Deus por ser tão bondoso conosco, mas só consegui chorar e dizer: "Que alegria! Que alegria!". Será que não equivale a uma prece normal? Pois veio do fundo do meu coração. Temos momentos muito engraçados, e agora posso aproveitá-los, pois todo mundo anda de uma bondade extrema, até parece que estamos entre pombas. A senhora acharia muita graça ao ver Meg sentada à cabeceira da mesa, tentando ser maternal. Ela está cada vez mais bonita, e às vezes me sinto apaixonada por ela. As meninas são verdadeiros anjos e eu... bom, eu sou Jo, e nunca vou deixar de ser. Ah, preciso lhe contar que quase briguei com Laurie. Falei o que pensava a respeito de uma coisinha boba, e ele ficou ofendido. Eu tinha razão, mas não falei como devia e ele saiu pisando duro, dizendo que não voltaria enquanto eu não me desculpasse. Falei que não ia me desculpar e fiquei furiosa. Isso durou o dia todo; passei mal e senti muito a falta da senhora. Nós dois, Laurie e eu, somos muito orgulhosos e é difícil pedir desculpas; mas achei que ele pediria, pois era *eu* quem tinha razão. Ele não apareceu; e à noite me lembrei do que a senhora disse quando Amy caiu dentro do rio. Li meu livrinho, me senti melhor, resolvi que não deixaria *minha* raiva continuar até o dia seguinte e saí correndo para me desculpar com Laurie. Encontrei-o

no portão, vindo fazer a mesma coisa. Demos risada, pedimos desculpas um ao outro, e voltamos a nos sentir bem outra vez.

Ontem fiz um "poeminha" quando ajudava Hannah a lavar a roupa; como papai gosta das minhas pequenas bobagens, copio aqui para ele se divertir. Dê-lhe o abraço mais amoroso do mundo e mil beijos para a senhora, da sua

JO TRAPALHONA

CANÇÃO DA ESPUMA

Canto alegre, a rainha da bacia,
Com a espuma branca a aumentar;
Lavo, enxáguo, torço com galhardia,
E estendo as roupas para secar;
Lá se agitam ao ar fresco do dia
Debaixo do céu e da luz solar.

Seria bom coração e alma lavar bem
E tirar as manchas da semana,
E que a água e o ar nos deixassem
Com a pureza que deles emana;
Assim então um glorioso dia de lavagem
Existiria em toda a morada humana!

No caminho de uma vida proveitosa,
O amor-perfeito está sempre em floração;
O espírito ocupado não fica a pensar
Em tristeza, dor ou preocupação.
E pensamentos aflitos são varridos
Com nosso vigoroso escovão.

Gosto de receber alguma tarefa
Para que possa no dia a dia realizar;
Pois traz-me força, saúde e esperança,
E alegremente aprendo a recitar:
"Cabeça, podes pensar; Coração, podes sentir,
Mas tu, Mão, irás sempre trabalhar!".

Querida Mãe:

Só tenho espaço para lhe mandar meu amor e alguns amores-perfeitos entre as páginas, que tirei da muda que guardo em segurança dentro de casa, para papai ver. Leio todas as manhãs, procuro ser boa o dia todo e me embalo para dormir cantando a música de papai. Agora não consigo cantar "Terra dos leais" sem cair no choro. Todos são muito bondosos, e somos felizes até onde é possível na sua ausência. Amy quer o resto da página para ela, e então preciso parar. Não me esqueci de tampar a vasilha de querosene, e todos os dias dou corda no relógio e abro as janelas para arejar os cômodos.

Dê ao querido papai um beijo na bochecha que ele diz que é minha. Oh, volte logo para sua amorosa

BETHZINHA

Ma Chere Mamã

Estamos todas bem faço sempre minhas lições e nunca corrobero as meninas – Meg diz que eu quero dizer contradigo então ponho as duas palavras e a senhora escolhe a mais adequada. Meg é um grande conforto para mim e me deixa comer geleia toda noite na hora do chá o que é muito bom para mim diz Jo porque adoça meu gênio. Laurie não é respectoso como devia ser agora que tenho quase treze anos, ele me chama de Pintainha e fere meus sentimentos falando muito rápido em francês comigo quando digo Obrigada ou Bon jour como diz Hattie King. Meu vestido azul está com as mangas todas gastas e Meg trocou por outras novas mas o conserto saiu errado e elas ficaram mais azuis do que o vestido. Fiquei aborrecida mas não reclamei aceito bem meus problemas mas realmente queria que Hannah pusesse mais goma nos meus aventais e fizesse panqueca todos os dias. Ela pode? Não fiz direitinho o ponto de interroguição? Meg diz que a minha punctuação e artografia são horríveis e fico mortoficada mas puxa tenho tantas coisas para fazer que não posso parar. Adieu, mando montes de amor para o Papá.

Sua filha afetuosa,
AMY CURTIS MARCH

Presada Dona March:

Decho aqui só umas palavrinha pra dizer que vai tudo bem. As menina são esperta e fazem tudo rapido e direito. A senhorita Meg vai dar uma boa dona de caza; tem o gosto da coiza e pega o geito bem depresa. A mais ligera de todas é a Jo, mas não para antes pra pensar e a gente nunca sabe o que ela vai aprontar. Ela lavou um tamque de ropa na segunda-fera. Mas passou a goma antes de torser e botou anil num vestido de algodão roza e achei que eu ia morrer de tanto dar rizada. Beth é a milhor de todas criaturas e me ajuda dimais pois é cuidadosa e dá pra confiar. Quer aprender di tudo e vai fazer compra como gente grande; e também faz muinto bem as conta das despeza coa minha ajuda. Até agora estamos fasendo muinta economia; deicho as menina tomar café só uma vez na semana, como a sinhora mandou, e sirvo comida simples e sadia. Amy não se quecha, pois anda com as ropas mais bonita e come muito doce. O sinhô Laurie faz molecada como sempre e volta e meia vira a caza de perna pro ar; mas anima as menina e então deixo eles bagunçar. O velho manda montes de coisa e até cança a gente, mas a intensão é boa e não sou eu que vou diser nada. Meu pão creceu e então é só. Mando meu respeto para o Seu March e espero que a Penomonia dele passou.

Sua respeitosa,
HANNAH MULLET

Enfermeira-Chefe do Pavilhão II:

Tudo tranquilo no Rappahannock, tropas em boas condições, setor de abastecimento bem comandado, Guarda Nacional sob Coronel Teddy sempre a postos, Comandante em chefe General Laurence passa o exército em revista todos os dias, Intendente Mullett mantém ordem no bivaque, Major Lion faz o turno de guarda da noite. Foi disparada salva de 24 tiros com as boas novas de Washington e houve desfile em uniforme de gala no quartel-general. Comandante em chefe envia seus melhores votos, sendo sinceramente secundado por

CORONEL TEDDY

Prezada Senhora:

As meninas estão todas bem; Beth e meu garoto fazem relatórios diários; Hannah é uma criada exemplar, guarda Meg como um dragão. Contente que continue a fazer bom tempo; tomara que Brooke seja de préstimo; recorra a mim se as despesas ultrapassarem suas estimativas. Não deixe que falte nada a seu marido. Graças a Deus que está se restabelecendo.

Seu fiel amigo e criado,

James Laurence

Capítulo 17

As pequenas fiéis

Durante uma semana, o volume de virtude na velha casa seria suficiente para abastecer toda a vizinhança. Era de fato surpreendente, pois todas pareciam num estado de espírito celestial e vigorava a abnegação. Aliviadas da ansiedade inicial sobre o pai, as meninas imperceptivelmente relaxaram um pouco seus louváveis esforços e voltaram a recair nos velhos hábitos. Não esqueceram seu lema, mas ter esperança e se manter ocupada parecia algo cada vez mais fácil; depois de tão grande dedicação, sentiram que o Empenho precisava de uns dias de folga e lhe concederam vários.

Jo pegou um sério resfriado por ter deixado de proteger devidamente a cabeça tosquiada e recebeu ordens de ficar em casa até melhorar, pois a tia March não gostava que lessem para ela entre espirros e tosses. Jo gostou e, depois de uma enérgica vasculhada do porão ao sótão, afundou-se no sofá para tratar a gripe com arsênico e livros. Amy descobriu que serviço doméstico e arte não combinavam e voltou a seus bolos de lama. Meg ia diariamente dar aulas a seus pupilos e em casa costurava, ou achava que costurava, mas passava muito tempo escrevendo longas cartas para a mãe ou relendo interminavelmente as notícias de Washington. Beth se mantinha firme, apenas com leves recaídas no ócio ou nas lamentações. Dia após dia, ela cumpria fielmente todas as suas pequenas obrigações, inclusive várias obrigações das irmãs também, pois andavam distraídas e a casa parecia um relógio parado, cujo pêndulo fora dar um passeio. Quando sentia o coração pesado, com saudades da mãe ou receios pelo pai, ela ia até um certo armário, escondia o rosto nas dobras de um certo vestido velho e querido, soltava um pequeno gemido e em silêncio fazia sua pequena oração sozinha. Ninguém sabia o que a reanimava após esses acessos contidos, mas todas percebiam como Beth era meiga e prestimosa e passaram a procurá-la em busca de consolo ou conselho para seus pequenos assuntos.

Nenhuma se apercebia de que essa experiência era um teste do caráter; terminada a agitação inicial, acharam que haviam se saído bem e que mereciam louvores. De fato mereciam, mas o erro delas foi deixar de procederem bem, e aprenderam essa lição passando por grande pesar e ansiedade.

– Meg, eu gostaria que você fosse ver os Hummel; como sabe, a mãe nos disse para não nos esquecermos deles – disse Beth, dez dias após a partida da sra. March.

– Estou cansada demais para ir hoje à tarde – respondeu Meg, embalando-se confortavelmente na cadeira de balanço enquanto costurava.

– Você não pode ir, Jo? – indagou Beth.

– Está ventoso demais, com esse meu resfriado.

– Pensei que você já estivesse quase boa.

– Boa para sair com Laurie, mas não para ir aos Hummel – respondeu Jo rindo, mas parecendo levemente envergonhada por sua incoerência.

– Por que não vai você mesma? – perguntou Meg.

– *Tenho ido* todos os dias, mas o bebê está doente e não sei o que fazer. A sra. Hummel sai para trabalhar e Lottchen fica cuidando dele; mas está cada vez mais doentinho, e creio que você ou Hannah deviam ir.

Beth falara com gravidade, e Meg prometeu que iria no dia seguinte.

– Peça a Hannah alguma boa comidinha e leve, Beth; o ar fresco lhe fará bem – disse Jo, acrescentando em tom de desculpa –; eu iria, mas quero terminar de escrever minha história.

– Estou com dor de cabeça, cansada, e por isso pensei que talvez uma de vocês pudesse ir – retomou Beth.

– Amy já vai chegar e irá até lá – sugeriu Meg.

– Bom, vou descansar um pouco e esperar por ela.

Beth então se deitou no sofá, as outras retomaram suas tarefas, e os Hummel foram esquecidos. Passou-se uma hora, e Amy não apareceu; Meg foi para o quarto, experimentar um vestido novo; Jo estava absorta em sua história e Hannah dormia fundo na frente do fogo da cozinha quando Beth, em silêncio, pôs o capuz, encheu o cesto com diversas miudezas para as pobres crianças e saiu no ar gelado com a cabeça pesada e uma expressão triste nos olhos sempre pacientes. Já era tarde quando voltou e ninguém a viu esgueirar-se e fechar-se no quarto da mãe. Meia hora depois, Jo foi procurar alguma coisa no "armário da mãe" e lá viu Beth sentada sobre o baú de remédios, com ar muito grave, olhos vermelhos e um frasco de cânfora na mão.

– Cristóvão Colombo! O que houve? – gritou Jo enquanto Beth estendia a mão para mantê-la afastada e acrescentava depressa:

– Você já teve escarlatina, não?

– Anos atrás, quando Meg teve. Por quê?

– Então vou lhe contar... oh, Jo, o bebê morreu!

– Que bebê?

– O da sra. Hummel: morreu em meu colo antes que ela chegasse – exclamou Beth num soluço.

– Minha pobre querida, deve ter sido pavoroso para você! Eu devia ter ido – disse Jo abraçando a irmã ao se sentar na poltrona da mãe, com o remorso no rosto.

– Não foi pavoroso, Jo, só foi muito triste! Vi na hora que ele estava pior, mas Lottchen disse que a mãe tinha ido chamar um médico, então peguei o bebê para Lotty poder descansar um pouco. Ele parecia dormir, mas de repente deu um grito, estremeceu e ficou imóvel. Tentei esquentar seus pés, e Lotty lhe deu um pouco de leite, mas ele não se mexia e percebi que tinha morrido.

– Não chore, querida! O que você fez?

– Só sentei, segurando-o delicadamente, até que a sra. Hummel chegou com o médico. Ele disse que o bebê estava morto e olhou Heinrich e Mina, que estavam com a garganta inflamada. "Escarlatina, senhora; devia ter me chamado antes", disse ele, brusco. A sra. Hummel lhe falou que era pobre e tentara tratar sozinha do bebê, mas agora era tarde demais e só podia lhe pedir que ajudasse as outras crianças e confiar que os fundos de beneficência o pagariam. Então ele sorriu e se mostrou mais atencioso, mas foi tudo muito triste, e fiquei chorando junto com eles até que o médico se virou de repente para mim e falou para eu vir para casa e tomar imediatamente beladona, ou pegaria escarlatina também.

– Não vai pegar, não! – exclamou Jo, abraçando a irmã com o olhar assustado. – Oh, Beth, se você adoecer, nunca vou me perdoar! O que *faremos*?

– Não fique com medo, acho que não vai ser forte; olhei o livro da mamãe e vi que começa com dor de cabeça, garganta inflamada e umas sensações esquisitas como as que tenho, então já tomei um pouco de beladona e me sinto melhor – falou Beth, pondo as mãos frias na testa ardente e tentando adotar um ar bem disposto.

– Se pelo menos mamãe estivesse aqui! – exclamou Jo, agarrando o livro e sentindo Washington a uma distância imensa. Leu uma página, olhou Beth, pôs a mão em sua testa, espiou dentro de sua garganta e então disse gravemente:

– Você esteve diariamente com o bebê por mais de uma semana, e também com as outras crianças que pegaram a febre, então receio que você vá pegar também, Beth. Vou chamar Hannah; ela sabe tudo sobre doenças.

– Não deixe Amy entrar; ela nunca teve e eu odiaria que ela pegasse. Você e Meg não podem pegar pela segunda vez? – perguntou Beth preocupada.

– Acho que não; não me importo se eu pegar de novo; bem que mereço, egoísta como sou, por ter deixado você ir enquanto eu ficava escrevendo bobagens! – murmurou Jo enquanto ia consultar Hannah.

A boa mulher se pôs totalmente desperta num instante e assumiu imediatamente o comando da situação, garantindo a Jo que não havia por que se preocupar; todo mundo pegava escarlatina, que, se tratada direito, não matava ninguém; Jo acreditou em tudo e estava muito aliviada quando subiram para chamar Meg.

– Agora vou dizer o que faremos – falou Hannah, depois de examinar e interrogar Beth –; chamaremos o dr. Bangs, só para dar uma olhada em você, querida, e ver se estamos fazendo tudo certo; então enviaremos Amy para a tia March, por um período, para não correr riscos, e uma de vocês pode ficar em casa para cuidar de Beth por um ou dois dias.

– Eu fico, claro, sou a mais velha – começou Meg, com ar ansioso e culpado.

– *Eu* vou ficar, porque ela está doente por culpa minha; falei para a mãe que eu cuidaria das tarefas externas e não cuidei – disse Jo decidida.

– Quem você escolhe, Beth? Só precisa de uma – disse Hannah.

– Jo, por favor – e Beth inclinou a cabeça, apoiando-a na irmã com um olhar contente, o que resolveu definitivamente aquela questão.

– Vou avisar Amy – disse Meg, um pouco magoada, mas também aliviada, no fundo, pois não gostava de cuidar de doentes, ao contrário de Jo.

Amy se rebelou na hora, declarando ardorosamente que preferia pegar escarlatina a ir para a casa da tia March. Meg argumentou, pediu, mandou, em vão. Amy declarou que *não* iria, Meg desistiu e foi perguntar a Hannah o que fariam. Antes que voltasse, Laurie entrou na sala onde viu Amy aos soluços, com a cabeça enterrada nas almofadas do sofá. Ela contou seu drama, esperando ser consolada, mas Laurie se limitou a pôr as mãos nos bolsos e a andar pela sala, assobiando de leve, com o cenho franzido e imerso em profundos pensamentos. De repente sentou-se ao lado dela e disse, em sua voz mais envolvente:

– Vamos, seja uma mulherzinha sensata e faça o que lhe disseram. Não, não chore, mas ouça que belo plano bolei. Você vai para a casa da tia March e eu vou pegá-la para passear todos os dias, a pé ou de carruagem, e nos divertiremos muito. Não é melhor do que ficar zanzando triste por aqui?

– Não quero ser despachada como se estivesse atrapalhando – retomou Amy em tom ofendido.

– Mas menina do céu! É para protegê-la! Você quer ficar doente?

– Não, claro que não; mas creio que ficarei, pois estive com Beth esse tempo todo.

– É exatamente por isso que você deve se afastar imediatamente, para conseguir escapar à doença. A mudança de ares e os cuidados preservarão sua saúde, creio eu; ou, se não totalmente, a febre vai ser mais leve.

Aconselho que você vá o mais cedo que puder, pois escarlatina não é brincadeira, mocinha.

– Mas é um tédio a casa da tia March, e ela é tão rabugenta... – disse Amy parecendo bastante assustada.

– Não vai ser um tédio se eu passar lá todos os dias para contar como Beth tem passado e pegá-la para passearmos. A velha dama gosta de mim e serei o mais gentil possível, e assim ela não implicará conosco, mesmo que a gente apronte.

– Você me leva para passear na charrete com Puck?

– Dou minha palavra de honra.

– E vai me ver todo dia sem falta?

– Pode confiar.

– E me trazer de volta na mesma hora em que Beth sarar?

– Na mesmíssima hora.

– E vamos ao teatro, de verdade?

– Uma dúzia de teatros, se der.

– Bom... então acho... que vou – disse Amy devagar.

– Boa menina! Agora chame Meg com sua voz maviosa e diga que você cedeu – falou Laurie, com um tapinha de aprovação que aborreceu Amy ainda mais do que o "você cedeu".

Meg e Jo desceram correndo para contemplar o milagre que se realizara; Amy, sentindo-se muito virtuosa e com espírito de sacrifício, prometeu que iria se o médico dissesse que Beth estava para adoecer.

– Como está nossa queridinha? – perguntou Laurie, pois sentia estima toda especial por Beth e estava mais preocupado com ela do que queria mostrar.

– Está deitada na cama da mamãe e se sente melhor. Ficou perturbada com a morte do bebê, mas eu diria que só pegou um resfriado. É o que Hannah *diz*, mas *parece* preocupada e isso me deixa inquieta – respondeu Meg.

– Que mundo tão difícil!– disse Jo, esfregando o cabelo de um jeito aflito. – Tão logo a gente sai de um problema, aparece outro. Parece que não temos nada para nos segurar quando a mamãe está fora; me sinto totalmente perdida.

– Bom, não fique parecendo um ouriço, não cai bem. Ajeite o cabelo, Jo, e me diga se devo enviar um telegrama à sua mãe ou se há algo que eu possa fazer – falou Laurie, que nunca conseguira aceitar a perda da única coisa bonita da amiga.

– É isso o que me preocupa – disse Meg. – Creio que devíamos contar a ela se Beth estiver realmente doente, mas Hannah diz que não, pois a mamãe não pode deixar o papai, e vão apenas ficar aflitos. Beth não vai ficar doente por muito tempo, e Hannah sabe muito bem o que fazer, e a mamãe falou que confiássemos nela, então creio que devemos confiar, mas isso não me parece totalmente correto.

– Hum, bom, não sei; você pode perguntar ao vovô, depois que o médico vier.

– Perguntaremos, sim; Jo, vá buscar imediatamente o dr. Bangs – ordenou Meg –; não podemos decidir nada enquanto ele não vier.

– Fique onde está, Jo; aqui nesta casa o garoto de recados sou eu – disse Laurie pegando o boné.

– Mas você está ocupado – começou Meg.

– Não, já fiz minhas lições de hoje.

– Você estuda em dia de folga? – perguntou Jo.

– Sigo o bom exemplo que minhas vizinhas me dão – foi a resposta de Laurie ao sair depressa da sala.

– Tenho muitas esperanças nesse meu menino – comentou Jo, ao observá-lo com um sorriso aprovador enquanto ele saltava rapidamente por cima da cerca.

– Ele se conduz muito bem... para um garoto – foi a resposta um tanto indelicada de Meg, pois o assunto não a interessava.

Dr. Bangs chegou, disse que Beth tinha sintomas de escarlatina, mas achava que seria leve, embora aparentando preocupação com a história dos Hummel. Amy foi despachada imediatamente, com um medicamento preventivo para afastar o perigo; ela partiu em grande estilo, com a escolta de Jo e Laurie.

A tia March recebeu a comitiva com sua habitual hospitalidade.

– O que vocês querem agora? – perguntou com um olhar incisivo por cima dos óculos, enquanto o papagaio, empoleirado no espaldar da poltrona, gritava:

– Vá embora; meninos aqui não.

Laurie se afastou para a janela, e Jo contou o caso.

– Nada mais do que eu esperava, já que vocês têm permissão de se misturar com gente pobre. Amy pode ficar e ser de alguma serventia se não estiver doente, se bem que tenho certeza de que ficará; pela cara, parece que já está. Não chore, menina, me incomoda ouvir gente fungando.

Amy *estava* a ponto de chorar, mas Laurie puxou sorrateiro a cauda do papagaio, o que fez Polly soltar um guincho assustado e gritar "Beije minhas botas!" de um jeito tão engraçado que ela caiu na risada.

– Que notícias vocês têm de sua mãe? – perguntou a velha dama com aspereza.

– O pai melhorou muito – respondeu Jo, tentando se controlar.

– Ah, sim? Bom, isso não vai durar muito, imagino; March nunca teve resistência alguma – foi a réplica animadora.

– Haha, nunca fale em morte, pegue uma pitada de rapé, boa sorte, boa sorte! – berrava Polly, dançando no poleiro e se agarrando na touca da senhora enquanto Laurie cutucava seu traseiro.

– Fique quieto, seu bicho desrespeitoso! E é melhor você ir embora logo, Jo; não é decente ficar vagueando por aí tão tarde com um garoto tão desmiolado feito...

– Fique quieto, seu bicho desrespeitoso! – gritou Polly, descendo da poltrona num salto e correndo para bicar o garoto "desmiolado", que se sacudia de tanto rir com aquela última fala.

"Não creio que eu *consiga* aguentar, mas vou tentar", pensou Amy, ao ficar sozinha com a tia March.

– Vá embora, sua horrorosa! – gritou Polly, e Amy não conseguiu conter uma fungadela a essa grosseria.

Capítulo 18

Dias sombrios

Beth realmente ficou com escarlatina, e em estado muito mais grave do que qualquer um imaginava, exceto Hannah e o médico. As meninas não sabiam nada de doenças, e o sr. Laurence não tinha autorização para vê-la, de modo que Hannah fazia tudo à sua maneira e o dr. Bangs, muito ocupado, fazia o que podia, mas deixava muitas coisas ao cargo da excelente enfermeira. Meg permaneceu em casa, para não contagiar os King, e cuidava das tarefas domésticas, sentindo-se muito nervosa e um pouco culpada ao escrever suas cartas sem qualquer menção à doença de Beth. Não conseguia aceitar que seria correto enganar a mãe, mas recebera instruções de ouvir Hannah, e Hannah não aceitava que "a sra. March ficasse saben'o e se preocupasse com uma bobage dessas". Jo se devotava dia e noite a Beth; não era uma tarefa difícil, pois Beth era muito paciente e suportava a dor sem se queixar, até onde conseguia se controlar. Mas chegou uma hora em que, durante os delírios da febre, ela começou a falar em voz rouca e entrecortada, a tocar na coberta como se fosse seu querido piano e a tentar cantar com a garganta tão inflamada que de música não sobrava nada; chegou uma hora em que não reconhecia mais os rostos familiares a seu redor, chamava pelos nomes errados e suplicava pela mãe. Então Jo ficou assustada, Meg implorou permissão para escrever contando a verdade e até Hannah disse que "estava pensando nisso, embora ainda não houvesse perigo". Uma carta de Washington aumentou suas inquietações, pois o sr. March sofrera uma recaída e por um bom tempo nem poderia pensar em vir para casa.

Como os dias agora eram sombrios, como a casa parecia triste e solitária, como estavam pesados os corações das meninas ao trabalhar e esperar, enquanto a sombra da morte pairava sobre o lar outrora feliz! Foi então que Margaret, sentada sozinha com lágrimas caindo volta e meia sobre a costura, percebeu como tinha sido rica em coisas mais preciosas do que qualquer luxo que o dinheiro pudesse comprar: rica em amor, em proteção, em paz e saúde, as verdadeiras bênçãos da vida. Foi então que Jo, vivendo na penumbra do quarto com a irmãzinha sofredora sempre diante dos olhos e aquela triste voz soando em seus ouvidos, aprendeu a ver a beleza e a doçura do caráter de Beth, a perceber o lugar tão terno e profundo que ela ocupava em todos os corações e a reconhecer o valor das intenções altruístas de Beth, de viver para os outros e trazer felicidade ao lar praticando aquelas virtudes simples que todos podem ter e que todos deviam amar e valorizar mais do que o talento, a riqueza ou a beleza. E Amy, em seu exílio, saudosa, ansiava em estar em casa para servir a Beth, sentindo agora que nenhuma tarefa seria difícil ou desagradável e lembrando arrependida quantas tarefas deixara de lado e aquelas mãos prestimosas haviam feito por ela. Laurie vagueava pela casa como uma alma penada e o sr. Laurence trancou o piano de cauda, pois não suportava a lembrança da jovem vizinha que costumava trazer encanto a seus serões. Todos sentiam falta de Beth. O leiteiro, o padeiro, o merceeiro e o açougueiro perguntavam como ia ela; a pobre sra. Hummel veio pedir perdão por seu descuido e pegar uma mortalha para Minna; os vizinhos enviavam seus melhores votos e lembranças variadas, e mesmo os que a conheciam melhor ficaram surpresos ao ver quantos amigos a tímida Beth tinha.

Enquanto isso, ela estava de cama com a velha Joanna a seu lado, pois mesmo em seus delírios não se esquecia de sua desamparada *protégée*. Sentia falta dos gatos, mas não pedia que os trouxessem, para não adoecerem; e, nas horas em que melhorava, sentia-se muito aflita com Jo. Enviava bilhetes amorosos a Amy, pedia que dissessem à mãe que logo escreveria; muitas vezes pedia papel e lápis para tentar escrever algumas linhas, para que o pai não pensasse que ela se esquecera dele. Mas mesmo esses intervalos de consciência logo cessaram, e ela passava horas e mais horas se debatendo de um lado e outro falando incoerências ou mergulhava num sono pesado que não lhe trazia nenhum descanso. Dr. Bangs vinha duas vezes por dia, Hannah velava à noite, Meg mantinha em sua escrivaninha um telegrama já pronto para enviar a qualquer minuto e Jo nunca saía da cabeceira de Beth.

O dia 1º de dezembro foi realmente muito rigoroso para elas, pois soprava um vento cortante, a neve caía abundante e o ano parecia se preparar para morrer. Quando dr. Bangs chegou naquela manhã, fitou longamente Beth, segurou sua mão ardente por um minuto e a depôs suavemente, dizendo baixinho a Hannah:

– Se a sra. March puder deixar o marido, é melhor chamá-la.

Hannah assentiu sem dizer uma palavra, pois seus lábios se retorciam de nervosismo; ao ouvir aquelas palavras, Meg se deixou cair numa cadeira sentindo suas forças lhe fugirem do corpo, e Jo, depois de estacar pálida por alguns instantes, foi correndo à sala, agarrou o telegrama e, agasalhando-se às pressas, saiu para a tempestade. Logo voltou e, enquanto tirava a capa em silêncio, Laurie entrava com uma carta, dizendo que o sr. March estava melhor outra vez. Jo leu agradecida, mas seu coração continuou a sentir um grande peso e seu rosto mostrava tanta infelicidade que Laurie perguntou depressa:

– O que foi? Beth piorou?

– Chamei a mamãe – disse Jo, tentando descalçar as botas de borracha com expressão trágica.

– Que bom, Jo! Você fez isso por iniciativa própria? – perguntou Laurie, ajudando-a a se sentar na cadeira do vestíbulo e, ao ver como suas mãos tremiam, tirando suas botas rebeldes.

– Não, foi o médico que sugeriu.

– Oh, Jo, está tão mal assim? – exclamou Laurie com ar alarmado.

– Está, sim; ela não nos reconhece, nem fala mais dos bandos de pombas verdes, como se refere às folhas de parreira na parede; não parece mais minha Beth e não há ninguém para nos ajudar a enfrentar a situação; a mamãe e o papai estão longe e Deus parece tão distante que não consigo encontrá-Lo.

Enquanto as lágrimas corriam pelas faces, a pobre Jo estendeu a mão de uma maneira desamparada, como se tateasse no escuro, e Laurie a tomou na sua, sussurrando como pôde, com um nó na garganta:

– Estou aqui, apoie-se em mim, Jo querida!

Ela não conseguiu falar, mas de fato aceitou o "apoio" e o contato quente daquela mão humana amiga reconfortou seu coração dolorido e pareceu levá-la mais perto do braço divino, único capaz de ampará-la em sua aflição. Laurie queria dizer algo terno e consolador, mas não lhe ocorreu nenhuma palavra adequada; assim, manteve silêncio, afagando suavemente a cabeça reclinada de Jo, como a mãe costumava fazer. Foi a melhor coisa que Laurie podia ter feito, muito mais reconfortante do que as mais eloquentes palavras, pois Jo sentiu a muda simpatia e, no silêncio, conheceu o doce consolo que o afeto traz ao sofrimento. Logo enxugou as lágrimas que desafogara e ergueu os olhos numa expressão agradecida.

– Obrigada, Teddy, estou melhor agora; não me sinto tão perdida, e vou tentar enfrentar o que vier.

– Continue a esperar pelo melhor; vai ajudá-la muito, Jo. Logo sua mãe chegará e então tudo ficará bem.

– Estou muito contente que papai esteja melhor; agora ela não se sentirá tão mal por deixá-lo. Oh, céus, é como se todos os problemas viessem de uma vez só e a maior parte recaísse em meus ombros – suspirou Jo, estendendo o lenço molhado sobre os joelhos, para secar.

– Meg não faz a parte dela? – perguntou Laurie indignado.

– Oh, faz, sim! Ela tenta, mas não ama Beth tanto quanto eu, e não vai sentir tanto sua falta. Beth é minha consciência e não *posso* ficar sem ela; não posso, não posso!

Jo afundou o rosto no lenço molhado e chorou desesperadamente; controlara-se até aquele momento, sem derramar uma lágrima. Laurie passou a mão sobre seus olhos, mas não conseguiu dizer nada e, controlando-se para desfazer o nó que lhe sufocava a garganta, cerrou firmemente os lábios. Talvez não fosse um gesto muito viril, mas não pôde evitar, e fico contente com isso. Então, quando os soluços de Jo se acalmaram, ele disse, esperançoso:

– Não creio que ela morra; ela é tão boa e nós todos a amamos tanto que não acredito que Deus já a leve embora.

– As pessoas boas que a gente ama sempre morrem – gemeu Jo, mas parou de chorar, pois as palavras do amigo a animaram um pouco, apesar de suas dúvidas e seus temores.

– Pobre Jo! Você está esgotada. Não é de seu feitio ficar desconsolada. Pare um pouco; vou animá-la num piscar de olhos.

Laurie saiu, subindo dois degraus por vez, e Jo deitou a cabeça exausta no pequeno capuz marrom de Beth, que ninguém pensara em tirar da mesa onde ela o deixara. Devia ter alguma magia própria, pois o espírito cordato de sua gentil proprietária pareceu se infiltrar em Jo; e, quando Laurie desceu correndo a escada com um cálice de vinho, ela o pegou sorrindo e disse bravamente:

– Bebo à saúde de minha Beth! Você é um bom médico, Teddy, e um amigo *tão* consolador; como poderei retribuir algum dia? – acrescentou enquanto o vinho lhe revigorava o corpo, tal como as bondosas palavras de Laurie lhe haviam revigorado o espírito.

– Logo mais eu mando a conta, mas hoje à noite vou lhe dar uma coisa que aquecerá seu coração mais do que um garrafão de vinho – disse Laurie, num sorriso que parecia refrear a satisfação com alguma coisa.

– O que é? – perguntou Jo em tom vivo, esquecendo suas tristezas por um instante, devido à surpresa.

– Telegrafei ontem para sua mãe, e Brooke respondeu que ela viria imediatamente e vai chegar hoje à noite, e tudo entrará nos eixos. Gostou do que fiz?

Laurie falava muito rápido, agitado e ruborizado, pois mantivera o plano em segredo, temendo desapontar as meninas ou magoar Beth. Jo ficou branca feito papel, voou da cadeira e, no instante em que ele parou de falar, ela o surpreendeu atirando-se a ele, rodeando-lhe a nuca com os braços e exclamando num grito de alegria:

– Oh, Laurie! Oh, mamãe! Estou *tão* contente!

Não voltou a chorar, mas se pôs a rir histericamente e tremia e se agarrava ao amigo como se estivesse um pouco transtornada com a súbita notícia. Laurie, embora muito admirado, conduziu-se com grande presença de espírito; deu-lhe palmadinhas nas costas para tranquilizá-la e, vendo que ela se recompunha, deu-lhe um ou dois beijos tímidos, o que imediatamente trouxe Jo de volta a si. Segurando-se ao corrimão, ela o afastou com delicadeza e disse sem fôlego:

– Oh, não faça isso! Não era minha intenção; foi horrível de minha parte; mas foi tão maravilhoso de sua parte tomar a iniciativa, contrariando Hannah, que não pude deixar de me atirar a seus braços. Conte-me tudo e não me dê mais vinho, pois me faz agir assim.

– Não me importo – riu Laurie, ajeitando o lenço do pescoço. – Pois veja, eu estava aflito, e o vovô também. Pensamos que Hannah estava abusando na questão da autoridade e que sua mãe devia saber. Ela nunca nos perdoaria se Beth... bom, se acontecesse alguma coisa, sabe como é. Então falei ao vovô que era hora de fazermos alguma coisa, pois o médico parecia muito sério e Hannah quase me arrancou a cabeça quando falei em enviar um telegrama. *Não* suporto ser mandado; então aquilo me decidiu e pus em prática. Sua mãe virá, sei disso, e o último trem chega às duas da madrugada. Irei apanhá-la na estação, e você apenas guarde seu entusiasmo e mantenha Beth tranquila até que a abençoada senhora chegue aqui.

– Laurie, você é um anjo! Como posso agradecer?

– Atire-se de novo em meus braços; gostei bastante – disse Laurie com ar travesso, coisa que não acontecia há uma quinzena.

– Não, obrigada. Farei por procuração, quando seu avô vier. Não me apoquente, vá para casa descansar, pois passará metade da noite acordado. Abençoado seja, Teddy, abençoado seja!

Jo recuara para um canto; ao terminar a frase, sumiu apressadamente dentro da cozinha, onde se sentou em cima de um aparador e contou aos gatos ali reunidos que estava "feliz, oh, *tão* feliz!", enquanto Laurie ia embora, sentindo que agira bem.

– É o sujeito mais intrometido que já vi; mas perdoo ele e espero mesmo que a sra. March já esteja chegando – disse Hannah parecendo aliviada quando Jo lhe contou a boa notícia.

Meg entrou num mudo êxtase e ficou ruminando sobre a carta, enquanto Jo arrumava o quarto da enferma e Hannah "preparava umas tortas para o caso de alguma visita inesperada". Uma lufada de ar fresco parecia percorrer toda a casa, e os aposentos silenciosos cintilavam com um brilho mais bonito do que o sol; tudo parecia sentir a mudança esperançosa; o passarinho de Beth voltou a cantar, e uma rosa começou a se abrir na floreira de Beth à janela; as chamas do fogo pareciam arder com uma animação incomum e, toda vez que as meninas se cruzavam, seus rostos pálidos se abriam num sorriso e se abraçavam sussurrando em tom encorajador: "A mamãe está chegando! A mamãe está chegando!". Todas se regozijavam, exceto Beth; esta jazia naquele torpor pesado, inconsciente tanto de esperanças e alegrias quanto de dúvidas e perigos. Era uma visão de dar dó – as faces antes rosadas tão alteradas e vazias; as mãos antes atarefadas tão fracas e largadas; os lábios antes sorridentes totalmente inertes; os cabelos antes bonitos e bem cuidados agora ásperos e embaraçados no travesseiro. Assim passou ela o dia inteiro, despertando apenas de vez em quando para murmurar "Água!", com os lábios tão ressequidos que mal conseguiam formular a palavra; o dia inteiro Jo e Meg ficaram a seu lado, observando, aguardando, esperando e confiando em Deus e na mãe; o dia inteiro a neve caía, o vento cortante zunia e as horas se arrastavam devagar. Mas finalmente anoiteceu e, a cada vez que o relógio batia as horas, as irmãs, ainda sentadas cada uma a um lado da cama, fitavam-se com os olhos brilhando, pois cada hora que passava significava que a ajuda se aproximava. O médico viera para dizer que provavelmente ocorreria alguma mudança, para melhor ou para pior, por volta da meia-noite, e que retornaria nesse horário.

Hannah, totalmente esgotada, deitou-se no sofá ao pé da cama e caiu num sono profundo; o sr. Laurence percorria a sala de um lado a outro, sentindo que preferiria enfrentar uma bateria de rebeldes a encarar o semblante ansioso da sra. March na hora em que entrasse; Laurie estava estendido no tapete, fingindo descansar, mas fitando o fogo com a expressão meditativa que dava tão bela suavidade e limpidez a seus olhos.

As meninas nunca esqueceram aquela noite, sem um minuto de sono enquanto mantinham a vigília, com aquele pavoroso sentimento de impotência que nos acomete em horas assim.

– Se Deus poupar Beth, nunca mais vou me queixar – sussurrou Meg num tom de grande sinceridade.

– Se Deus poupar Beth, tentarei amá-Lo e servi-Lo por toda a minha vida – respondeu Jo com idêntico fervor.

– Queria não ter coração; dói tanto – suspirou Meg após uma pausa.

– Se a vida for tantas vezes dura assim, não sei como conseguiremos ir até o fim – acrescentou a irmã, desalentada.

O relógio então bateu meia-noite, e as duas se esqueceram de si mesmas contemplando Beth, pois tiveram a impressão de que seu rosto descorado passava por uma transformação. A casa estava numa imobilidade mortal, e apenas os uivos do vento rompiam o silêncio profundo. Hannah, exausta, continuava a dormir e apenas as irmãs viram a sombra pálida que pareceu descer sobre o pequeno leito. Passou-se uma hora e nada aconteceu; apenas Laurie partiu em silêncio para a estação. Outra hora – ninguém ainda chegara, e o medo ansioso de um atraso por causa da nevasca, de um acidente no caminho ou, pior de tudo, um grande pesar em Washington assombrava as pobres mocinhas.

Passava das duas quando Jo, de pé à janela pensando em como o mundo parecia desolado com sua mortalha de neve, ouviu um movimento ao lado da cama e, virando-se rápido, viu Meg se ajoelhar diante da cadeira de balanço da mãe, escondendo o rosto. Jo sentiu um medo pavoroso lhe gelar o corpo, enquanto pensava: "Beth morreu e Meg tem medo de me dizer".

Voltou imediatamente a seu posto e, a seus olhos ansiosos, parecia ter ocorrido uma grande transformação. O rubor da febre e o ar de sofrimento haviam sumido, e o amado rostinho parecia tão pálido e pacífico que Jo não sentiu vontade de chorar ou se lamentar. Inclinando-se para sua irmã mais querida, beijou a testa úmida com todo o seu coração nos lábios e sussurrou suavemente:

– Adeus, minha Beth, adeus!

Como que desperta pela movimentação, Hannah acordou num sobressalto, correu até a cama, olhou Beth, apalpou suas mãos, pôs o ouvido nos lábios para sentir sua respiração e então, atirando o avental para o alto, sentou balançando-se para frente e para trás, exclamando baixinho:

– A febre cedeu; tá dormin'o normal; tá com a pele úmida e respira bem. Oh, graças! Oh, graças aos céus!

Antes que as meninas pudessem crer naquela feliz verdade, o médico entrou e confirmou. Era um homem de traços rudes, mas seu rosto lhes pareceu verdadeiramente celestial quando ele sorriu e disse, olhando-as com expressão paternal:

– Sim, minhas queridas; creio que a menina escapará desta vez. Mantenham silêncio na casa; deixem-na dormir e, quando ela acordar, deem...

O que teriam de dar, nenhuma das duas ouviu, pois ambas se esgueiraram para o corredor escuro e, sentadas na escada, ficaram num abraço bem apertado, com o coração transbordando de tanta alegria que não conseguiam encontrar palavras. Quando voltaram e receberam afagos e beijos da fiel Hannah, viram Beth deitada como costumava fazer, a face aninhada na mão, tendo desaparecido a pavorosa palidez, respirando serenamente, como se tivesse acabado de adormecer.

– Oh, se a mamãe chegasse agora! – disse Jo, enquanto a noite invernal começava a se dissipar.

– Veja – disse Meg, vindo com uma rosa branca semiaberta –, pensei que nem estaria aberta para colocá-la amanhã entre as mãos de Beth se ela... partisse. Mas floriu hoje à noite e agora quero pô-la aqui no vaso para que as primeiras coisas que nossa querida veja, ao acordar, sejam a rosinha e o rosto de nossa mãe.

Nunca o sol nascera com tanta beleza, nunca o mundo parecera tão encantador quando Meg e Jo, com os olhos pesados ao final da longa e triste vigília, viram lá fora o amanhecer.

– Parece um mundo feérico – disse Meg, sorrindo para si postada atrás da cortina, contemplando a vista deslumbrante.

– Ouça! – exclamou Jo pondo-se de pé num salto.

Sim, havia o som de sinos retinindo à porta lá embaixo, um grito de Hannah e então a voz de Laurie, dizendo num alegre sussurro:

– Meninas! Ela chegou, ela chegou!

Capítulo 19

O testamento de Amy

Enquanto aconteciam essas coisas em casa, Amy passava maus bocados na casa da tia March. Sentia profundamente o exílio e, pela primeira vez na vida, entendia como era amada e mimada em casa. A tia March nunca mimava ninguém; era contrária a mimos, mas suas intenções eram bondosas, pois gostava muito da menina bem-comportada, e o velho coração da tia March reservava um lugar especial para as filhas de seu sobrinho, embora não julgasse apropriado admitir esse fato. Realmente se empenhava em deixar Amy feliz, mas, oh céus, quantos erros cometia! Algumas pessoas de idade continuam com o coração jovem apesar das rugas e dos cabelos grisalhos, conseguem entender as pequenas alegrias e preocupações das crianças, deixam-nas à vontade e sabem ministrar boas lições de maneira divertida e agradável, dando e recebendo amizade com enorme doçura. Mas a tia March não tinha esse dom e aborrecia Amy mortalmente com suas regras e ordens, seus modos afetados e as longas e cansativas preleções. Vendo que a menina era mais dócil e amigável do que a irmã, a dama idosa achou que era seu dever neutralizar ao máximo possível os efeitos negativos da indulgência e da liberdade dentro de casa. Assim incumbiu-se de Amy e lhe ensinava como fora ensinada sessenta anos antes, processo que trouxe desalento ao espírito de Amy, fazendo com que a menina se sentisse uma mosca na teia de uma aranha muito rigorosa.

Tinha de lavar as xícaras todas as manhãs e polir os copos, as colheres antiquadas, o bojudo bule de chá de prata até rebrilharem. A seguir, devia tirar o pó da sala, e que tarefa mais irritante era aquela! Os olhos da tia March não deixavam escapar um grãozinho de poeira, e todos os móveis tinham os pés em forma de garra e muitos entalhes, que nunca ficavam desempoeirados a contento. Depois tinha de alimentar Polly, pentear o cãozinho de estimação, subir e descer as escadas umas dez vezes para pegar coisas ou transmitir ordens, pois a velha senhora coxeava muito e raramente saía da poltrona. Depois desses serviços cansativos, devia fazer suas lições, o que era uma provação diária de todas as suas virtudes. Então tinha uma hora para tocar ou fazer exercícios, e tratava de aproveitar! Laurie aparecia diariamente e adulava a tia March até conseguir permissão para levar Amy a passear, quando então caminhavam ou andavam de carruagem e se divertiam à grande. Depois do almoço, tinha de ler em voz alta e ficar sentada imóvel enquanto a senhora cochilava, o que geralmente se estendia por uma hora, pois ela caía no sono após a primeira página. Então era a vez das toalhas ou dos consertos, e Amy costurava com obediência externa e rebeldia interna até o lusco-fusco, quando tinha permissão de tirar uma folga até a hora do chá. O serão era o pior de tudo, pois a tia March se punha a contar longas histórias de sua juventude, tão indizivelmente enfadonhas que Amy sempre se mostrava pronta para ir se deitar, pretendendo derramar lágrimas por seu triste destino, mas geralmente adormecendo antes de conseguir espremer mais de uma ou duas lágrimas.

Se não fosse por Laurie e a velha Esther, a criada, Amy achava que jamais conseguiria atravessar aquela temporada terrível. O papagaio, por si só, já era suficiente para tirá-la do sério, pois ele logo percebeu que não era objeto de admiração da menina e se vingava sendo o mais pérfido possível. Puxava os cabelos dela sempre que passava perto dele, espalhava o leite e as migalhas de pão para espicaçá-la tão logo Amy acabava de limpar a gaiola, fazia Mop latir dando-lhe bicadas enquanto Madame dormitava; chamava-a de nomes feios na presença de visitas e se comportava sob todos os aspectos como um velho pássaro indecoroso. Além disso, Amy não suportava o cachorro, um bicho gordo e mal-humorado que rosnava e gania quando ela o penteava e que se deitava de costas, com todas as pernas para cima e um ar pedinchento absolutamente idiota quando queria comer alguma coisa, o que acontecia uma dúzia de vezes por dia. A cozinheira tinha mau gênio, o cocheiro velho era surdo, e Esther era a única que dava alguma atenção à pequena senhorita.

Esther era uma francesa que morava com "Madame", como chamava a patroa, fazia muitos anos e tiranizava bastante a velha senhora, que não podia passar sem ela. Seu nome verdadeiro era Estelle, mas a tia March mandara que mudasse e ela obedecera, com a condição de que nunca tivesse de mudar de religião. Esther se agradou de Mademoiselle, a qual se divertia muito com as estranhas histórias de sua vida na França, quando se sentava a seu lado enquanto ela cuidava das rendas de Madame. Também permitia que Amy vagueasse pela mansão e examinasse as coisas bonitas e curiosas guardadas nos grandes guarda-roupas e nos baús antigos, pois a tia March amealhava tudo feito um esquilo. O grande prazer de Amy era uma cômoda indiana cheia de gavetas esquisitas, pequenos escaninhos e locais secretos onde ficavam guardados os mais variados enfeites, alguns valiosos, outros meramente curiosos, todos mais ou menos antigos. Examinar e arrumar esses objetos dava grande satisfação a Amy, em especial as caixas de joias, onde, em almofadinhas de veludo, repousavam as joias que, quarenta anos antes, haviam adornado uma beldade. Havia o jogo de granadas que a tia March usara ao debutar, as pérolas que o pai lhe dera no dia do casamento, os diamantes de seu amado, os anéis e alfinetes de ônix negro para ocasiões de luto, os medalhões excêntricos, contendo os retratos de amigos finados e madeixas trançadas imitando um ramo de chorão, as pulseirinhas de bebê de sua filha única; o relógio de bolso do tio March, com o sinete vermelho que fora objeto de brincadeira para inúmeras mãos infantis, e numa caixa exclusiva ficava o anel de casamento da tia March, agora pequeno demais para o dedo que engordara, mas cuidadosamente guardado como a joia mais preciosa de todas.

– Com qual Mademoiselle ficaria, se pudesse escolher? – perguntou Esther, que sempre ficava sentada ali perto para vigiar e trancar as joias.

– O que mais gosto é de diamantes, mas não há nenhum colar com eles e adoro colares, caem tão bem. Eu escolheria este, se pudesse – respondeu Amy, fitando com muita admiração um colar de contas de ouro e ébano do qual pendia uma pesada cruz do mesmo material.

– Eu também desejaria este, mas não como colar; ah, não!, para mim, isso é um rosário e eu o usaria como boa católica – disse Esther, olhando o belo objeto com grande anelo.

– É para usar como você usa a fieira de contas perfumadas de madeira que fica em cima de seu espelho? – perguntou Amy.

– Na verdade, sim, para rezar. Agradaria aos santos se a pessoa usasse um rosário tão bonito como este em vez de usá-lo como enfeite vaidoso.

– Você parece encontrar grande conforto em suas orações, Esther, e sempre desce com ar sereno e satisfeito. Quem dera eu conseguisse.

– Se Mademoiselle fosse católica, encontraria verdadeiro conforto; mas, como não é o caso, seria bom se se recolhesse a cada dia para meditar e orar, como fazia a boa senhora a quem servi antes de Madame. Ela tinha uma capelinha e ali encontrava consolo para muitos problemas.

– Seria correto eu fazer a mesma coisa também? – indagou Amy, que em sua solidão sentia necessidade de algum tipo de auxílio e se via propensa a esquecer seu livrinho, agora que Beth não estava ali para lembrá-la.

– Seria excelente e muito agradável; de bom grado arrumarei o pequeno vestiário para Mademoiselle, se quiser. Não diga nada a Madame, mas, quando ela adormecer, sente-se ali sozinha por algum tempo, com bons pensamentos, e peça ao bom Deus para preservar sua irmã.

Esther era realmente piedosa e muito sincera em seus conselhos, pois tinha um coração afetuoso e se compadecia das irmãs em suas aflições. Amy gostou da ideia e lhe deu permissão para arrumar o vestiário simples pegado a seu quarto, na esperança de que lhe fizesse bem.

– Gostaria de saber para onde irão todas essas coisas bonitas quando a tia March morrer – disse ela, enquanto repunha o rosário brilhante em seu lugar e fechava as caixinhas de joias, uma por uma.

– Para Mademoiselle e suas irmãs, sei disso; Madame confia em mim; fui testemunha de seu testamento e é assim que será – sussurrou Esther num sorriso.

– Que bom! Mas gostaria que ela nos desse agora. Pro-cras-ti-nação não é boa coisa – observou Amy, lançando um último olhar aos diamantes.

– Ainda é muito cedo para as jovens senhoritas usarem essas coisas. A primeira a noivar receberá as pérolas; Madame disse isso; e imagino que o pequeno anel de turquesa será dado a você quando noivar, Mademoiselle, pois Madame aprova seu bom comportamento e suas maneiras graciosas.

– Você acha? Oh, serei um carneirinho, se puder ao menos ganhar esse anel encantador! É muito mais bonito do que o de Kitty Bryant. Gosto da tia March, no final das contas – disse Amy, experimentando o anel azul com prazer estampado no rosto e a firme decisão de ganhá-lo.

A partir daquele dia, Amy foi um modelo de obediência e a velha senhora admirava satisfeita o sucesso da educação que ministrava à menina. Esther mobiliou o vestiário com uma mesinha, um escabelo diante dela e um quadro, tirado de um dos aposentos trancados. Pensava que não era de grande valor, mas, sendo apropriado, pegou-o emprestado, sabendo que Madame nunca descobriria e não se importando se viesse a descobrir. Era, porém, uma reprodução muito valiosa de um dos quadros mais famosos do mundo, e os olhos de Amy, tão apreciadores da beleza, nunca se cansavam de contemplar a doce face da mãe divina, com o coração tomado por ternas lembranças de sua própria mãe. Sobre a mesa, ela colocou seu pequeno Testamento e o hinário, e mantinha um vaso sempre repleto com as flores mais bonitas que Laurie lhe trazia; todos os dias, seguia o conselho de sentar-se ali sozinha por algum tempo, com bons pensamentos, e pedir ao bom Deus para preservar sua irmã. Esther lhe dera um rosário de contas pretas com um crucifixo prateado, mas Amy o deixou pendurado, sem o usar, em dúvida quanto à sua conveniência em orações protestantes.

A menina era muito sincera em tudo isso, pois, sozinha e longe da segurança do ninho doméstico, sentia necessidade tão grande de uma mão bondosa que a sustivesse que recorreu instintivamente ao Amigo forte e afetuoso, cujo amor paterno cerca Seus pequenos filhos.

Sentia falta da ajuda materna para entender e governar a si mesma, mas, tendo aprendido onde devia procurar, empenhou-se ao máximo em encontrar o caminho e percorrê-lo com confiança. Mas Amy era uma jovem peregrina, e neste momento seu fardo parecia muito pesado. Tentava se esquecer de si mesma, manter-se animada e ficar satisfeita em agir bem, mesmo que ninguém a visse ou elogiasse. Em seu primeiro esforço de ser boa, muito boa, ela decidiu fazer seu testamento, como fizera a tia March, de forma que se *ficasse* doente e morresse seus pertences poderiam ser divididos com justiça e generosidade. Doía-lhe profundamente a mera ideia de renunciar aos pequenos tesouros que, a seus olhos, eram tão preciosos quanto as joias da velha senhora.

Durante uma de suas horas de entretenimento, ela redigiu o importante documento com todo o capricho de que foi capaz, com uma pequena ajuda de Esther em relação a certos termos jurídicos; então, quando a bondosa francesa assinou como testemunha, Amy se sentiu aliviada e o guardou para mostrar a Laurie, que queria como segunda testemunha. Como o dia estava chuvoso, subiu ao andar de cima para se entreter num dos grandes aposentos e levou Polly como companhia. Havia naquele quarto um guarda-roupa cheio de roupas antigas com as quais Esther a deixava brincar, e sua diversão predileta era vestir os brocados desbotados e desfilar de um lado a outro diante do espelho comprido, fazendo vênias majestosas e arrastando a cauda com um farfalhar que encantava seus ouvidos. Estava tão empenhada naquele dia que não ouviu o tilintar da campainha quando Laurie chegou, nem seu rosto espiando pela porta enquanto desfilava com toda a pompa, meneando o leque e jogando a cabeça para trás, envolta num grande turbante rosa que fazia um contraste engraçado com o vestido de brocado azul e a barra da anágua amarela. Era obrigada a andar com muito cuidado, pois estava com sapatos de salto alto, e, como Laurie depois contou a Jo, era cômico vê-la andar com seus passinhos afetados e a roupa toda colorida, com Polly se pavoneando logo atrás dela, tentando arremedá-la e de vez em quando parando para rir ou exclamar: "Não estamos lindas? Sai fora, sua coisa horrorosa! Morda a língua! Dê-me um beijo, querida, haha!".

Contendo com dificuldade um acesso de riso para não ofender sua majestade, Laurie deu uma batidinha à porta e foi graciosamente recebido.

– Sente-se e descanse enquanto tiro essas coisas; depois, quero consultá-lo sobre um assunto muito sério – disse Amy após exibir todo o seu esplendor e enxotar Polly para um canto.

– Essa ave é minha provação na vida – prosseguiu ela, removendo a montanha cor-de-rosa da cabeça, enquanto Laurie se sentava a cavalo numa cadeira. – Ontem, quando a tia dormia e eu tentava ficar quieta feito um camundongo, Polly começou a gritar e bater as asas dentro da gaiola; então fui soltá-lo e encontrei uma aranha enorme ali dentro. Empurrei a aranha para fora e ela correu para debaixo da estante de livros; Polly marchou direto atrás da aranha, dizendo de seu jeito engraçado e piscando o olho: "Saia e venha dar um passeio, querida". *Não* contive o riso, o que fez Poll soltar uma praga, e a tia acordou e passou uma bronca em nós dois.

– A aranha aceitou o convite do nosso amigo? – perguntou Laurie bocejando.

– Aceitou; saiu e Polly disparou, morrendo de medo, e escalou a poltrona da tia gritando "Pega ela! Pega ela! Pega ela! Pega ela!" enquanto eu perseguia a aranha.

– É mentira! Oh, céus! – esgoelou-se o papagaio, bicando os pés de Laurie.

– Eu lhe torceria o pescoço se fosse seu dono, sua praga! – gritou Laurie agitando o punho cerrado para a ave, que inclinou a cabeça de lado e grasnou muito sério:

– Aliluia! Beije seus botões, meu caro!

– Agora estou pronta – disse Amy, fechando o guarda-roupa e tirando um papel do bolso. – Leia, por favor, e me diga se está correto e de acordo com a lei. Achei que devia fazê-lo, pois a vida é incerta e não quero ressentimento algum sobre meu túmulo.

Laurie mordeu os lábios e, afastando-se um pouco da interlocutora pensativa, leu o seguinte documento com louvável gravidade, considerando a ortografia:

MINHA ÚLTIMA VONTADE E TESTEMENTO

Eu, Amy Curtis March, estando na posse de minhas faculdades, dou e leigo todos os meus bens terrenos – viz. a saber – como se segue:

A meu pai, minhas melhores pinturas, desenhos, mapas e obras de arte, incluídas as molduras. Também meus cem dólares, para fazer o que quiser com eles.

À minha mãe, todas as minhas roupas, exceto o avental azul com bolsos – também meu retrato e minha medalhinha, com muito amor.

À minha querida irmã Margaret dou meu anel de torqueisa (se eu tiver), também minha caixa verde com as pombas na tampa, também minha faixa de renda de verdade para sua garganta e meu desenho dela como lembrança de sua "menininha".

A Jo deixo meu broche, aquele emendado com cera, e também meu tinteiro de bronze – ele perdeu a tampa – e meu coelho de gesso mais precioso, porque lamento ter queimado o conto dela.

A Beth (se sobreviver a mim) dou minhas bonecas e a cômoda pequena, meu leque, minhas golas de linho e minhas sapatilhas novas se conseguir usar estando magra quando melhorar. E aqui também deixo meu arrependimento por ter sempre troçado da velha Joanna.

A meu amigo e vizinho Theodore Laurence leigo minha pasta em papel marchê, meu modelo de um cavalo em argila mesmo ele dizendo que ficou sem pescoço. Também em retribuição por sua grande bondade na hora de aflição qualquer uma de minhas obras de arte que ele quiser. Noter Dame é a melhor.

A nosso venerável benfeitor sr. Laurence deixo minha caixa roxa com um espelho na tampa que servirá bem para suas canetas e lhe lembrará a finada menina que lhe agradece os favores a sua família, especialmente a Beth.

Desejo que minha amiga preferida Kitty Bryant fique com o avental azul de seda e meu anel de conta dourada, com um beijo.

A Hannah dou a chapeleira que ela queria e todos os trabalhos de retalhos que deixo esperando que, "vendo-os assim, lembre-se de mim".

E agora tendo disposto de meus bens mais valiosos espero que todos fiquem satisfeitos e não censurem a falecida. Perdoo a todos e confio que viremos a nos encontrar quando soarem as trombetas. Amém.

Nesta vontade e testemento deponho a mão e selo neste dia 20 de nov. Anni Domino 1861.

AMY CURTIS MARCH

Testemunhas: ESTELLE VALNOR,
THEODORE LAURENCE

O último nome estava escrito a lápis, e Amy explicou que ele teria de reescrever à tinta e lacrá-lo devidamente para ela.

– Por que você meteu isso na cabeça? Alguém lhe contou que Beth estava deixando suas coisas? – perguntou Laurie gravemente, enquanto Amy colocava à sua frente um pedaço de fita vermelha, cera de lacre, uma vela pequena e um porta-canetas.

Ela explicou e então perguntou, ansiosa:

– E Beth?

– Desculpe ter falado; mas, já que falei, vou lhe contar. Um dia ela se sentiu tão mal que disse a Jo que queria dar seu piano para Meg, seus gatos para você e a coitada da boneca velha para Jo, que iria amá-la por causa dela. Lamentava ter tão poucas coisas para dar e deixou madeixas de cabelo para nós restantes e muito amor para o vovô. *Ela* nunca pensou num testamento.

Laurie estava assinando e lacrando enquanto falava e só ergueu os olhos quando caiu uma grande lágrima sobre o papel. Amy tinha o rosto perturbado, mas disse apenas:

– Às vezes as pessoas não põem uma espécie de pós-escrito nos testementos?

– Põem; chamam-se *codicilos.*

– Então ponha um no meu: desejo que *todos* os meus cachos sejam cortados e distribuídos aos meus amigos. Tinha esquecido, mas quero que seja assim, mesmo que estrague minha aparência.

Laurie acrescentou, sorrindo ao último e supremo sacrifício de Amy. Então entreteve-a durante uma hora, mostrando grande interesse por todas as suas provações. Mas, quando estava para ir embora, Amy o reteve e sussurrou com os lábios trêmulos:

– Há realmente algum perigo para Beth?

– Temo que sim; mas devemos esperar pelo melhor; então não chore, querida – e Laurie a rodeou com o braço num gesto fraternal que foi muito reconfortante.

Depois que ele partiu, Amy foi para seu pequeno oratório e, sentada na penumbra, rezou por Beth com lágrimas a correr e o coração a doer, sentindo que nem um milhão de anéis de turquesa conseguiria consolá-la pela perda da doce irmãzinha.

Capítulo 20

Confidencial

Não creio que eu tenha palavras para narrar o encontro da mãe e das filhas; são momentos belos de viver, mas muito difíceis de descrever, e por isso deixo à imaginação dos leitores; digo apenas que a casa transbordava de verdadeira felicidade e que a doce esperança de Meg se realizara, pois, quando Beth despertou daquele longo sono reparador, as primeiras coisas que viu *foram* mesmo a rosa e o rosto materno. Fraca demais para se admirar de qualquer coisa, ela apenas sorriu e se aninhou nos braços amorosos que a cercavam, sentindo que finalmente seu imenso anseio fora atendido. Então voltou a dormir, e as meninas ficaram servindo a mãe, pois ela não queria desprender a mãozinha magra que se agarrava à sua, mesmo durante o sono. Hannah havia "montado" um fabuloso desjejum para a viajante, parecendo-lhe impossível dar vazão a seu entusiasmo de outra maneira; e Meg e Jo deram de comer à mãe como ciosas cegonhinhas, enquanto ouviam seus sussurros contando como estava o pai, a promessa do sr. Brooke em ficar e cuidar dele, os atrasos causados pela nevasca na viagem de volta para casa e o indizível reconforto que sentira ao chegar, esgotada de cansaço, frio e ansiedade, e ver o rosto esperançoso de Laurie.

Que dia estranho embora agradável foi aquele! Tão luminoso e alegre lá fora, pois o mundo inteiro parecia ter saído para saudar a primeira neve; tão tranquilo e repousante ali dentro, pois todos dormiam, exaustos da vigília, e na casa reinava um silêncio de sabá, enquanto

Hannah, cabeceante, montava guarda à porta. Com a beatífica sensação de lhes ter sido retirado um pesado fardo, Meg e Jo fecharam os olhos cansados e se entregaram ao repouso como barcos batidos pela tempestade e agora ancorados a salvo num porto sereno. A sra. March não saiu do lado de Beth e descansou na poltrona larga, despertando constantemente para fitar, tocar e refletir sobre a filha, como um avarento contemplando um tesouro recuperado.

Laurie, enquanto isso, foi tranquilizar Amy e contou tão bem a história que a própria tia March "fungou" e não disse uma única vez "Eu falei". Amy se mostrou tão forte nessa ocasião que creio que os bons pensamentos na capelinha realmente começavam a dar frutos. Enxugou rapidamente as lágrimas, conteve a impaciência em ver a mãe e nem sequer pensou no anel de turquesa quando a velha senhora concordou sinceramente com a opinião de Laurie, de que se comportava "como uma excelente mulherzinha". Até Polly pareceu se impressionar, pois chamou-a de "boa menina", beijou seus botões e lhe pediu "venha dar um passeio, querida" em seu tom mais afável. Bem que ela gostaria muito de sair para aproveitar o dia límpido de inverno; mas, vendo que Laurie estava caindo de sono, apesar de suas tentativas viris de ocultar o fato, ela o convenceu a descansar no sofá enquanto escrevia um bilhete para a mãe. Amy se demorou muito nele; ao voltar, Laurie estava deitado, com os braços sob a cabeça, dormindo profundamente, e a tia March, num raro acesso de benevolência, fechara as cortinas e estava sentada sem fazer nada.

Depois de algum tempo, as duas começaram a achar que ele continuaria a dormir até à noite, e creio mesmo que sim, se não fosse vigorosamente despertado pelo grito de alegria de Amy ao ver a mãe. Provavelmente havia muitas meninas felizes na cidade e nas cercanias, naquele dia, mas em minha opinião Amy era a mais feliz de todas, sentada no colo da mãe, contando suas provações, recebendo consolo e recompensa na forma de ternos carinhos e sorrisos de aprovação. Estavam as duas sozinhas na capela, à qual a mãe não fez objeções ao saber da finalidade a que se destinava.

– Pelo contrário, querida; gosto muito dela – disse a sra. March, olhando o rosário empoeirado, o livrinho muito manuseado e a bela imagem com sua coroa de sempre-vivas. – É uma excelente ideia ter um lugar onde a gente possa se recolher, quando as coisas nos inquietam ou nos afligem. Essa nossa vida tem muitos momentos difíceis, mas sempre podemos enfrentá-los se pedirmos ajuda da maneira correta. Creio que minha menina está aprendendo, não é?

– Estou, sim, mãe; e quando eu voltar para casa quero ter um cantinho na despensa grande para pôr meus livros e a cópia daquele quadro que tentei fazer. O rosto da mulher não ficou bom; é bonito demais para eu conseguir desenhar, mas o bebê ficou melhor, e gosto muito dele. Gosto de pensar que Ele também foi criancinha, pois então não me sinto tão longe e isso me ajuda.

Enquanto Amy apontava o Jesus Menino no joelho da mãe, a sra. March viu algo na mão erguida da filha que a fez sorrir. Não disse nada, mas Amy entendeu o olhar e, após um minuto de pausa, acrescentou gravemente:

– Eu queria falar sobre isso, mas esqueci. A tia me deu o anel hoje; ela me chamou e me beijou, pôs o anel em meu dedo e disse que eu lhe fazia honra e gostaria de me manter sempre ao lado dela. Ela deu essa proteção engraçada para segurar a turquesa, pois é grande demais. Queria usar, mãe; posso?

– São muito bonitas, mas penso que você ainda é nova demais para tais enfeites, Amy – respondeu a sra. March, olhando a mãozinha rechonchuda, com a faixa de pedras azuis-turquesa no indicador, e a estranha proteção formada por duas minúsculas mãozinhas de ouro entrelaçadas.

– Tentarei não ser vaidosa – disse Amy –; não creio que eu goste dele só porque é bonito, mas porque quero usá-lo como a menina usava a pulseira naquela história, como lembrete de uma coisa.

– Você se refere à tia March? – perguntou a mãe, rindo.

– Não, como lembrete para não ser egoísta.

Amy tinha um ar tão sério e sincero que a mãe parou de rir e ouviu respeitosamente sua ideiazinha.

– Tenho pensado muito ultimamente sobre "meu monte de defeitos", e ser egoísta é o maior deles; então vou me empenhar muito para me corrigir, se conseguir. Beth não é egoísta, e é por isso que todo mundo gosta dela e fica triste só de pensar em perdê-la. Ninguém sentiria nem metade dessa tristeza se eu ficasse doente, e nem mereço mesmo; mas queria que muitos e muitos amigos me amassem e sentissem minha falta, e então vou tentar ao máximo ser como a Beth. Costumo esquecer minhas resoluções; mas, se eu tivesse sempre alguma coisa comigo que me ajudasse a lembrar, imagino que daria mais certo. Posso tentar assim?

– Pode, mas tenho mais fé no cantinho da despensa. Use seu anel, querida, e empenhe-se ao máximo; creio que você conseguirá, pois o desejo sincero de ser boa é meio caminho andado. Agora, preciso voltar para Beth. Mantenha o ânimo, filhinha, e logo teremos você de volta ao lar.

Naquele serão, enquanto Meg escrevia ao pai para informá-lo que a viajante chegara sã e salva, Jo se esgueirou no quarto de Beth e, vendo a mãe em seu lugar costumeiro, ficou um minuto torcendo o cabelo entre os dedos, num gesto preocupado e um ar indeciso.

– O que é, queridinha? – perguntou a sra. March, estendendo a mão com um rosto que a convidava a se abrir.

– Quero lhe contar uma coisa, mãe.

– Sobre Meg?

– Como adivinhou rápido! É, é sobre ela e, embora seja uma miudeza, me incomoda.

– Beth está dormindo; fale baixo e me conte tudo. Aquele Moffat não esteve por aqui, espero eu – arriscou a sra. March um tanto ríspida.

– Não, eu teria batido a porta na cara dele se aparecesse – respondeu Jo, acomodando-se no chão aos pés da mãe. – No verão passado, a Meg deixou um par de luvas na casa dos Laurence e apenas uma foi devolvida. Esquecemos totalmente o assunto, até que Teddy me contou que o sr. Brooke ficou com ela. Guardou no bolso do colete, e uma vez caiu, e Teddy brincou com ele a esse respeito, e o sr. Brooke admitiu que gostava de Meg, mas não ousava se declarar, pois ela era muito nova e ele muito pobre. Não é uma situação *medonha*?

– Você acha que Meg se interessa por ele? – perguntou a sra. March com um olhar ansioso.

– Oh, tenha dó! Não entendo nada de amor e dessas bobagens! – exclamou Jo numa mistura engraçada de desdém e curiosidade. – Nos romances, as moças mostram isso corando, se sobressaltando, desmaiando, emagrecendo e agindo feito tontas. Meg não faz nada do gênero; come, bebe e dorme como uma criatura sensata; não desvia os olhos quando falo do sujeito e só cora um pouquinho quando Teddy fala brincando de namorados. Proíbo que fale essas coisas, mas ele parece não me ouvir como deveria.

– Então você acha que Meg *não* está interessada em John?

– Em quem? – exclamou Jo, espantada.

– No sr. Brooke; agora chamo-o de "John"; comecei a tratá-lo assim no hospital, e ele gosta.

– Oh, céus! Sei que a senhora tomará o lado dele; tem sido bom com papai, então a senhora não vai mandá-lo embora e deixará Meg se casar com ele, se quiser. Que coisa mais mesquinha, ficar agradando meu pai e bajulando minha mãe, só para que gostem dele – e Jo deu mais um puxão furioso no cabelo.

– Minha querida, não fique zangada com isso, e vou lhe contar como aconteceu. John foi comigo a pedido do sr. Laurence e se mostrou tão devotado ao pobre papai que não podíamos deixar de nos afeiçoar a ele. Foi totalmente sincero e respeitoso em relação a Meg, pois nos contou que a amava, mas que iria trabalhar para ter um lar confortável antes de pedi-la em casamento. Ele queria apenas nossa permissão para amá-la e trabalhar por ela, e o direito de ganhar seu amor, se possível. É um rapaz realmente excelente e não podíamos nos recusar a ouvi-lo; mas não vou consentir que Meg se comprometa tão jovem.

– Claro que não; seria uma idiotice! Eu sabia que havia alguma coisa errada se passando; percebi; e agora é pior do que imaginei. Queria poder eu mesma me casar com Meg e mantê-la a salvo dentro da família.

Essa ideia esdrúxula fez a sra. March sorrir, antes de acrescentar com gravidade:

– Jo, confio em você e não quero que diga nada a Meg por ora. Quando John voltar e eu vir os dois juntos poderei avaliar melhor os sentimentos dela por ele.

– Meg vai ver os sentimentos dele naqueles olhos bonitos dos quais ela tanto fala e então pronto! Ela tem um coração tão mole que vai se derreter feito manteiga ao sol se qualquer um lhe dirigir olhares sentimentais. Ela lia os breves informes que ele mandava mais do que suas cartas, mamãe, me beliscava quando eu comentava isso, gosta de olhos castanhos, não acha feio o nome John, vai se apaixonar por ele e vai ser o fim da paz, da alegria e de nossos momentos gostosos juntas. Já vejo tudo! Vão ficar namoriscando pela casa e teremos de nos desviar; Meg ficará absorvida e não ficará mais comigo; Brooke vai conseguir uma fortuna de alguma maneira, vai levá-la embora e criará um vazio na família; vou ficar de coração partido e tudo vai ser abominavelmente ruim. Oh, céus! Por que não nascemos todos meninos? Aí não haveria toda essa amolação!

Jo apoiou o queixo nos joelhos em atitude desconsolada, brandindo o punho contra aquele John tão censurável. A sra. March suspirou, e Jo ergueu os olhos com ar aliviado.

– Não gosta disso, não é, mãe? Fico contente; vamos mandá-lo cuidar de sua vida e não dizer nada a Meg, e vamos ficar todas alegres e contentes juntas, como sempre fomos.

– Fiz mal em suspirar, Jo. É natural e correto que todas vocês venham a ter, com o tempo, seus próprios lares; mas quero ficar com minhas meninas pelo máximo de tempo que puder, e sinto pena que isso aconteça tão cedo, pois Meg tem apenas dezessete anos e levará alguns anos até que John consiga montar uma casa para ela. Seu pai e eu concordamos que ela não deve assumir nenhum compromisso nem se casar antes dos vinte. Se ela e John se amam, podem esperar e assim testarão o amor. Ela é conscienciosa e tenho certeza de que não o tratará mal. Minha linda mocinha de coração meigo! Espero que tudo dê certo para ela.

– A senhora não preferia que ela se casasse com um homem rico? – perguntou Jo quando a voz da mãe falhou um pouco nas últimas palavras.

– O dinheiro é uma coisa boa e útil, Jo; e espero que minhas meninas nunca venham a precisar agudamente dele nem se sintam tentadas demais por ele. Gostaria de saber que John está solidamente estabelecido em alguma boa atividade, que lhe dê uma renda suficiente para não ter dívidas e para oferecer conforto a Meg. Não ambiciono uma imensa fortuna, uma alta posição ou um grande nome para minhas meninas. Se a posição e o dinheiro vierem acompanhando o amor e a virtude, eu aceitaria com gratidão, desejando que vocês aproveitem a boa sorte; mas sei, por experiência própria, quanta felicidade genuína pode-se ter numa casinha simples, onde é preciso ganhar o pão de cada dia e algumas privações dão maior doçura aos raros prazeres; fico contente em ver Meg começar de forma humilde, pois, se não estou enganada, ela terá a riqueza de contar com o coração de um homem bom, e isso é melhor do que uma fortuna.

– Entendo, mãe, e concordo plenamente; mas fico desapontada com Meg, pois meu plano era que ela viesse a se casar com Teddy e passasse todos os seus dias no luxo. Não seria ótimo? – perguntou Jo, olhando para cima com o rosto mais animado.

– Ele é mais novo do que ela, você sabe disso – começou a sra. March, mas Jo interrompeu:

– Oh, não tem importância; ele é maduro para a idade que tem, é alto e, quando quer, pode ter maneiras muito adultas. Além disso, é rico, generoso, bom, ama a todas nós; e *digo*, é uma pena estragar meu plano.

– Não creio que Laurie seja adulto o suficiente para Meg, e por ora é inconstante demais para que alguém possa depender dele. Não faça planos, Jo; deixe o tempo e os corações unirem seus amigos. Sempre é arriscado se intrometer em tais assuntos, e é melhor não pôr na cabeça "bobagens românticas", como diz você, para não estragar a amizade.

– Está bem, não porei; mas detesto ver as coisas se enrolarem e desandarem quando bastaria uma repuxadinha aqui, uma cortadinha ali para ajeitar tudo. Quem dera a gente tivesse um ferro de passar na cabeça, que não deixasse a gente crescer. Mas os botões viram rosas, e os gatinhos viram gatões; que pena!

– Que história é essa de ferros de passar e gatões? – perguntou Meg ao entrar no quarto, com a carta pronta na mão.

– Só uma de minhas frases bobas. Vou me deitar; vamos, Peggy – disse Jo, desdobrando-se como um cartão animado.

– Perfeito, e muito bem escrita. Por favor, mande também meu amor a John – disse a sra. March depois de olhar e devolver a carta.

– A senhora o trata por "John"? – perguntou Meg sorrindo e pousando seu olhar inocente nos olhos da mãe.

– Trato, sim; ele tem sido como um filho para nós e gostamos muito dele – respondeu a sra. March, devolvendo um olhar penetrante.

– Fico contente com isso; ele é tão solitário... Boa noite, mãe querida. É tão indizivelmente reconfortante que a senhora esteja de volta – foi a resposta serena de Meg. Ela recebeu um beijo muito terno da mãe; quando saiu, a sra. March disse, numa mescla de satisfação e pesar:

– Ela ainda não ama John, mas logo aprenderá a amar.

Capítulo 21

Laurie faz travessuras, Jo faz a paz

O ROSTO DE JO no dia seguinte parecia até um modelo posando, pois o segredo lhe pesava muito e ela achava difícil evitar um ar misterioso e importante. Meg notou, mas não se deu ao trabalho de indagar, pois aprendera que a melhor maneira de lidar com Jo era pela lei dos contrários e assim tinha certeza de que, se não perguntasse, ela lhe contaria tudo. Assim, Meg ficou bastante surpresa quando o silêncio continuou inviolado e Jo adotou um ar superior, que francamente irritou Meg, a qual, por sua vez, adotou um ar de altiva reserva e se dedicou à mãe. Com isso, Jo ficou entregue a suas maquinações, pois a sra. March retomara seu lugar de enfermeira e lhe disse para descansar, fazer exercícios e se divertir após o longo confinamento. Como Amy estava fora, Laurie era seu único refúgio, e, por mais que gostasse da companhia dele, naquele momento ficou muito ressabiada, pois ele era um provocador incorrigível e Jo temia que lhe arrancasse seu segredo.

Tinha toda a razão, pois o garoto, que adorava travessuras, tão logo suspeitou de um segredo decidiu que ia descobri-lo e não deu paz a Jo. Adulou, subornou, ridicularizou, ameaçou, zombou; fingiu indiferença para ver se ela soltava a verdade sem querer; falou que sabia e que então nem se importava; por fim, graças à perseverança, deu-se por satisfeito em saber que se referia a Meg e ao sr. Brooke. Indignado por não ter merecido a confiança do preceptor, pôs os miolos para trabalhar e imaginar uma retaliação à altura da desfeita.

Enquanto isso, Meg aparentemente esquecera o assunto e estava concentrada nos preparativos para a volta do pai; mas, de repente, pareceu sofrer uma mudança e, por um ou dois dias, nem parecia a mesma. Assustava-se quando lhe dirigiam a palavra, enrubescia quando lhe lançavam um olhar, mantinha-se muito quieta e, sentada a costurar, tinha uma expressão tímida e perturbada no olhar. Às perguntas da mãe, respondia que estava muito bem, e às de Jo se calava, pedindo para que a deixasse em paz.

– Ela sente no ar, o amor, quero dizer, e está indo muito depressa. Tem a maioria dos sintomas, está suscetível e irritadiça, não come, fica deitada sem dormir, vagueia pelos cantos. Peguei Meg cantando aquela cantiga que ele lhe deu, e uma vez ela disse "John", como você faz, e então ficou vermelha como uma papoula. O que faremos? – perguntou Jo, parecendo disposta a qualquer medida, por mais violenta que fosse.

– Nada, apenas esperar. Deixe-a em paz, seja bondosa e paciente, e a chegada do pai de vocês ajeitará tudo – respondeu a mãe.

No dia seguinte, quando distribuía o conteúdo da pequena caixa postal, Jo disse:

– Aqui está um bilhete para você, Meg, todo lacrado. Que estranho! Teddy nunca lacra os meus.

A sra. March e Jo estavam concentradas em seus afazeres quando Meg soltou um gemido que fez as duas erguerem os olhos e verem a jovenzinha encarando o bilhete, com ar assustado.

– Minha menina, o que foi? – exclamou a mãe correndo até ela, enquanto Jo tentava pegar o papel que causara aquele susto.

– É tudo um engano; ele não enviou isso. Oh, Jo, como você foi capaz? – e Meg ocultou o rosto nas mãos, chorando como se sentisse profunda dor no coração.

– Eu?! Eu não fiz nada! Do que ela está falando? – gritou Jo, transtornada.

Os olhos meigos de Meg chispavam de fúria ao tirar do bolso um bilhete amassado, que atirou para Jo, dizendo em tom acusador:

– Você escreveu e aquele menino malvado ajudou. Como puderam ser tão duros, tão mesquinhos e cruéis conosco?

Jo mal a ouviu, pois, junto com a mãe, estava lendo o bilhete, escrito numa letra peculiar.

> Minha querida Margaret:
>
> Não consigo mais refrear minha paixão e preciso saber meu destino antes de voltar. Ainda não me atrevo a contar a seus pais, mas creio que eles consentirão se souberem que adoramos um ao outro. O sr. Laurence me ajudará a conseguir uma boa posição e então, minha doce querida, você me fará feliz. Peço que ainda não diga nada à sua família, mas envie uma palavra de esperança por intermédio de Laurie para
>
> Seu devotado
>
> JOHN

– Ah, aquele patife! É assim que ele quer me pagar por ter mantido minha palavra à mamãe. Vou passar uma tremenda bronca nele e trazê-lo aqui para se desculpar – gritou Jo, ardendo para ministrar justiça imediata.

Mas a mãe a reteve, dizendo com um olhar que raramente mostrava:

– Pare, Jo; primeiro você precisa se explicar. Já aprontou tantas travessuras que receio que esteja envolvida nesta também.

– Dou minha palavra, mãe; nunca vi esse bilhete antes e não sei nada a respeito, verdade! – disse Jo com tanta sinceridade que acreditaram nela. – Se eu *tivesse* participado, teria feito algo melhor e escreveria um bilhete mais convincente. Imaginaria que você ia saber que o sr. Brooke não escreveria uma coisa dessas – acrescentou, atirando o bilhete longe desdenhosamente.

– Parece a letra dele – balbuciou Meg, comparando com o bilhete em sua mão.

– Oh, Meg, você não respondeu, não é? – perguntou depressa a sra. March.

– Respondi, sim! – e Meg escondeu o rosto outra vez, tomada de vergonha.

– Que confusão! *Me deixem* ir buscar aquele moleque malvado para se explicar e ouvir um sermão. Não vou descansar enquanto não o pegar – e Jo se dirigiu à porta outra vez.

– Quieta! Deixe que eu cuido disso, pois é pior do que eu pensava. Margaret, conte-me a história toda – ordenou a sra. March, sentando-se ao lado de Meg, mas segurando Jo para que não escapasse de novo.

– Recebi a primeira carta por intermédio de Laurie, que parecia não saber de nada – começou Meg, sem erguer o rosto. – No começo fiquei preocupada e queria lhe contar; então lembrei que você gostou do sr. Brooke, e achei que não se incomodaria se eu guardasse meu pequeno segredo por alguns dias. Sou tão boba que fiquei contente em pensar que ninguém sabia; enquanto decidia o que iria dizer, sentia-me como as mocinhas dos livros que vivem essas coisas. Perdoe-me, mamãe; agora estou pagando pela minha tolice; nunca mais vou conseguir encará-lo outra vez.

– O que você disse a ele? – perguntou a sra. March.

– Só disse que eu era nova demais para fazer qualquer coisa a respeito; que não queria guardar segredos de você e que ele devia falar com papai. Agradeci sua bondade e disse que seria amiga dele, mas nada mais, por um bom tempo.

A sra. March sorriu, como que satisfeita, e Jo bateu palmas, exclamando numa risada:

– Você está quase igual a Caroline Percy*, que era um modelo de prudência! Conte mais, Meg. O que ele respondeu?

– Escreveu de um jeito totalmente diferente, dizendo que nunca me mandou nenhuma carta de amor e que lamentava muito que minha irmã travessa, Jo, tomasse tais liberdades em nossos nomes. Foi muito gentil e respeitoso, mas imagine minha situação horrível!

Meg se apoiou, parecendo a imagem do desespero, e Jo se pôs a vaguear pelo quarto, soltando palavrões contra Laurie. De repente ela parou, pegou os dois bilhetes e, depois de examiná-los cuidadosamente, falou muito decidida:

– Creio que Brooke nunca viu nenhuma dessas cartas. Teddy escreveu as duas e está com a sua para cantar vitória do meu lado, pois eu não quis contar meu segredo para ele.

– Não guarde segredos, Jo; conte à mãe e não se meta em confusão, como eu devia ter feito – advertiu Meg.

– Mas, menina, foi mamãe que me contou!

– Chega, Jo. Fico aqui consolando Meg enquanto você vai e traz Laurie. Vou até o fundo dessa questão e vou pôr imediatamente um ponto final nessas brincadeiras.

Lá se foi Jo, e a sra. March expôs delicadamente a Meg os verdadeiros sentimentos do sr. Brooke.

---

* Personagem de *Patronage*, romance de Maria Edgeworth. (N.T.)

– Agora, querida, quais são os seus? Seu amor por ele é suficiente para esperar até que ele possa montar um lar para você ou prefere não assumir compromisso algum por ora?

– Ando tão assustada e preocupada que não quero ter nada de namoros por um bom tempo, talvez nunca – respondeu Meg impaciente. – Se John realmente *não* sabe nada a respeito desse absurdo, não diga nada a ele e faça com que Jo e Laurie segurem a língua. Não quero que me enganem, me atormentem, me façam de boba... que vergonha!

Vendo que o gênio normalmente calmo de Meg tinha se esquentado e sentia o orgulho ferido por aquela brincadeira de mau gosto, a sra. March a tranquilizou com promessas de manter absoluto silêncio e grande discrição no futuro. No momento em que ouviram os passos de Laurie no vestíbulo, Meg fugiu para o quarto de estudos, e a sra. March recebeu sozinha o culpado. Jo não lhe dissera a razão do chamado, temendo que ele não viesse; mas Laurie percebeu no mesmo instante em que viu o rosto da sra. March e ficou retorcendo o chapéu com ar culpado, que o condenava imediatamente. Jo foi dispensada, mas ficou andando de um lado a outro no vestíbulo como uma sentinela, com algum receio de que o prisioneiro fugisse. Na sala, durante meia hora, o som de vozes se alteava e diminuía, mas o que se passou durante aquela conversa as meninas nunca ficaram sabendo.

Quando foram chamadas, Laurie estava de pé ao lado da sra. March com uma expressão tão arrependida que Jo o perdoou na mesma hora, mas não considerou prudente deixar transparecer o fato. Meg aceitou suas humildes desculpas e ficou muito aliviada com a garantia de que Brooke não sabia da brincadeira.

– Nunca vou dizer nada a ele até o dia de minha morte e ninguém vai arrancar de mim; então me perdoe, Meg, e farei qualquer coisa para mostrar o quanto lamento – acrescentou ele, parecendo muito envergonhado de si mesmo.

– Vou tentar, mas foi uma coisa muito indelicada de se fazer. Nunca pensei que você pudesse ser tão malicioso e dissimulado, Laurie – respondeu Meg, procurando esconder seu embaraço de mocinha por trás de um ar de grave censura.

– Foi absolutamente abominável e não mereço que você fale comigo por um mês; mas você não fará isso, não é? – e, enquanto falava, Laurie juntou as mãos num gesto tão suplicante, em seu tom tão irresistivelmente persuasivo, que não havia como manter a carranca, apesar de sua conduta vergonhosa. Meg o perdoou, e o rosto sério da sra. March se distendeu, apesar do esforço em manter a gravidade, enquanto ele declarava que expiaria seus pecados com todas as penitências possíveis e rastejaria como um verme aos pés da donzela ofendida.

Jo, enquanto isso, mantinha a altivez, tentando endurecer o coração contra ele e conseguindo apenas ficar com o rosto emproado numa expressão de absoluta reprovação. Laurie olhou uma ou duas vezes para ela, mas, como Jo não dava sinal de se aplacar, ele se sentiu ofendido e lhe deu as costas até que Meg e a sra. March terminassem a preleção, quando então ele lhe fez uma profunda vênia e saiu sem dizer uma palavra.

Tão logo Laurie saiu, Jo se arrependeu achando que devia ter sido mais compreensiva; quando Meg e a mãe foram para o andar de cima, ela se sentiu sozinha, com vontade de ver Teddy. Depois de resistir por algum tempo, cedeu ao impulso e, armada de um livro para devolver, foi até o casarão vizinho.

– O sr. Laurence está? – perguntou Jo a uma empregada que descia as escadas.

– Está, sim, senhorita, mas não creio que possa vê-lo agora.

– Por que não? Está doente?

– Oh, não! Mas teve um cena com o sr. Laurie, que está num de seus acessos de raiva com alguma coisa, o que irritou o senhor, e eu não ousaria chegar perto dele.

– Onde está Laurie?

– Trancado em seu quarto, e não atende quando a gente bate à porta. Não sei como vai ficar o almoço, pois está pronto e não há ninguém para comer.

– Vou ver o que se passa. Não tenho medo deles.

Jo subiu e bateu vivamente à porta do pequeno gabinete de Laurie.

– Pare com isso ou abro a porta e acabo com você! – gritou o rapaz em tom de ameaça.

Jo imediatamente bateu outra vez; a porta se escancarou e ela saltou para dentro antes que Laurie se recobrasse da surpresa. Vendo que ele *estava* realmente furioso, Jo, que sabia lidar com o rapaz, adotou um ar contrito e, pondo-se teatralmente de joelhos, disse muito mansa:

– Por favor, perdoe-me por ter sido tão rude. Vim para fazermos as pazes e não vou embora antes disso.

– Está bem; levante-se e não se faça de tonta, Jo – foi a briosa resposta à sua petição.

– Obrigada, vou me levantar. Posso perguntar qual é o problema? Você não parece propriamente tranquilo.

– Levei uma chacoalhada e não admito isso! – rosnou Laurie indignado.

– Quem foi?

– Vovô; se tivesse sido outro, eu teria... – e o jovem injuriado terminou a frase com um gesto enérgico do braço direito.

– Mas o que tem isso? Volta e meia eu te chacoalho e você não se importa – disse Jo, apaziguadora.

– Pfff! Você é uma garota e é engraçado, mas não vou deixar nenhum *homem* me chacoalhar.

– Creio que nenhum se atreveria a tentar, com essa cara ameaçadora que você está agora. Por que o trataram assim?

– Só porque eu não quis dizer por que sua mãe me chamou. Eu tinha prometido não contar e claro que não ia quebrar minha palavra.

– Não poderia atender seu avô de alguma outra maneira?

– Não; ele *queria* a verdade, toda a verdade, nada mais que a verdade. Eu teria contado minha parte na confusão, se pudesse, sem incluir Meg. Mas, como não era possível, segurei a língua e aguentei a reprimenda até que o velho me agarrou. Então fiquei bravo e saí depressa, com medo de me descontrolar.

– Não foi uma boa atitude, mas ele se arrependeu, sei disso; então desça e vá fazer as pazes. Ajudo você.

– Prefiro ser enforcado! Não vou aguentar sermões e chacoalhões de todo mundo só por causa de uma brincadeira. *Fiquei* sentido por causa de Meg e pedi perdão como um homem; mas não vou fazer isso outra vez, pois eu não estava errado.

– Mas ele não sabia.

– Ele devia confiar em mim, em vez de agir como se eu fosse um bebê. Não adianta, Jo; ele precisa aprender que posso cuidar de mim mesmo e não preciso me agarrar à barra da saia de ninguém.

– Que cabeça mais esquentada! – suspirou Jo. – Como você pretende resolver o assunto?

– Bom, ele precisa me pedir perdão e acreditar em mim quando digo que não posso contar o motivo da discussão.

– Oh, céus, ele não vai fazer isso!

– Não vou descer enquanto não fizer.

– Teddy, seja sensato; deixe a coisa passar e vou explicar a ele o que eu puder. Você não pode ficar aqui, então para que ser melodramático?

– Não pretendo mesmo ficar aqui por muito tempo. Vou fugir para algum lugar e, quando o vovô sentir minha falta, vai aparecer bem rápido.

– Acredito mesmo que sim, mas você não devia dar preocupações a ele.

– Não venha com sermão. Vou a Washington, encontrar Brooke; a cidade é alegre e vou aproveitar depois de tantos problemas.

– Como você vai se divertir! Quisera poder ir junto! – disse Jo, esquecendo seu papel de Mentora diante das vívidas imagens da vida marcial na capital.

– Então vamos! Por que não? Faça uma visita de surpresa a seu pai e vou animar um pouco o velho Brooke. Vai ser uma bela brincadeira; vamos nessa, Jo! Deixamos uma carta dizendo que está tudo bem e partimos já. Tenho dinheiro suficiente; vai ser bom para você, sem problema algum, pois está indo ver seu pai.

Por um instante, Jo parecia prestes a concordar, pois aquele plano doido combinava muito bem com ela. Estava cansada das preocupações e do confinamento, suspirava por alguma mudança, e em sua cabeça misturavam-se as imagens de seu pai e os novos encantos de bivaques e hospitais, de liberdade e diversão. Seus olhos faiscavam ao se virar ansiosos para a janela, mas se depararam com a velha casa ao lado e ela abanou a cabeça com pesarosa convicção.

– Se eu fosse um garoto, fugiríamos juntos e seria uma aventura e tanto; mas, como não passo de uma pobre menina, devo me comportar bem e ficar em casa. Não me atice, Teddy, é um plano maluco.

– Mas esta é a graça dele! – exclamou Laurie, que estava tomado de um acesso de teimosia, louco para romper os grilhões de alguma maneira.

– Segure a língua! – gritou Jo, tapando os ouvidos. – "Laços e fitas" são meu fardo, e mais vale que eu me resigne. Vim aqui dar lição de moral, e não ouvir coisas que me desviam o pensamento.

– Sei que Meg rejeitaria tal proposta, mas achei que você teria mais coragem – começou Laurie, insinuante.

– Seu malvado, fique quieto. Sente-se e pense em seus próprios pecados, não me faça aumentar os meus. Se eu conseguir que seu avô se desculpe pelo safanão, você desiste de fugir? – perguntou Jo séria.

– Desisto, mas você não vai conseguir – respondeu Laurie, que queria "fazer as pazes", mas achava que tinha de colocar sua dignidade ofendida em primeiro lugar.

"Se consigo lidar com o jovem, consigo com o velho", murmurou Jo para si mesma ao sair, deixando Laurie debruçado sobre um mapa ferroviário, com a cabeça entre as mãos.

– Entre! – e a voz áspera do sr. Laurence soou mais áspera do que nunca quando Jo bateu à porta.

– Sou eu, senhor; vim só devolver um livro – disse brandamente ao entrar.

– Quer mais algum? – perguntou o velho cavalheiro, com ar aborrecido e irritado, mas tentando não demonstrar.

– Quero, sim, por favor. Gosto tanto do velho Sam que vou tentar o segundo volume – respondeu Jo, na esperança de cair em suas graças ao pedir uma segunda dose do *Johnson de Boswell*, pois fora ele a recomendar aquela obra tão interessante.

As bastas sobrancelhas se desfranziram um pouco enquanto ele rolava a escadinha para a prateleira onde ficava a bibliografia johnsoniana. Jo subiu e, sentada no último degrau, fingiu procurar o livro, mas na verdade cogitava qual seria a melhor maneira de apresentar o arriscado objeto de sua visita. O sr. Laurence parecia suspeitar de que ela estava maquinando alguma coisa; depois de dar várias voltas rápidas pela sala, ele virou-se para ela, falando tão abruptamente que o Rasselas despencou e foi de cara ao chão.

– O que aquele menino andou fazendo? Não tente protegê-lo! Sei que andou aprontando alguma coisa, pela forma como se conduziu ao chegar em casa. Não consigo tirar uma palavra dele; e, quando lhe dei uma chacoalhada para ver se arrancava a verdade, ele disparou escada acima e se trancou no quarto.

– Ele agiu mal, sim, mas nós o perdoamos e todos prometemos que não diríamos nada a ninguém – começou Jo, relutante.

– Não adianta; ele não deve se proteger por trás de uma promessa de vocês, mocinhas de coração mole. Se ele fez algo errado, terá de confessar, pedir perdão e sofrer castigo. Diga logo, Jo! Não vou ficar no escuro.

O sr. Laurence parecia tão alarmante e falava tão rispidamente que Jo, se pudesse, bem que sairia dali correndo, mas estava encarapitada no último degrau e ele ao pé da escada, um leão no caminho, de modo que ela teve de ficar e enfrentá-lo bravamente.

– Na verdade, senhor, não posso falar; mamãe proibiu. Laurie confessou, pediu perdão e já sofreu castigo suficiente. Estamos guardando silêncio não para proteger a ele, e sim a outra pessoa, e o problema será maior se o senhor interferir. Por favor, não faça isso; em parte, foi culpa minha, mas agora está tudo bem, então vamos esquecer e conversar sobre o *Andarilho** ou alguma outra coisa agradável.

– Que *Andarilho*, que nada! Desça daí e me dê sua palavra de que aquele meu garoto estouvado não cometeu nenhuma ingratidão ou impertinência. Se cometeu, depois de toda a bondade de vocês com ele, vou lhe dar uma surra com minhas próprias mãos.

A ameaça parecia pavorosa, mas não assustou Jo, pois sabia que o velho irascível jamais levantaria um dedo contra o neto, por mais que afirmasse o contrário. Obediente, desceu e procurou amenizar a travessura como pôde, de uma maneira que não traísse Meg nem faltasse à verdade.

– Hum, hã! Bem, se o garoto segurou a língua por causa de uma promessa e não por obstinação, eu o perdoo. É um camarada teimoso e difícil de lidar – disse o sr. Laurence, esfregando o cabelo até dar a impressão de que passara por um vendaval e desfranzindo o cenho com ar aliviado.

– Também sou; mas cedo a uma palavra bondosa, coisa que não conseguiriam todos os cavalos do rei e todos os homens do rei** – disse Jo, tentando dizer algo em favor do amigo, que parecia ter saído de uma encrenca apenas para cair em outra.

---

* *The Rambler*: uma série de ensaios que Samuel Johnson publicou de 1750 a 1752, duas vezes por semana, abrangendo cerca de duzentos artigos sobre vários assuntos. (N.T.)

** "*All king's horses and all king's men*": verso do poema popular infantil sobre Humpty-Dumpty. (N.T.)

– Você acha então que não sou bondoso com ele, hein? – foi a réplica incisiva.

– Oh, céus, não, senhor! Pelo contrário, às vezes é bondoso até demais, e só um pouquinho precipitado quando ele provoca sua paciência. O senhor não acha?

Jo estava decidida a resolver o caso e procurou aparentar a maior placidez possível, embora estremecesse um pouco após a própria ousadia ao falar. Para seu grande alívio e surpresa, o velho cavalheiro apenas arremessou os óculos na mesa, estalando, e exclamou com franqueza:

– Tem razão, menina, acho, sim! Amo o garoto, mas ele provoca minha paciência a um grau insuportável e não sei bem onde isso vai parar, se continuarmos assim.

– Eu lhe digo onde vai parar: ele vai fugir.

Jo se arrependeu na mesma hora de ter dito aquilo; ela pretendia avisá-lo que Laurie não suportava muita coerção e esperava que ele fosse mais tolerante com o rapaz.

O rosto rubicundo do sr. Laurence se alterou bruscamente e ele se sentou, lançando um olhar perturbado ao retrato de um belo homem pendurado na parede acima de sua mesa. Era o pai de Laurie, que *havia* mesmo fugido na juventude e se casara contra a vontade imperiosa do velho. Jo imaginou que ele relembrava e lamentava o passado, e ficou com vontade de não ter dito nada.

– Não fugirá, a menos que fique aborrecido demais; apenas ameaça de vez em quando, ao se cansar de estudar. Muitas vezes penso que gostaria de fugir também, principalmente desde que cortei o cabelo; assim, se algum dia o senhor der por nossa falta, pode colocar um anúncio procurando dois rapazes e dê uma olhada nos navios com destino para a Índia.

Ela ria ao falar, e o sr. Laurence pareceu aliviado, levando claramente na brincadeira.

– Sua moleca, como se atreve a falar assim? Onde está seu respeito por mim e onde está sua boa educação? Ora, ora, meninos e meninas, que tormentos são! Mas sem eles não passamos – disse o senhor, beliscando-lhe as bochechas com bom humor. – Suba e me traga aquele garoto para almoçar, diga que está tudo bem e recomende que não adote ares trágicos com o avô, pois não vou admitir.

– Ele não vai vir, senhor; está profundamente sentido porque o senhor não acreditou quando ele disse que não podia contar. Creio que a chacoalhada feriu muito seus sentimentos.

Jo tentava adotar um ar dramático, mas não deve ter conseguido, pois o sr. Laurence caiu na risada e ela entendeu que ganhara o dia.

– Lamento ter procedido assim, e imagino que devo agradecer a ele por não ter chacoalhado *a mim*. Que raios o camarada espera? – e o idoso cavalheiro parecia um pouco envergonhado de sua própria obstinação.

– Se eu fosse o senhor, escreveria um pedido de desculpas. Ele diz que não vai descer enquanto o senhor não se desculpar, e está falando de ir para Washington, numa conversa absurda. Um pedido formal de desculpas mostrará a ele como está sendo tolo e o fará descer de bom humor. Tente; Laurie gosta de brincadeiras, e assim é melhor do que falando. Eu levo e o ensino a cumprir com seu dever.

O sr. Laurence lhe lançou um olhar penetrante e pôs os óculos, dizendo devagar:

– Que menina mais ardilosa! Mas não me incomodo que você ou Beth me manobrem. Então, dê-me um pedaço de papel e vamos acabar logo com essa bobagem.

A mensagem foi escrita nos termos que um cavalheiro utilizaria ao se dirigir a outro cavalheiro após algum grave insulto. Jo sapecou um beijo no alto da calva do sr. Laurence e subiu correndo para passar o pedido de desculpas por baixo da porta de Laurie, aconselhando-o, pelo buraco da fechadura, a ser obediente, decoroso e algumas outras agradáveis impossibilidades. Como a porta estava novamente trancada, ela deixou o bilhete surtir seus efeitos e ia descendo em silêncio quando o jovem cavalheiro escorregou pelo corrimão e foi esperá-la ao pé da escada, dizendo com sua expressão mais virtuosa estampada na fisionomia:

– Que boa camaradinha você é, Jo! – E acrescentou rindo: – Levou alguma bronca?

– Não, ele foi muito afável, de modo geral.

– Ah! Fiz tudo ao contrário! Até você me rejeitou lá na sua casa e me senti à beira de um precipício – começou Laurie, em tom de justificativa.

– Não fale assim; vire a página e recomece, Teddy, meu filho.

– Vivo virando as páginas e estragando-as, como costumava estragar meus cadernos, e são tantos os recomeços que parece que nunca haverá um final – disse ele, pesaroso.

– Vá almoçar; você se sentirá melhor depois de comer. Os homens sempre se queixam quando estão com fome – e depois disso Jo saiu chispada pela porta da frente.

– Que "peixe" em meu "recesso"!* – respondeu Laurie, citando Amy, enquanto ia para a cena de humildade à mesa com o avô, que se mostrou um verdadeiro santo e extremamente respeitoso pelo resto do dia.

---

* Arremedando os erros de Amy, para "uma pecha em meu sexo". (N.T.)

Todos pensavam que o assunto estava encerrado e que a pequena nuvem se dissipara; mas o mal estava feito, pois, se os outros esqueceram, Meg lembrava. Nunca mencionou o ocorrido a um determinado cavalheiro, mas pensava muito nele, sonhava mais do que nunca, e certa vez Jo, remexendo na mesa da irmã em busca de alguns selos, encontrou um papelzinho rabiscado com "Sra. John Brooke", ao que soltou um trágico gemido e atirou-o no fogo, sentindo que a travessura de Laurie apressara a chegada daquele dia fatídico para ela.

Capítulo 22

Campinas aprazíveis

Como a bonança após a tempestade, assim foram as semanas pacíficas que se seguiram. Os doentes melhoraram rapidamente e o sr. March começou a falar num retorno logo no começo do ano. Em pouco tempo, Beth já podia passar o dia no sofá do gabinete, no começo entretendo-se com seus queridos gatos e depois costurando as roupas das bonecas, que haviam sofrido um triste atraso. Seu corpo antes ágil agora estava tão rígido e fraco que Jo, com seus braços fortes, uma vez por dia pegava Beth no colo para espairecer pela casa. Meg alegremente queimava e sujava de fuligem suas mãos brancas preparando pratos leves para "a querida", enquanto Amy, fiel escrava do anel, comemorava seu retorno distribuindo às irmãs todos os tesouros pessoais que conseguiu fazê-las aceitar.

Aproximando-se o Natal, os habituais mistérios começaram a pairar pela casa, e a família se retorceu várias vezes de rir diante das ideias de Jo, propondo comemorações absolutamente impraticáveis ou bombasticamente absurdas em homenagem a esse Natal especialmente feliz. Laurie também estava impossível e, se dependesse dele, teriam fogueiras, fogos de artifício e arcos triunfais. Depois de muitas escaramuças e refreadas, considerou-se que a ambiciosa dupla fora devidamente controlada, e os dois vagueavam com ar tristonho, o qual, porém, era desmentido pelas risadas que soltavam quando estavam juntos.

Vários dias de um tempo incomumente ameno desembocaram num esplendoroso dia de Natal. Hannah "sentia nos ossos" que ia fazer um dia especialmente bonito e se demonstrou verdadeira profetisa, pois tudo e todos pareciam destinados a ter grandioso sucesso. Para começar: o sr. March escreveu que logo estaria com elas; então Beth se sentiu especialmente bem naquela manhã e, envolta no presente que ganhara da mãe – um xale carmesim de lã macia de merino –, foi conduzida em triunfo até a janela para contemplar a oferenda de Jo e Laurie. Os Inquebrantáveis haviam se empenhado ao máximo para fazer jus ao nome, pois, como elfos, tinham trabalhado durante a noite e criado uma cômica surpresa. Lá no jardim postava-se uma majestosa donzela de neve, com uma coroa de azevinho, tendo numa das mãos uma cesta de flores e frutas e na outra um grande rolo com uma música nova, os ombros envoltos num xale de lã que parecia um verdadeiro arco-íris e uma cantiga de Natal saindo dos lábios numa serpentina de papel cor-de-rosa:

A JUNGFRAU PARA BETH.

Deus te abençoe, rainha querida!
Que nada jamais te faça mal;
E paz, saúde, felicidade na vida
Recebas neste dia de Natal.

Eis frutas para nossa abelhinha,
Flores perfumadas para aspirar;
Músicas para sua pianolinha,
Um xale para se esquentar.

Um retrato de Joanna, vês,
Pela segunda Rafael,
Que em muita faina se desfez
Para deixá-lo belo e fiel.

Aceita, peço-te, a fita escarlate
Para a cauda da Madame Gato
E o sorvete de Meg feito com arte,
Um Monte Branco num prato.

Muito amor aqui se aninha
Esculpido na neve do peito;
Aceita-o com a donzela alpina,
De Laurie e Jo, com respeito.

Como Beth riu àquela visão! Laurie subia e descia as escadas correndo, para levar os presentes, e que ridículos discursos Jo fazia ao entregá-los!

– Estou tão repleta de felicidade que, se papai estivesse aqui, não caberia uma gota a mais – disse Beth, suspirando de alegria enquanto Jo a carregava até o gabinete, para descansar após a agitação e se refrescar com algumas das deliciosas uvas que a "Jungfrau" lhe enviara.

– Eu também – acrescentou Jo, batendo no bolso onde repousava o tão desejado *Undine e Sintram.*

– Eu, com certeza – ecoou Amy, examinando a reprodução da Virgem e do Menino que a mãe lhe dera, belamente emoldurada.

– Claro que eu também – exclamou Meg, alisando as pregas prateadas de seu primeiro vestido de seda, pois o sr. Laurence insistira em dá-lo.

– E como *eu* não estaria! – disse a sra. March com gratidão enquanto passava os olhos da carta do marido para o rosto sorridente de Beth e a mão acariciava o broche feito com cabelos grisalhos e dourados, castanho-claros e castanho-escuros que as meninas acabavam de lhe prender no peito.

De vez em quando, neste mundo prosaico, acontecem coisas que parecem saídas de um livro maravilhoso, e é um reconforto que assim seja. Meia hora depois que todas haviam dito que estavam tão repletas de felicidade que só caberia uma gota a mais, a gota chegou. Laurie abriu a porta da sala e enfiou a cabeça bem devagarinho. Mas seria a mesma coisa se entrasse dando uma cambalhota e soltando um grito de guerra indígena, pois trazia no rosto tanta excitação contida e a voz era tão traiçoeiramente alegre que todas se puseram de pé num salto, embora ele apenas dissesse, num tom esquisito e embargado:

– Aqui está outro presente de Natal para a família March.

Nem bem acabara de falar, foi afastado de lado e em seu lugar apareceu um homem alto, encapotado até os olhos, apoiado no braço de outro homem alto, tentando falar alguma coisa, sem conseguir. Foi um alvoroço indescritível, e por vários minutos todos pareciam ter perdido a cabeça, pois faziam as coisas mais estranhas e ninguém dizia uma palavra. O sr. March desapareceu no abraço de quatro pares de braços amorosos; Jo desonrou a si mesma quase desmaiando e teve de ser atendida por Laurie na despensa onde era guardada a louça; o sr. Brooke beijou Meg por absoluto engano, como tentou explicar de maneira um tanto incoerente; Amy, a emproada, tropeçou num banquinho e, não parando para se levantar, abraçou em lágrimas as botas do pai da maneira mais comovente. A sra. March foi a primeira a se recompor e ergueu a mão numa advertência:

– Psss! Não esqueçam a Beth!

Mas era tarde demais; a porta do gabinete se abriu, o xalezinho vermelho apareceu na soleira, com a força que a alegria dera a seu corpo enfraquecido, e Beth correu direto para os braços do pai. Não é difícil imaginar o que aconteceu depois disso, pois os corações repletos transbordaram, lavando toda a amargura do passado e deixando somente a doçura do presente.

Não foi nada romântico, mas uma gargalhada sincera fez com que todos se recobrassem: pois Hannah foi flagrada atrás da porta, soluçando sobre o peru gordo que esquecera de pôr no forno quando saiu correndo da cozinha. Quando os risos cessaram, a sra. March começou a agradecer o sr. Brooke pelos leais cuidados que prestara ao marido, ao que o sr. Brooke lembrou de súbito que o sr. March precisava descansar e, pegando Laurie, retirou-se precipitadamente. Então os dois enfermos receberam ordens de descansar, o que fizeram, sentando juntos numa grande poltrona e conversando sem parar.

O sr. March contou o quanto queria lhes fazer uma surpresa e, quando o tempo firmou, o médico lhe deu permissão para aproveitar a ocasião; o quanto Brooke fora devotado, e como era um rapaz extremamente correto e respeitável. Por que o sr. March se interrompeu por um minuto logo depois de dizer isso e por que, depois de relancear os olhos para Meg, que atiçava energicamente o fogo, fitou a esposa erguendo as sobrancelhas em interrogação, creio que vocês bem podem imaginar, e também por que a sra. March assentiu de leve com a cabeça e perguntou, um tanto bruscamente, se ele não queria comer alguma coisa. Jo viu e entendeu o olhar; saiu com ar imponente e cara fechada para ir buscar vinho e caldo de carne, murmurando para si mesma ao bater a porta com força: "Odeio rapazes respeitáveis de olhos castanhos!".

Nunca houve uma ceia de Natal como a daquele dia. O peru gordo, quando Hannah o trouxe, estava um espetáculo, todo recheado, dourado e decorado. O pudim de passas também estava uma maravilha e se dissolvia na boca; deliciosa a geleia com a qual Amy se esbaldou como mosca no mel. Tudo correu bem, o que foi por misericórdia, disse Hannah, "pois fiquei tão atord'ada, si'ora, que foi por milagre que não pus o pudim pra assar e não rechiei o peru com passa, nem botei pra fervê c'um pano".

O sr. Laurence e o neto jantaram com eles, e o sr. Brooke também – sob a carranca furiosa de Jo, para a infinita diversão de Laurie. À cabeceira da mesa ficaram duas poltronas, lado a lado, com Beth e o pai, banqueteando-se modestamente com frango e um pouco de frutas. Fizeram brindes, contaram histórias, cantaram músicas, entregaram-se a "reminiscências", como diz o pessoal de idade, e tudo foi absolutamente agradável. Haviam planejado um passeio de trenó, mas as meninas não quiseram deixar o pai; assim, os convidados saíram cedo e, adensando-se a penumbra, a família feliz se sentou reunida ao redor do fogo.

– Faz só um ano que nos lamentávamos com o Natal triste que íamos ter. Lembram? – perguntou Jo, rompendo uma breve pausa que se seguira a uma longa conversa sobre várias coisas.

– Um ano bem agradável, de modo geral! – disse Meg, sorrindo ao fogo e se congratulando por ter tratado o sr. Brooke com dignidade.

– Penso que foi bem duro – comentou Amy, fitando com olhos pensativos a luz que brilhava em seu anel.

– Estou contente que terminou, pois temos papai de volta – sussurrou Beth, sentada no joelho do pai.

– Uma estrada bem difícil para vocês percorrerem, minhas pequenas peregrinas, principalmente a última parte. Mas vocês se saíram muito bem, e penso que os fardos cederão logo, logo – disse o sr. March, olhando com satisfação paterna os quatro rostos jovens reunidos em torno dele.

– Como assim? O que a mãe lhe contou? – perguntou Jo.

– Não muito, mas o capim mostra para que lado o vento sopra e hoje fiz várias descobertas.

– Oh, diga-nos quais são! – exclamou Meg, que estava sentada a seu lado.

– Aqui está uma! – e, pegando a mão que estava apoiada no braço de sua poltrona, ele apontou o indicador áspero, uma queimadura nas costas da mão e dois ou três pequenos calos na palma. – Lembro quando esta mão era branca e macia, e seu maior cuidado era mantê-la assim. Era muito bonita na época, mas para mim está muito mais bonita agora, pois nesses aparentes defeitos leio uma pequena história. A vaidade foi sacrificada numa queimadura; essa palma calejada conquistou coisa melhor do que meras bolhas, e tenho certeza de que a costura feita por esses dedos picados vai durar muito tempo, de tanta boa vontade que foi dedicada aos pontos. Meg, minha querida, valorizo mais a habilidade feminina de manter a felicidade do lar do que a alvura das mãos ou demonstrações de elegância; sinto orgulho em cumprimentar essa boa mãozinha trabalhadeira e espero que tão cedo não me peçam para entregá-la.

Se Meg algum dia quis uma recompensa pelas horas de paciente trabalho, recebia agora no aperto sincero da mão do pai e no sorriso de aprovação que ele lhe deu.

– E Jo? Por favor, diga algo de bom, pois ela se esforçou muito e tem sido muito, muito boa comigo – disse Beth ao ouvido do pai.

Ele riu e olhou a mocinha alta sentada à sua frente, com uma expressão meiga que era rara em seu rosto moreno.

– Apesar do cabelo crespo curto, não vejo "o garoto Jo" que deixei um ano atrás – disse o sr. March. – Vejo uma mocinha que prende direito a gola no vestido, dá um laço bem feito nas botinas e não assobia, não fala gíria nem fica estendida no tapete, como costumava fazer. Está com o rosto um tanto magro e pálido, nesse momento, pela preocupação e pelas vigílias; mas gosto de fitá-lo, pois ficou mais meigo e sua voz está mais baixa; não sai aos saltos, mas se move com calma e cuida de uma pessoinha de um modo maternal que me encanta. Sinto falta de minha moleca traquinas; mas, se no lugar dela eu tiver uma mulher forte, prestimosa e de coração terno, ficarei plenamente satisfeito. Não sei se a tosquia domou nossa ovelha negra, mas o que sei é que em Washington inteira eu não conseguiria encontrar nada bonito o suficiente para comprar com os 25 dólares que minha boa menina me enviou.

Os olhos penetrantes de Jo se embaçaram por um instante, e o rosto magro ficou rosado à luz do fogo enquanto recebia os elogios do pai, sentindo que efetivamente merecia uma parte deles.

– Agora Beth – disse Amy, ansiosa por sua vez, mas disposta a esperar.

– Está tão magrinha que receio falar muito, de medo que ela suma totalmente, embora não seja mais tão tímida como era antes – começou o pai alegremente, mas, lembrando como realmente estivera perto de perdê-la, ele a apertou junto de si com muita ternura, a face da menina encostada à sua: – Tenho-a sã e salva, minha Beth, e vou mantê-la assim, se Deus quiser.

Depois de um minuto de silêncio, ele olhou para Amy, que estava sentada na banqueta a seus pés, e disse afagando o cabelo lustroso:

– Notei que Amy ficou com a coxa no almoço, passou a tarde fazendo serviços de rua para a mãe, cedeu seu lugar a Meg hoje à noite e serviu a todos com paciência e bom humor. Também noto que não se queixa muito, nem fica se olhando no espelho e nem sequer mencionou um lindo anel que está usando; então, concluo que ela aprendeu a pensar mais nos outros e menos em si mesma, e decidiu moldar seu caráter com o mesmo cuidado com que molda suas figurinhas de argila. Fico contente com isso; pois, mesmo que eu me orgulhe muito de uma graciosa estátua que ela fez, ficarei infinitamente mais orgulhoso de uma filha encantadora, com talento para embelezar a vida para si e para os outros.

– No que você está pensando, Beth? – perguntou Jo depois que Amy agradeceu ao pai e lhe contou sobre o anel.

– Li hoje na *Jornada do Peregrino* que, depois de muitos problemas, Cristão e Esperançoso chegaram a uma agradável campina verdejante, onde florescem lírios durante o ano todo, e lá descansaram felizes, como nós agora, antes de prosseguir até o final da jornada – respondeu Beth, acrescentando, ao deslizar dos braços do pai e se dirigir devagar ao piano. – Agora é hora de cantar e quero ocupar meu lugar de sempre. Tentarei cantar a canção do pastorzinho que o Peregrino ouviu. Fiz a melodia para o papai, porque ele gosta dos versos.

Assim, sentada ao querido pianinho, Beth tocou suavemente e, com a voz meiga que achavam que nunca mais ouviriam outra vez, cantou com seu próprio acompanhamento o excêntrico hino que se adequava tão bem a ela:

Quem está no chão a queda não temerá,
Não teme o orgulho quem baixo jaz;
Aquele que é humilde sempre terá
Deus como guia constante e tenaz.

Contenta-me o que cabe a mim,
Pouco ou muito que seja;
Senhor! Contento-me sem fim,
Pois és quem a plenitude enseja.

A abundância é um fardo que cansa
Para os que estão em Peregrinação;
Aqui pouco, no futuro a aventurança:
É sempre o melhor em toda estação!

CAPÍTULO 23

A tia March resolve a questão

COMO ABELHAS EM VOLTA de sua rainha, mãe e filhas ficaram em torno do sr. March no dia seguinte, deixando de lado todos os afazeres para olhar, servir e ouvir o novo enfermo, que dali a pouco quase sufocaria sob tantas gentilezas. Apoiando-se em almofadas nas costas, sentado na poltrona grande ao lado do sofá de Beth, com as outras três junto dele e Hannah de vez em quando enfiando a cabeça pela porta, "para espiar o querido homem", parecia não faltar nada para completar a felicidade na casa. Mas *faltava* uma coisa, e o casal sentia, embora ninguém admitisse. O sr. e a sra. March trocavam olhares ansiosos, enquanto seguiam Meg com os olhos. Jo tinha acessos súbitos de seriedade e viram-na brandir o punho à capa de chuva do sr. Brooke, que ficara no vestíbulo; Meg estava distraída, quieta e arredia, saltava quando a campainha tocava e enrubescia quando o nome de John era citado; Amy disse que "todos pareciam esperar alguma coisa e não conseguiam sossegar, o que era estranho, visto que o pai estava a salvo em casa", e Beth se perguntava inocentemente por que os vizinhos não apareciam como de hábito.

Laurie passou por lá à tarde e, vendo Meg à janela, pareceu acometido de um súbito acesso melodramático, pois pôs um joelho na neve, bateu no peito, puxou os cabelos e juntou as mãos em súplica, como que implorando um favor; quando Meg lhe falou para se comportar e ir embora, torceu o lenço molhado de lágrimas imaginárias e virou a esquina cambaleando como que tomado de profundo desespero.

– O que deu nesse tonto? – perguntou Meg rindo e tentando se fazer de desentendida.

– Está mostrando como seu John virá daqui a pouco. Comovente, não? – respondeu Jo, desdenhosa.

– Não diga *meu John*, não é correto nem é verdade – mas a voz de Meg se prolongou nas palavras como se lhe soassem agradáveis. – Por favor, não me atormente, Jo; já lhe falei que não gosto *muito* dele e não há nada a se dizer, e devemos manter a amizade e continuar como antes.

– Não podemos, pois alguma coisa *já* foi dita, e a travessura de Laurie afastou você de mim. Vejo isso e mamãe também; você está muito diferente do que era antes e parece cada vez mais distante de mim. Não quero atormentar você e vou me comportar como um homem, mas gostaria realmente que estivesse tudo resolvido. Detesto esperar; então, se você pretende mesmo, se apresse e resolva tudo logo – disse Jo em tom de birra.

– *Eu* não posso dizer nem fazer nada enquanto ele não falar, e ele não vai falar, porque o pai disse que sou nova demais – começou Meg, curvando-se sobre a costura com um estranho sorrisinho, o qual sugeria que ela não concordava inteiramente com o pai naquele ponto.

– Se ele falasse, você não saberia o que dizer, e ia chorar, corar ou deixar que ele fizesse o que quer, em vez de lhe dar um bom e sonoro "não".

– Não sou tão boba e fraca quanto você pensa. Sei muito bem o que diria, pois planejei tudo e assim não sou pega desprevenida; não há como saber o que pode acontecer e quero estar preparada.

Jo não conseguiu conter um sorriso ao ar de importância que Meg adotara inconscientemente e que lhe caía tão bem como o belo rubor que lhe subia às faces.

– Você se importaria em me contar o que diria? – perguntou Jo em tom mais respeitoso.

– Não, em absoluto; você está agora com dezesseis anos, idade suficiente para ser minha confidente, e minha experiência talvez logo lhe seja útil em suas questões nessa área.

– Não pretendo ter nenhuma dessas questões; é divertido observar os outros namorando, mas eu me sentiria uma tonta fazendo isso – respondeu Jo, parecendo alarmada à mera ideia.

– Imagino que não, se você gostasse muito de alguém e fosse correspondida.

Meg parecia falar para si mesma, e relanceou os olhos para o gramado onde tantas vezes vira casais de namorados passeando ao crepúsculo de verão.

– Pensei que você ia me contar o discurso que preparou para aquele sujeito – disse Jo, interrompendo rispidamente o pequeno devaneio da irmã.

– Oh, eu só diria com muita calma e decisão: "Obrigada, sr. Brooke; o senhor é muito gentil, mas concordo com meu pai que sou nova demais para assumir qualquer compromisso no presente; então, por favor, não diga mais nada e continuemos amigos como sempre".

– Hmmm, bem frio e formal. Duvido que você fale isso, mas, se falar, sei que ele não se dará por satisfeito. Se ele se comportar como os enamorados rejeitados dos livros, você preferirá ceder a ferir os sentimentos dele.

– Não, não cederei! Vou dizer a ele que tomei minha decisão e saio da sala com toda a dignidade.

Meg se ergueu e ia começar a ensaiar a saída com pose de dignidade quando alguns passos no vestíbulo a fizeram voltar voando para a cadeira e retomar a agulha como se sua vida dependesse de terminar aquela costura em questão de minutos. Jo abafou uma risada àquela súbita mudança e, quando alguém bateu discretamente, ela abriu a porta com uma cara muito séria, que era tudo menos acolhedora.

– Boa tarde, vim pegar minha capa de chuva, isto é, ver como está seu pai hoje – disse o sr. Brooke um pouco embaraçado, enquanto seus olhos passavam de um rosto ao outro, tentando decifrar a expressão deles.

– Ela vai muito bem, ele está no cabideiro, vou trazê-lo e dizer a ela que o senhor está aqui – e Jo, depois de misturar pai e capa de chuva na resposta, saiu depressa da sala para dar a Meg a chance de fazer seu discurso e ostentar seus ares de dignidade. Mas, no instante em que ela sumiu de vista, Meg começou a avançar de lado para a porta, murmurando:

– Mamãe gostará de vê-lo; por favor, sente-se, vou chamá-la.

– Não vá; está com medo de mim, Margaret? – e o sr. Brooke parecia tão magoado que Meg pensou que devia ter cometido alguma grande grosseria. Corou até a raiz dos cachinhos na testa, pois era a primeira vez que ele a tratava por Margaret, e ficou surpresa ao ver como parecia doce e natural ouvi-lo dizer seu nome. Ansiosa em se mostrar simpática e à vontade, ela estendeu a mão num gesto confiante e disse com gratidão:

– Como posso ter medo quando foi tão bondoso com meu pai? Gostaria de poder lhe agradecer tudo o que fez.

– Posso dizer como? – perguntou o sr. Brooke, segurando a mãozinha entre suas palmas largas e fitando Meg com tanto amor nos olhos que o coração dela começou a palpitar, e sentiu ao mesmo tempo vontade de sair correndo e de ficar e ouvir.

– Oh, não, por favor... prefiro que não – respondeu ela tentando retirar a mão e parecendo amedrontada, apesar da negativa.

– Não quero perturbá-la; só quero saber se gosta um pouco de mim, Meg, amo-a tanto, querida – acrescentou o sr. Brooke com muita ternura.

Este era o momento para o discurso calmo e sóbrio, mas Meg não falou, esqueceu tudo o que iria dizer, pendeu a cabeça e disse apenas "Não sei", tão baixinho que John teve de se inclinar para ouvir a breve resposta tolinha.

Pelo visto, ele a considerou muito aceitável, pois sorriu para si mesmo como se estivesse plenamente satisfeito, apertou a mãozinha roliça com gratidão e disse em sua voz mais persuasiva:

– Você tentará descobrir? Quero *tanto* saber... pois não vou ter ânimo para trabalhar enquanto não souber se ao final terei minha recompensa ou não.

– Sou nova demais – balbuciou Meg, perguntando-se por que se sentia tão nervosa, mas ao mesmo tempo gostando muito.

– Esperarei e, enquanto isso, você pode ir aprendendo a gostar de mim. Seria uma lição muito difícil, querida?

– Não se eu me dispuser a aprender, mas...

– Por favor, disponha-se a aprender, Meg. Adoro ensinar e isso é mais fácil do que o alemão – interrompeu John, apoderando-se da outra mão, de maneira que ela não tinha como esconder o rosto quando ele se inclinou para fitá-lo.

O tom dele era devidamente suplicante, mas, dando uma tímida espiada, Meg viu que seus olhos mostravam ternura e também alegria, e que estava com o sorriso satisfeito de alguém que não tem qualquer dúvida sobre seu sucesso. Ela se agastou com isso; vieram-lhe à lembrança as tolas aulas de coquetismo de Annie Moffat, e o amor ao poder, que dorme no seio da melhor das mulherzinhas, despertou de repente e se apoderou dela. Meg se sentiu estranha e agitada e, sem saber o que fazer, seguiu um impulso caprichoso e, retirando as mãos, exclamou petulante:

– *Não* me disponho; por favor, vá embora e me deixe em paz!

Foi como se o pobre sr. Brooke visse seu lindo castelo de ar se desmoronando, pois nunca vira Meg naquele estado e ficou muito desconcertado.

– É realmente isso o que você quer? – perguntou, seguindo-a enquanto Meg saía da sala.

– É, sim; não quero me incomodar com essas coisas. Papai diz que não preciso; é muito cedo, e prefiro não, de todo jeito.

– Posso esperar que mude de ideia mais adiante? Esperarei e não falarei nada até você ter mais tempo. Não brinque comigo, Meg. Não esperava que fosse capaz disso.

– Não espere nada de mim. É o que prefiro – disse Meg, sentindo uma satisfação mesquinha em testar seu próprio poder e a paciência do enamorado.

Agora o sr. Brooke estava sério e pálido, e se parecia decididamente com os heróis de romance que Meg tanto admirava; mas ele não deu um tapa na testa nem ficou vagando pela sala, como faziam nos livros; ficou apenas parado olhando para ela com tanto anelo, com tanta ternura, que o coração de Meg se amoleceu à sua revelia. Não sei dizer o que teria acontecido a seguir, caso a tia March não tivesse chegado claudicando naquele exato e palpitante minuto.

A velha dama não pôde resistir à vontade de ver o sobrinho; encontrara Laurie quando passeava de carruagem para tomar um pouco de ar e, ao saber da chegada do sr. March, foi direto visitá-lo. Toda a família estava ocupada nos fundos da casa e ela entrara em silêncio, na esperança de fazer uma surpresa. Dois ela realmente pegou de surpresa, e tamanha surpresa que Meg deu um salto como se visse um fantasma, e o sr. Brooke desapareceu no gabinete.

– Misericórdia! O que se passa? – bradou a senhora batendo a bengala, enquanto seu olhar ia do jovem cavalheiro pálido à jovem dama escarlate.

– É um amigo de papai. Estou *tão* surpresa em vê-la – tartamudeou Meg, sentindo o sermão se aproximar.

– Isso é evidente – retrucou a tia March, sentando-se. – Mas o que o amigo do pai está dizendo para deixá-la vermelha como uma peônia? Tem algo de errado aqui e faço questão de saber o que é! – e bateu novamente a bengala.

– Estávamos apenas conversando. O sr. Brooke veio buscar sua capa de chuva – começou Meg, torcendo para que o sr. Brooke e sua capa já estivessem a salvo lá fora.

– Brooke? O preceptor daquele garoto? Ah, agora estou entendendo! Sei de tudo. Jo topou com uma mensagem trocada numa das cartas do pai de vocês e fiz com que ela me contasse. Você não o aceitou, não é, menina? – gritou a tia March escandalizada.

– Psss! Ele vai ouvir! Quer que eu vá chamar mamãe? – disse Meg, muito agitada.

– Ainda não. Tenho algo para lhe dizer e preciso me livrar logo disso. Diga-me, você pretende se casar com esse Cook? Em caso afirmativo, nunca vai receber sequer um tostão de minha fortuna. Lembre-se disso e seja uma moça sensata – disse a senhora, muito categórica.

Ora, a tia March dominava à perfeição a arte de despertar o espírito de contradição nas pessoas mais cordatas e gostava muito de praticá-la. Todos nós, mesmo os melhores, temos uma pitada dessa tendência de ser do contra, principalmente quando jovens e apaixonados. Se a tia March tivesse implorado que Meg aceitasse John

Brooke, provavelmente ela iria dizer que era uma hipótese inconcebível; mas, como recebeu ordens peremptórias de *não* gostar dele, imediatamente decidiu que gostava. Tanto a inclinação quanto o espírito de contradição facilitam a decisão, e, já estando muito agitada, Meg se opôs à velha dama com excepcional vigor.

– Vou me casar com quem eu quiser, tia March, e a senhora pode deixar sua fortuna para quem lhe aprouver – disse ela abanando a cabeça, muito resoluta.

– Que petulância! É assim que você recebe meu conselho, mocinha? Vai se arrepender mais tarde, quando souber o que é viver o amor numa choupana e descobrir que foi um fracasso.

– Não pode ser pior do que o que alguns descobrem numa mansão – retrucou Meg.

A tia March pôs os óculos e fitou a mocinha – pois desconhecia aquele seu novo estado de espírito. A própria Meg mal se reconhecia; sentia-se muito valente e independente – e muito contente em defender John e afirmar seu direito de amá-lo, se quisesse. A tia March viu que começara errado e, após uma curta pausa, tentou recomeçar, dizendo com toda a brandura que lhe era possível:

– Ora, Meg, minha querida, seja sensata e ouça meu conselho. Falo por bem e não quero que você estrague toda a sua vida cometendo um erro no início. Deve casar-se bem e ajudar sua família; é sua obrigação encontrar um marido rico e deve se imbuir claramente disso.

– Papai e mamãe não pensam assim; gostam de John, *mesmo* sendo pobre.

– Seu pai e sua mãe, minha querida, não conhecem o mundo e são ingênuos como uns bebês.

– Fico contente – disse Meg alteando a voz.

A tia March não deu atenção e prosseguiu em seu sermão:

– Esse Rook é pobre e não tem nenhum parente rico, não é mesmo?

– É, mas tem muitos amigos calorosos.

– Você não pode viver dos amigos; experimente e verá como logo esfriam. Ele não tem nenhum negócio próprio, tem?

– Ainda não; o sr. Laurence vai ajudá-lo.

– Não vai durar muito. James Laurence é um sujeito excêntrico e não dá para contar com ele. Então, você pretende se casar com um homem sem dinheiro, sem posição e sem negócio próprio, vai labutar muito, mais do que agora, sendo que podia ter conforto por toda a sua vida se me ouvisse e agisse melhor? Pensei que você tivesse mais juízo, Meg.

– Não poderia agir melhor nem que esperasse metade de vida! John é bom e prudente; tem imenso talento; tem disposição de trabalhar e certamente progredirá, pois é muito dinâmico e corajoso. Todos o apreciam e o respeitam, e fico orgulhosa em pensar que ele gosta de mim, embora eu seja pobre, muito nova e boba – disse Meg, mais bonita do que nunca em seu fervor.

– Ele sabe que *você* tem parentes ricos, menina; desconfio que seja este o segredo da afeição dele.

– Tia March, como ousa dizer uma coisa dessas? John está acima de tal mesquinharia e não vou ouvir nem um minuto a mais se a senhora continuar a falar assim – bradou Meg, indignada, esquecendo tudo, chocada pela injustiça das suspeitas da dama idosa. – Meu John não se casaria por dinheiro, assim como eu. Estamos dispostos a trabalhar e pretendemos esperar. Não tenho medo de ser pobre, pois até agora tenho sido feliz e sei que serei feliz com ele, porque ele me ama e eu...

Meg parou aqui, lembrando de repente que ainda não se decidira; que mandara "seu John" embora e que ele podia estar entreouvindo suas incoerências.

A tia March ficou muito brava, pois sua vontade sempre foi que sua bela sobrinha fizesse um bom casamento, e algo no rosto feliz da jovem despertou tristeza e amargura na velha solitária.

– Bom, lavo minhas mãos em todo esse assunto! Você é uma criança teimosa e com essa loucura perdeu mais do que se dá conta. Não, não vou ficar; estou desapontada com você e não tenho disposição de ver seu pai agora. Não espere nada de mim quando se casar; os amigos do seu sr. Book cuidarão de vocês. Não quero mais vê-la pela frente.

E, batendo a porta na cara de Meg, a tia March foi embora colérica. Parecia ter levado toda a coragem da jovem junto com ela, pois, quando ficou sozinha, Meg ficou indecisa por um momento, sem saber se ria ou chorava. Antes de se decidir, o sr. Brooke se apossou dela e disse num fôlego só:

– Não pude deixar de ouvir, Meg. Obrigado por me defender, e agradeço à tia March por provar que você gosta *mesmo* um pouquinho de mim.

– Não fazia ideia do quanto, até o momento em que ela o ofendeu – começou Meg.

– E não preciso ir embora, mas posso ficar e ser feliz... posso, querida?

Aí estava outra ótima oportunidade de fazer o discurso esmagador e a saída altaneira, mas nem passou pela cabeça de Meg, a qual se desgraçou aos olhos de Jo para todo o sempre, sussurrando mansamente "Pode, John" e ocultando o rosto no colete do sr. Brooke.

Quinze minutos depois da saída da tia March, Jo desceu a escada devagar, parou um instante à porta da sala e, não ouvindo qualquer ruído, assentiu com a cabeça e sorriu com expressão satisfeita, dizendo a si mesma: "Ela o mandou embora como combinamos, e esse caso está resolvido. Quero saber como foi a graça da coisa e dar umas boas risadas".

Mas a pobre Jo não pôde dar suas boas risadas, pois parou perplexa à soleira, imobilizada por um espetáculo que a deixou cravada no lugar, fitando a cena com a boca quase tão escancarada quanto os olhos esbugalhados. Como estava para exultar com a derrota do inimigo e louvar a irmã de espírito forte pela expulsão de um pretendente indesejável, certamente *foi* um choque se deparar com o inimigo supramencionado sentado calmamente no sofá e a irmã de espírito forte entronizada sobre os joelhos dele, com uma expressão da mais abjeta submissão. Jo quase se engasgou, como se recebesse um súbito banho de água fria – pois tal inversão inesperada realmente lhe tirou o fôlego. Àquele ruído estranho, os enamorados se viraram e viram Jo. Meg se ergueu num salto, parecendo orgulhosa e tímida ao mesmo tempo; mas "aquele sujeito", como dizia Jo, na verdade riu e disse calmamente, enquanto dava um beijo na atônita intrusa:

– Irmã Jo, dê-nos os parabéns!

Além do choque, era um insulto! Realmente passava das medidas! E, fazendo alguma manifestação furiosa com as mãos, Jo sumiu sem dizer uma palavra. Correu para o andar de cima e sobressaltou os enfermos ao exclamar tragicamente, enquanto irrompia no quarto:

– Oh, alguém *precisa* descer já! John Brooke está agindo de maneira pavorosa e Meg está gostando!

O sr. e a sra. March deixaram o quarto às pressas, e Jo, atirando-se na cama, gritava e reclamava tempestuosamente enquanto contava a terrível notícia a Beth e Amy. As pequenas, porém, tomaram o fato como algo muito agradável e interessante, e Jo não recebeu muito consolo da parte delas; assim, subiu para seu refúgio no sótão e confidenciou seu drama aos ratos.

Nunca ninguém soube o que se passou na sala de visitas naquela tarde; mas foi uma longa conversa e o sr. Brooke, geralmente muito reservado, surpreendeu seus amigos com a eloquência e o fervor com que pleiteou sua causa, contou seus planos e os persuadiu a organizarem tudo do jeito que ele queria.

A sineta do chá tocou antes que ele terminasse de descrever para Meg o paraíso que pretendia construir com seu trabalho, e ele a conduziu orgulhosamente à mesa, os dois com tal ar de felicidade que Jo não teve ânimo de mostrar ciúme ou tristeza. Amy se sentiu muito cativada pela devoção de John e pela dignidade de Meg. Beth lhes sorria à distância, enquanto o sr. e a sra. March examinavam o jovem par com tanta satisfação e ternura que ficou plenamente evidente que a tia March tinha razão ao dizer pareciam "uns bebês". Ninguém comeu muito, mas todos mostravam grande felicidade, e a velha sala ganhou um brilho surpreendente por abrigar o início do primeiro romance da família.

– Você não pode mais dizer "nunca acontece nada agradável", não é, Meg? – disse Amy, tentando resolver como disporia o casal no desenho que planejava fazer.

– Não, certamente não. Quanta coisa aconteceu desde que falei isso! Parece que faz um ano – respondeu Meg, que estava num sonho venturoso, planando muito acima de coisas prosaicas como pão e manteiga.

– Desta vez as alegrias vieram logo após os sofrimentos, e creio que as mudanças já começaram – disse a sra. March. – Na maioria das famílias, de vez em quando ocorre um ano muito movimentado; é este o caso, mas afinal está terminando bem.

– Espero que o próximo termine melhor – murmurou Jo, que achava muito difícil ver Meg absorta num estranho bem-estar na frente dela; pois Jo amava poucas pessoas e muito intensamente, e tinha medo que o afeto delas cessasse ou diminuísse de alguma maneira.

– Espero que o terceiro ano, a contar de agora, termine ainda melhor, isto é, terminará sim, se eu conseguir realizar meus planos – disse o sr. Brooke, sorrindo para Meg como se agora tudo lhe fosse possível.

– Não é um tempo longo demais para esperar? – perguntou Amy, que tinha pressa em ver o casamento.

– Tenho tantas coisas a aprender antes de estar pronta que, para mim, parece até curto – respondeu Meg com uma suave seriedade no rosto, nunca vista antes.

– A você cabe apenas esperar. *Eu* é que vou trabalhar – disse John, começando suas tarefas por recolher o guardanapo de Meg, com uma expressão que fez Jo abanar a cabeça e então dizer consigo mesma, com ar de alívio, ao ouvir a porta da frente bater: "Aí vem Laurie; agora teremos alguma conversa sensata".

Mas Jo se enganou, pois Laurie entrou todo lépido, transbordando de entusiasmo, com um grande buquê parecendo de noivado para "a sra. John Brooke", e agindo visivelmente sob a ilusão de que o caso todo se resolvera devido ao seu magnífico encaminhamento.

– Eu sabia que Brooke conseguiria; ele sempre consegue, pois, quando decide fazer alguma coisa, está feita, mesmo que caiam os céus – disse Laurie, depois de oferecer o presente e as congratulações.

– Muito obrigado pela recomendação. Tomo como bom presságio para o futuro e o convido desde já para meu casamento – respondeu o sr. Brooke, que se sentia em paz com toda a humanidade, inclusive com seu aluno travesso.

– Virei, nem que esteja do outro lado do mundo, pois só poder ver Jo na ocasião vale uma longa viagem. A senhora não parece muito contente, madame; o que foi? – perguntou Laurie, indo com ela para um canto da sala, onde todos haviam se reunido para cumprimentar o sr. Laurence.

– Não aprovo o casamento, mas resolvi aguentar e não vou dizer nenhuma palavra contra ele – respondeu Jo solenemente. – Você não sabe o quanto é difícil para mim renunciar a Meg – prosseguiu com um leve tremor na voz.

– Você não renunciou a ela. Apenas vai dividi-la – disse Laurie tentando consolar a amiga.

– Nunca será a mesma coisa. Perdi minha mais querida amiga – suspirou Jo.

– Você tem a mim, de todo modo. Não presto grande coisa, eu sei, mas estarei a seu lado, Jo, todos os dias de minha vida; dou minha palavra! – e Laurie realmente falava a sério.

– Sei que sim, e sou eternamente grata por isso; você é sempre um grande reconforto para mim, Teddy – respondeu Jo, dando-lhe um aperto de mão agradecido.

– Bom, não fique abatida, seja boa camarada. Veja, está tudo bem. Meg está feliz; Brooke vai sair e se estabelecer imediatamente; vovô vai ajudá-lo, e será ótimo ver Meg em sua própria casinha. Vamos nos divertir muito depois que ela se for, pois não vou demorar muito para terminar a faculdade, e aí vamos para o exterior ou faremos uma ou outra viagem. Você não se consolaria?

– Creio que sim, mas não há como saber o que pode acontecer em três anos – disse Jo pensativa.

– Isso é verdade! Não tem vontade de dar uma olhada no futuro e ver como todos nós estaremos? Eu tenho – devolveu Laurie.

– Acho que não, pois posso ver algo triste, e todo mundo parece tão feliz agora que não creio que dê para melhorar muito – e os olhos de Jo percorreram lentamente a sala, iluminando-se ao que viam, pois era uma vista agradável.

O pai e a mãe estavam sentados juntos, tranquilamente, revivendo o primeiro capítulo do romance que, para eles, começara cerca de vinte anos antes. Amy desenhava os enamorados, que estavam à parte num belo mundo só deles, cuja luz se refletia em suas faces com uma graciosidade que a pequena artista não conseguiria captar. Beth estava deitada no sofá, conversando animadamente com seu velho amigo, que lhe segurava a mãozinha como se a considerasse capaz de conduzi-lo pelos caminhos serenos que ela percorria. Jo descansava em sua poltrona funda favorita, com o ar calmo e sério que melhor lhe assentava; e Laurie, apoiando-se no espaldar, o queixo na altura da cabeça cacheada de Jo, sorriu com sua expressão mais cordial e lhe fez um sinal com a cabeça no espelho comprido que refletia a imagem dos dois.

Assim reunidas, desce a cortina sobre Meg, Jo, Beth e Amy. Se voltará a se erguer, depende da acolhida que terá este primeiro ato do drama doméstico chamado "MULHERZINHAS".

Coleção **L&PM** POCKET (Lançamentos mais recentes)

936(21).**Marilyn Monroe** – Anne Plantagenet
937.**China moderna** – Rana Mitter
938.**Dinossauros** – David Norman
939.**Louca por homem** – Claudia Tajes
940.**Amores de alto risco** – Walter Riso
941.**Jogo de damas** – David Coimbra
942.**Filha é filha** – Agatha Christie
943.**M ou N?** – Agatha Christie
945.**Bidu: diversão em dobro!** – Mauricio de Sousa
946.**Fogo** – Anaïs Nin
947.**Rum: diário de um jornalista bêbado** – Hunter Thompson
948.**Persuasão** – Jane Austen
949.**Lágrimas na chuva** – Sergio Faraco
950.**Mulheres** – Bukowski
951.**Um pressentimento funesto** – Agatha Christie
952.**Cartas na mesa** – Agatha Christie
954.**O lobo do mar** – Jack London
955.**Os gatos** – Patricia Highsmith
956(22).**Jesus** – Christiane Rancé
957.**História da medicina** – William Bynum
958.**O Morro dos Ventos Uivantes** – Emily Brontë
959.**A filosofia na era trágica dos gregos** – Nietzsche
960.**Os treze problemas** – Agatha Christie
961.**A massagista japonesa** – Moacyr Scliar
963.**Humor do miserê** – Nani
964.**Todo o mundo tem dúvida, inclusive você** – Édison de Oliveira
965.**A dama do Bar Nevada** – Sergio Faraco
969.**O psicopata americano** – Bret Easton Ellis
970.**Ensaios de amor** – Alain de Botton
971.**O grande Gatsby** – F. Scott Fitzgerald
972.**Por que não sou cristão** – Bertrand Russell
973.**A Casa Torta** – Agatha Christie
974.**Encontro com a morte** – Agatha Christie
975(23).**Rimbaud** – Jean-Baptiste Baronian
976.**Cartas na rua** – Bukowski
977.**Memória** – Jonathan K. Foster
978.**A abadia de Northanger** – Jane Austen
979.**As pernas de Úrsula** – Claudia Tajes
980.**Retrato inacabado** – Agatha Christie
981.**Solanin (1)** – Inio Asano
982.**Solanin (2)** – Inio Asano
983.**Aventuras de menino** – Mitsuru Adachi
984(16).**Fatos & mitos sobre sua alimentação** – Dr. Fernando Lucchese
985.**Teoria quântica** – John Polkinghorne
986.**O eterno marido** – Fiódor Dostoiévski
987.**Um safado em Dublin** – J. P. Donleavy
988.**Mirinha** – Dalton Trevisan
989.**Akhenaton e Nefertiti** – Carmen Seganfredo e A. S. Franchini
990.**On the Road – o manuscrito original** – Jack Kerouac
991.**Relatividade** – Russell Stannard
992.**Abaixo de zero** – Bret Easton Ellis
993(24).**Andy Warhol** – Mériam Korichi
995.**Os últimos casos de Miss Marple** – Agatha Christie
996.**Nico Demo: Aí vem encrenca** – Mauricio de Sousa
998.**Rousseau** – Robert Wokler
999.**Noite sem fim** – Agatha Christie
1000.**Diários de Andy Warhol (1)** – Editado por Pat Hackett
1001.**Diários de Andy Warhol (2)** – Editado por Pat Hackett
1002.**Cartier-Bresson: o olhar do século** – Pierre Assouline
1003.**As melhores histórias da mitologia: vol. 1** – A.S. Franchini e Carmen Seganfredo
1004.**As melhores histórias da mitologia: vol. 2** – A.S. Franchini e Carmen Seganfredo
1005.**Assassinato no beco** – Agatha Christie
1006.**Convite para um homicídio** – Agatha Christie
1008.**História da vida** – Michael J. Benton
1009.**Jung** – Anthony Stevens
1010.**Arsène Lupin, ladrão de casaca** – Maurice Leblanc
1011.**Dublinenses** – James Joyce
1012.**120 tirinhas da Turma da Mônica** – Mauricio de Sousa
1013.**Antologia poética** – Fernando Pessoa
1014.**A aventura de um cliente ilustre** *seguido de* **O último adeus de Sherlock Holmes** – Sir Arthur Conan Doyle
1015.**Cenas de Nova York** – Jack Kerouac
1016.**A corista** – Anton Tchékhov
1017.**O diabo** – Leon Tolstói
1018.**Fábulas chinesas** – Sérgio Capparelli e Márcia Schmaltz
1019.**O gato do Brasil** – Sir Arthur Conan Doyle
1020.**Missa do Galo** – Machado de Assis
1021.**O mistério de Marie Rogêt** – Edgar Allan Poe
1022.**A mulher mais linda da cidade** – Bukowski
1023.**O retrato** – Nicolai Gogol
1024.**O conflito** – Agatha Christie
1025.**Os primeiros casos de Poirot** – Agatha Christie
1027(25).**Beethoven** – Bernard Fauconnier
1028.**Platão** – Julia Annas
1029.**Cleo e Daniel** – Roberto Freire
1030.**Til** – José de Alencar
1031.**Viagens na minha terra** – Almeida Garrett
1032.**Profissões para mulheres e outros artigos feministas** – Virginia Woolf
1033.**Mrs. Dalloway** – Virginia Woolf
1034.**O cão da morte** – Agatha Christie
1035.**Tragédia em três atos** – Agatha Christie
1037.**O fantasma da Ópera** – Gaston Leroux
1038.**Evolução** – Brian e Deborah Charlesworth
1039.**Medida por medida** – Shakespeare
1040.**Razão e sentimento** – Jane Austen
1041.**A obra-prima ignorada** *seguido de* **Um episódio durante o Terror** – Balzac

1042.**A fugitiva** – Anaïs Nin
1043.**As grandes histórias da mitologia greco-romana** – A. S. Franchini
1044.**O corno de si mesmo & outras historietas** – Marquês de Sade
1045.**Da felicidade** ***seguido de*** **Da vida retirada** – Sêneca
1046.**O horror em Red Hook e outras histórias** – H. P. Lovecraft
1047.**Noite em claro** – Martha Medeiros
1048.**Poemas clássicos chineses** – Li Bai, Du Fu e Wang Wei
1049.**A terceira moça** – Agatha Christie
1050.**Um destino ignorado** – Agatha Christie
1051(26).**Buda** – Sophie Royer
1052.**Guerra Fria** – Robert J. McMahon
1053.**Simons's Cat: as aventuras de um gato travesso e comilão – vol. 1** – Simon Tofield
1054.**Simons's Cat: as aventuras de um gato travesso e comilão – vol. 2** – Simon Tofield
1055.**Só as mulheres e as baratas sobreviverão** – Claudia Tajes
1057.**Pré-história** – Chris Gosden
1058.**Pintou sujeira!** – Mauricio de Sousa
1059.**Contos de Mamãe Gansa** – Charles Perrault
1060.**A interpretação dos sonhos: vol. 1** – Freud
1061.**A interpretação dos sonhos: vol. 2** – Freud
1062.**Frufru Rataplã Dolores** – Dalton Trevisan
1063.**As melhores histórias da mitologia egípcia** – Carmem Seganfredo e A.S. Franchini
1064.**Infância. Adolescência. Juventude** – Tolstói
1065.**As consolações da filosofia** – Alain de Botton
1066.**Diários de Jack Kerouac – 1947-1954**
1067.**Revolução Francesa – vol. 1** – Max Gallo
1068.**Revolução Francesa – vol. 2** – Max Gallo
1069.**O detetive Parker Pyne** – Agatha Christie
1070.**Memórias do esquecimento** – Flávio Tavares
1071.**Drogas** – Leslie Iversen
1072.**Manual de ecologia (vol.2)** – J. Lutzenberger
1073.**Como andar no labirinto** – Affonso Romano de Sant'Anna
1074.**A orquídea e o serial killer** – Juremir Machado da Silva
1075.**Amor nos tempos de fúria** – Lawrence Ferlinghetti
1076.**A aventura do pudim de Natal** – Agatha Christie
1078.**Amores que matam** – Patricia Faur
1079.**Histórias de pescador** – Mauricio de Sousa
1080.**Pedaços de um caderno manchado de vinho** – Bukowski
1081.**A ferro e fogo: tempo de solidão (vol.1)** – Josué Guimarães
1082.**A ferro e fogo: tempo de guerra (vol.2)** – Josué Guimarães
1084(17).**Desembarcando o Alzheimer** – Dr. Fernando Lucchese e Dra. Ana Hartmann
1085.**A maldição do espelho** – Agatha Christie
1086.**Uma breve história da filosofia** – Nigel Warburton
1088.**Heróis da História** – Will Durant
1089.**Concerto campestre** – L. A. de Assis Brasil
1090.**Morte nas nuvens** – Agatha Christie
1092.**Aventura em Bagdá** – Agatha Christie
1093.**O cavalo amarelo** – Agatha Christie
1094.**O método de interpretação dos sonhos** – Freud
1095.**Sonetos de amor e desamor** – Vários
1096.**120 tirinhas do Dilbert** – Scott Adams
1097.**200 fábulas de Esopo**
1098.**O curioso caso de Benjamin Button** – F. Scott Fitzgerald
1099.**Piadas para sempre: uma antologia para morrer de rir** – Visconde da Casa Verde
1100.**Hamlet (Mangá)** – Shakespeare
1101.**A arte da guerra (Mangá)** – Sun Tzu
1104.**As melhores histórias da Bíblia (vol.1)** – A. S. Franchini e Carmen Seganfredo
1105.**As melhores histórias da Bíblia (vol.2)** – A. S. Franchini e Carmen Seganfredo
1106.**Psicologia das massas e análise do eu** – Freud
1107.**Guerra Civil Espanhola** – Helen Graham
1108.**A autoestrada do sul e outras histórias** – Julio Cortázar
1109.**O mistério dos sete relógios** – Agatha Christie
1110.**Peanuts: Ninguém gosta de mim... (amor)** – Charles Schulz
1111.**Cadê o bolo?** – Mauricio de Sousa
1112.**O filósofo ignorante** – Voltaire
1113.**Totem e tabu** – Freud
1114.**Filosofia pré-socrática** – Catherine Osborne
1115.**Desejo de status** – Alain de Botton
1118.**Passageiro para Frankfurt** – Agatha Christie
1120.**Kill All Enemies** – Melvin Burgess
1121.**A morte da sra. McGinty** – Agatha Christie
1122.**Revolução Russa** – S. A. Smith
1123.**Até você, Capitu?** – Dalton Trevisan
1124.**O grande Gatsby (Mangá)** – F. S. Fitzgerald
1125.**Assim falou Zaratustra (Mangá)** – Nietzsche
1126. **Peanuts: É para isso que servem os amigos (amizade)** – Charles Schulz
1127(27).**Nietzsche** – Dorian Astor
1128.**Bidu: Hora do banho** – Mauricio de Sousa
1129.**O melhor do Macanudo Taurino** – Santiago
1130.**Radicci 30 anos** – Iotti
1131.**Show de sabores** – J.A. Pinheiro Machado
1132.**O prazer das palavras** – vol. 3 – Cláudio Moreno
1133.**Morte na praia** – Agatha Christie
1134.**O fardo** – Agatha Christie
1135.**Manifesto do Partido Comunista (Mangá)** – Marx & Engels
1136.**A metamorfose (Mangá)** – Franz Kafka
1137.**Por que você não se casou... ainda** – Tracy McMillan
1138.**Textos autobiográficos** – Bukowski
1139.**A importância de ser prudente** – Oscar Wilde
1140.**Sobre a vontade na natureza** – Arthur Schopenhauer
1141.**Dilbert (8)** – Scott Adams
1142.**Entre dois amores** – Agatha Christie
1143.**Cipreste triste** – Agatha Christie
1144.**Alguém viu uma assombração?** – Mauricio de Sousa

1145.**Mandela** – Elleke Boehmer
1146.**Retrato do artista quando jovem** – James Joyce
1147.**Zadig ou o destino** – Voltaire
1148.**O contrato social (Mangá)** – J.-J. Rousseau
1149.**Garfield fenomenal** – Jim Davis
1150.**A queda da América** – Allen Ginsberg
1151.**Música na noite & outros ensaios** – Aldous Huxley
1152.**Poesias inéditas & Poemas dramáticos** – Fernando Pessoa
1153.**Peanuts: Felicidade é...** – Charles M. Schulz
1154.**Mate-me por favor** – Legs McNeil e Gillian McCain
1155.**Assassinato no Expresso Oriente** – Agatha Christie
1156.**Um punhado de centeio** – Agatha Christie
1157.**A interpretação dos sonhos (Mangá)** – Freud
1158.**Peanuts: Você não entende o sentido da vida** – Charles M. Schulz
1159.**A dinastia Rothschild** – Herbert R. Lottman
1160.**A Mansão Hollow** – Agatha Christie
1161.**Nas montanhas da loucura** – H.P. Lovecraft
1162(28).**Napoleão Bonaparte** – Pascale Fautrier
1163.**Um corpo na biblioteca** – Agatha Christie
1164.**Inovação** – Mark Dodgson e David Gann
1165.**O que toda mulher deve saber sobre os homens: a afetividade masculina** – Walter Riso
1166.**O amor está no ar** – Mauricio de Sousa
1167.**Testemunha de acusação & outras histórias** – Agatha Christie
1168.**Etiqueta de bolso** – Celia Ribeiro
1169.**Poesia reunida (volume 3)** – Affonso Romano de Sant'Anna
1170.**Emma** – Jane Austen
1171.**Que seja em segredo** – Ana Miranda
1172.**Garfield sem apetite** – Jim Davis
1173.**Garfield: Foi mal...** – Jim Davis
1174.**Os irmãos Karamázov (Mangá)** – Dostoiévski
1175.**O Pequeno Príncipe** – Antoine de Saint-Exupéry
1176.**Peanuts: Ninguém mais tem o espírito aventureiro** – Charles M. Schulz
1177.**Assim falou Zaratustra** – Nietzsche
1178.**Morte no Nilo** – Agatha Christie
1179.**Ê, soneca boa** – Mauricio de Sousa
1180.**Garfield a todo o vapor** – Jim Davis
1181.**Em busca do tempo perdido (Mangá)** – Proust
1182.**Cai o pano: o último caso de Poirot** – Agatha Christie
1183.**Livro para colorir e relaxar** – Livro 1
1184.**Para colorir sem parar**
1185.**Os elefantes não esquecem** – Agatha Christie
1186.**Teoria da relatividade** – Albert Einstein
1187.**Compêndio da psicanálise** – Freud
1188.**Visões de Gerard** – Jack Kerouac
1189.**Fim de verão** – Mohiro Kitoh
1190.**Procurando diversão** – Mauricio de Sousa
1191.**E não sobrou nenhum e outras peças** – Agatha Christie
1192.**Ansiedade** – Daniel Freeman & Jason Freeman
1193.**Garfield: pausa para o almoço** – Jim Davis
1194.**Contos do dia e da noite** – Guy de Maupassant
1195.**O melhor de Hagar 7** – Dik Browne
1196(29).**Lou Andreas-Salomé** – Dorian Astor
1197(30).**Pasolini** – René de Ceccatty
1198.**O caso do Hotel Bertram** – Agatha Christie
1199.**Crônicas de motel** – Sam Shepard
1200.**Pequena filosofia da paz interior** – Catherine Rambert
1201.**Os sertões** – Euclides da Cunha
1202.**Treze à mesa** – Agatha Christie
1203.**Bíblia** – John Riches
1204.**Anjos** – David Albert Jones
1205.**As tirinhas do Guri de Uruguaiana 1** – Jair Kobe
1206.**Entre aspas (vol.1)** – Fernando Eichenberg
1207.**Escrita** – Andrew Robinson
1208.**O spleen de Paris: pequenos poemas em prosa** – Charles Baudelaire
1209.**Satíricon** – Petrônio
1210.**O avarento** – Molière
1211.**Queimando na água, afogando-se na chama** – Bukowski
1212.**Miscelânea septuagenária: contos e poemas** – Bukowski
1213.**Que filosofar é aprender a morrer e outros ensaios** – Montaigne
1214.**Da amizade e outros ensaios** – Montaigne
1215.**O medo à espreita e outras histórias** – H.P. Lovecraft
1216.**A obra de arte na era de sua reprodutibilidade técnica** – Walter Benjamin
1217.**Sobre a liberdade** – John Stuart Mill
1218.**O segredo de Chimneys** – Agatha Christie
1219.**Morte na rua Hickory** – Agatha Christie
1220.**Ulisses (Mangá)** – James Joyce
1221.**Ateísmo** – Julian Baggini
1222.**Os melhores contos de Katherine Mansfield** – Katherine Mansfied
1223(31).**Martin Luther King** – Alain Foix
1224.**Millôr Definitivo: uma antologia de *A Bíblia do Caos*** – Millôr Fernandes
1225.**O Clube das Terças-Feiras e outras histórias** – Agatha Christie
1226.**Por que sou tão sábio** – Nietzsche
1227.**Sobre a mentira** – Platão
1228.**Sobre a leitura** *seguido do* **Depoimento de Céleste Albaret** – Proust
1229.**O homem do terno marrom** – Agatha Christie
1230(32).**Jimi Hendrix** – Franck Médioni
1231.**Amor e amizade e outras histórias** – Jane Austen
1232.**Lady Susan, Os Watson e Sanditon** – Jane Austen
1233.**Uma breve história da ciência** – William Bynum
1234.**Macunaíma: o herói sem nenhum caráter** – Mário de Andrade
1235.**A máquina do tempo** – H.G. Wells

1236.**O homem invisível** – H.G. Wells
1237.**Os 36 estratagemas: manual secreto da arte da guerra** – Anônimo
1238.**A mina de ouro e outras histórias** – Agatha Christie
1239.**Pic** – Jack Kerouac
1240.**O habitante da escuridão e outros contos** – H.P. Lovecraft
1241.**O chamado de Cthulhu e outros contos** – H.P. Lovecraft
1242.**O melhor de Meu reino por um cavalo!** – Edição de Ivan Pinheiro Machado
1243.**A guerra dos mundos** – H.G. Wells
1244.**O caso da criada perfeita e outras histórias** – Agatha Christie
1245.**Morte por afogamento e outras histórias** – Agatha Christie
1246.**Assassinato no Comitê Central** – Manuel Vázquez Montalbán
1247.**O papai é pop** – Marcos Piangers
1248.**O papai é pop 2** – Marcos Piangers
1249.**A mamãe é rock** – Ana Cardoso
1250.**Paris boêmia** – Dan Franck
1251.**Paris libertária** – Dan Franck
1252.**Paris ocupada** – Dan Franck
1253.**Uma anedota infame** – Dostoiévski
1254.**O último dia de um condenado** – Victor Hugo
1255.**Nem só de caviar vive o homem** – J.M. Simmel
1256.**Amanhã é outro dia** – J.M. Simmel
1257.**Mulherzinhas** – Louisa May Alcott
1258.**Reforma Protestante** – Peter Marshall
1259.**História econômica global** – Robert C. Allen
1260(33).**Che Guevara** – Alain Foix
1261.**Câncer** – Nicholas James
1262.**Akhenaton** – Agatha Christie
1263.**Aforismos para a sabedoria de vida** – Arthur Schopenhauer
1264.**Uma história do mundo** – David Coimbra
1265.**Ame e não sofra** – Walter Riso
1266.**Desapegue-se!** – Walter Riso
1267.**Os Sousa: Uma famíla do barulho** – Mauricio de Sousa
1268.**Nico Demo: O rei da travessura** – Mauricio de Sousa
1269.**Testemunha de acusação e outras peças** – Agatha Christie
1270(34).**Dostoiévski** – Virgil Tanase
1271.**O melhor de Hagar 8** – Dik Browne
1272.**O melhor de Hagar 9** – Dik Browne
1273.**O melhor de Hagar 10** – Dik e Chris Browne
1274.**Considerações sobre o governo representativo** – John Stuart Mill
1275.**O homem Moisés e a religião monoteísta** – Freud
1276.**Inibição, sintoma e medo** – Freud
1277.**Além do princípio de prazer** – Freud
1278.**O direito de dizer não!** – Walter Riso
1279.**A arte de ser flexível** – Walter Riso
1280.**Casados e descasados** – August Strindberg
1281.**Da Terra à Lua** – Júlio Verne
1282.**Minhas galerias e meus pintores** – Kahnweiler
1283.**A arte do romance** – Virginia Woolf
1284.**Teatro completo v. 1: As aves da noite** *seguido de* **O visitante** – Hilda Hilst
1285.**Teatro completo v. 2: O verdugo** *seguido de* **A morte do patriarca** – Hilda Hilst
1286.**Teatro completo v. 3: O rato no muro** *seguido de* **Auto da barca de Camiri** – Hilda Hilst
1287.**Teatro completo v. 4: A empresa** *seguido de* **O novo sistema** – Hilda Hilst
1288.**Sapiens: Uma breve história da humanidade** – Yuval Noah Harari
1289.**Fora de mim** – Martha Medeiros
1290.**Divã** – Martha Medeiros
1291.**Sobre a genealogia da moral: um escrito polêmico** – Nietzsche
1292.**A consciência de Zeno** – Italo Svevo
1293.**Células-tronco** – Jonathan Slack
1294.**O fim do ciúme e outros contos** – Proust
1295.**A jangada** – Júlio Verne
1296.**A ilha do dr. Moreau** – H.G. Wells
1297.**Ninho de fidalgos** – Ivan Turguêniev
1298.**Jane Eyre** – Charlotte Brontë
1299.**Sobre gatos** – Bukowski
1300.**Sobre o amor** – Bukowski
1301.**Escrever para não enlouquecer** – Bukowski
1302.**222 receitas** – J. A. Pinheiro Machado
1303.**Reinações de Narizinho** – Monteiro Lobato
1304.**O Saci** – Monteiro Lobato
1305.**Memórias da Emília** – Monteiro Lobato
1306.**O Picapau Amarelo** – Monteiro Lobato
1307.**A reforma da Natureza** – Monteiro Lobato
1308.**Fábulas** *seguido de* **Histórias diversas** – Monteiro Lobato
1309.**Aventuras de Hans Staden** – Monteiro Lobato
1310.**Peter Pan** – Monteiro Lobato
1311.**Dom Quixote das crianças** – Monteiro Lobato
1312.**O Minotauro** – Monteiro Lobato
1313.**Um quarto só seu** – Virginia Woolf
1314.**Sonetos** – Shakespeare
1315(35).**Thoreau** – Marie Berthoumieu e Laura El Makki
1316.**Teoria da arte** – Cynthia Freeland
1317.**A arte da prudência** – Baltasar Gracián
1318.**O louco** *seguido de* **Areia e espuma** – Khalil Gibran
1319.**O profeta** *seguido de* **O jardim do profeta** – Khalil Gibran
1320.**Jesus, o Filho do Homem** – Khalil Gibran
1321.**A luta** – Norman Mailer
1322.**Sobre o sofrimento do mundo e outros ensaios** – Schopenhauer
1323.**Epidemiologia** – Rodolfo Saracci
1324.**Japão moderno** – Christopher Goto-Jones
1325.**A arte da meditação** – Matthieu Ricard
1326.**O adversário secreto** – Agatha Christie
1327.**Pollyanna** – Eleanor H. Porter

IMPRESSÃO:

PALLOTTI
GRÁFICA

Santa Maria - RS | Fone: (55) 3220.4500
www.graficapallotti.com.br

Louisa May Alcott
(1832-1888)

LOUISA MAY ALCOTT nasceu em Germantown, Pensilvânia, em 29 de novembro de 1832. A segunda de quatro filhas de Abigail "Abba" May Alcott, sufragista, abolicionista, ativista do movimento da temperança (que prega a abstinência de bebidas alcoólicas) e uma das primeiras assistentes sociais remuneradas de Massachusetts, e Amos Bronson Alcott, conhecido filósofo e educador transcendentalista, cresceu em Boston e Concord. As irmãs Anna, Louisa, Elizabeth e Abigail May foram educadas pelo pai e cedo tiveram contato com seu círculo de amizades: visitas à biblioteca de Ralph Waldo Emerson, excursões à natureza com Henry David Thoreau e encenação de peças no celeiro de Nathaniel Hawthorne faziam parte da rotina.

Para Louisa, escrever sempre foi uma paixão. Ela tinha uma rica imaginação, e suas histórias frequentemente se transformavam em peças que ela e as irmãs encenavam para os amigos. Começou escrevendo poesia e contos que publicava em revistas e, em 1854, aos 22 anos, lançou o primeiro livro, *Flower Fables*.

Desde a juventude trabalhava para ajudar a sustentar a família: costurando, lecionando, fazendo serviço doméstico e escrevendo. Em 1862 se voluntariou para servir como enfermeira do exército num hospital da União durante a Guerra Civil, experiência que serviu de base para sua primeira obra de sucesso, *Hospital Sketches* (1863). Entre 1863 e 1869, publicou anonimamente e sob pseudônimo diversos romances góticos e thrillers.

Com 35 anos, a pedido de seu editor, que sugeriu que escrevesse um livro para meninas, se dedicou a *Mulherzinhas* (1868). Baseado na infância e na adolescência de Louisa e suas irmãs, o livro se tornou um grande sucesso praticamente do dia para a noite, principalmente por ser um relato atemporal que traz um personagem feminino e jovem, Jo March, uma heroína da vida real, com sua própria individualidade e imaginação, ao contrário das mulheres estereotipadas que prevaleciam na literatura americana até então. O livro lhe trouxe segurança financeira e reafirmou seu desejo de seguir a carreira de escritora. Em abril de 1869 foi publicada uma sequência, *Good Wives*. Seguiriam-se ainda outras duas continuações com os mesmos personagens: *Little Men* (1871) e *Jo's Boys* (1886).

A obra da autora abrange ainda *An Old-Fashioned Girl* (1870), *Eight Cousins* (1875) e *Rose in Bloom* (1876), além de títulos infantis, totalizando mais de trinta livros e coletâneas de contos e poemas. Participante ativa do movimento pelo sufrágio feminino e do movimento da temperança, Louisa May Alcott morreu em 6 de março de 1888, aos 55 anos, dois dias depois de seu pai.